诗词写作十谈

周啸天 著

四川人民出版社

图书在版编目（CIP）数据

诗词写作十谈 / 周啸天著. -- 成都：四川人民出
版社，2025.1. -- ISBN 978-7-220-13810-2

Ⅰ. Ⅰ207.2

中国国家版本馆 CIP 数据核字第 2024B2G176 号

SHICI XIEZUO SHITAN

诗词写作十谈

周啸天　著

责任编辑	刘姣娇
封面设计	张　科
版式设计	张迪茗
责任校对	刘　静
责任印制	周　奇

出版发行	四川人民出版社（成都三色路 238 号）
网　　址	http://www.scpph.com
E-mail	scrmcbs@sina.com
新浪微博	@四川人民出版社
微信公众号	四川人民出版社
发行部业务电话	(028) 86361653　86361656
防盗版举报电话	(028) 86361653
照　　排	四川胜翔数码印务设计有限公司
印　　刷	四川机投印务设计有限公司
成品尺寸	145mm×210mm
印　　张	10.75
字　　数	250 千
版　　次	2025 年 1 月第 1 版
印　　次	2025 年 1 月第 1 次印刷
书　　号	ISBN 978-7-220-13810-2
定　　价	68.00 元

致读者

蜘蛛结网三江口，

水推不断是真丝。（两广民歌）

这像是网络时代的诗歌宣言。

"有的人写了一辈子的诗，却不知什么是诗味。"宋谋玚生前说的这句话，给我留下很深的印象。

"一切好的作品都在告诉人们怎样写"，所以，小说作法之类的书，鲁迅是从来不看的。不过，沙俄时代有一个青年[①]，曾将《一颗朴素的心》举起来，一页一页对着阳光苦苦寻觅，想要发现它隐藏的奥秘。

谁能满足他这个小小的愿望呢？

诚有书者，只言片语益人心智——我分明读到过这样的书。王蒙说："读者批评你写得'假'的地方，有时恰恰是实录。"

这样的话，确能令人茅塞顿开。

初学者常苦于不能入门。入了门，也不等于得道。从入门到入道，有一段很长的路要走。要是不入门呢？更无入道之望——则是不言而喻的。

---

① 指高尔基，他在《谈谈我怎样学习写作》（戈宝权译）一文中讲到此事。

这本书是应出版社之约而写的。

我不要写教程或概论。我要写一本融会贯通、自道所得、以简驭繁、对别人有所启发的书。自己也乘机将剪不断理还乱的东西，捋他一捋。

谈十个问题，起名"诗词写作十谈"，取其现成，别无深意。借用传统文论话语，十谈依次为时序、明诗、声律、骈偶、诗体、语言、词体、曲体、镕裁、知音，为理解方便，各章另起了一个新鲜的题目。

读者各取所需，择会心之处读之可也。阢陧之处，翻过便是。

跳读，永远是读书的不二法门。

周啸天敬告

目录

第一谈　江山代有才人出

（时序）

中国的诗词好比一棵大树，一棵汉语的大树，一棵文学的大树，你用传统诗词形式写出来的就是这棵大树的一片叶、一个芽，必须与这棵大树「匹配」。人们写诗词并不是把自己的创作放在第一位，而是把中华民族的精神之树、语言之树放在第一位，这样味儿才对。

（王蒙《门外谈诗词》）

一 网络诗词风波

2008 年 5 月 12 日汶川特大地震发生后，某报副刊发表了两首词，其一《江城子·废墟下的自述》，原文如下：

> 天灾难避死何诉，主席唤，总理呼。党疼国爱，声声入废墟。十三亿人共一哭，纵做鬼，也幸福。　银鹰战车救雏犊，左军叔，右警姑。民族大爱，亲历死也足。只盼坟前有屏幕，看奥运，同欢呼。①

此词在网络上引起了一场不小的风波。网民群情激愤，大砸砖头，不择言语。

我宁可认为这是作者的一个疏忽，是一个"火候"的问题。苏东坡一首打油诗中谈到过"火候"："黄州好猪肉，价贱等泥土。富者不肯食，贫者不解煮。慢著火，少著水，火候足时他自美。"② 不解煮、火候不到，就端上桌子，食客是要骂的。这个结果，是作者始料未及的。

这首词的确欠火候。

一是不合律。清人万树《词律》卷二，《江城子》（一作《江神子》）

---

① 原载《齐鲁晚报》2008 年 6 月 6 日 A26 版，作者王兆山。
② 苏轼《东坡续集》卷十。

有单调、双调之别，或通首作平韵，或通首作仄韵，绝无平仄韵混押者。此词系双调，所用韵脚有三个，即"诉""犊""足"属仄声（然去入混用，词之大忌），其余韵脚"呼""墟""福""姑"则作平声，这是技术性错误。读者不骂这个。

二是语汇生涩。"死何诉""党疼国爱""救雏犊""军叔""警姑"等，苟简、生造、生硬、生涩——总之，不词。读起来很别扭。诗词在语言上是有自己的讲究的。简言之，它是文学语言，须有提炼、有出处、有熔铸，其来源或是书语，或是口语。"春眠不觉晓""白日依山尽""床前明月光"之类，皆自生活中来，也是胜语。就是不能苟简和生造。《绿野仙踪》记冬烘先生咏花诗道："媳钗俏矣儿书废，哥罐闻焉嫂棒伤"，意思是儿媳摘花插头，使儿子读书分心；哥哥折花插罐而嗅之，嫂嫂便一棒将罐子敲掉。"党疼国爱""军叔""警姑"等语，即此之类。

叶嘉莹说，中国的传统诗词有自己的语言系统，学写诗词就像学外语，必须背，背下来，写得就像。王蒙因而提出了"大树论"——"中国的诗词好比一棵大树，一棵汉语的大树，一棵文学的大树，你用传统诗词形式写出来的就是这棵大树的一片叶、一个芽，必须与这棵大树'匹配'。"① 不匹配，读起来味儿就不对。让人觉得他不如去写快板、三句半、顺口溜，就是不应该写旧体诗词。

三是矫情。灾民是那样的水深火热，救援人员是那样的心急火燎，作者却想得出来——"纵做鬼，也幸福"，"只盼坟前有屏幕，看奥运，同欢呼"，站着说话腰不疼，字里字外就找不到发自内心的沉痛——"十三亿人共一哭"一句才靠谱，紧接就被"纵做鬼，也幸福"的矫情一风吹了。设身处地想一想，假若自家的娇儿老母埋

① 王蒙. 门外谈诗词 [J]. 安徽师范大学学报（人文社会科学版），2006，（2）。

在废墟之下生死未卜，说得出这种矫情话吗？

清人刘熙载《艺概·诗概》说："诗可数年不作，不可一作不真。"《古诗十九首》有"荡子行不归，空床难独守"之句，王国维说："可谓淫鄙之尤。然无视为淫词鄙词者，以其真也。"① 矫情，是诗歌之大敌。

特大灾难，网民情急，更容不得矫情。他们有些口过，作者应予谅解。

二　毛泽东诗词及其他

诗词合称，悉指旧式。

在中国古代，近体诗曾经是科举考试的项目，为人际交往所必须，所以天下没有不作诗词的文人。在唐宋时代，诗词曾是最富于群众性的文艺样式，曾一统天下。到元明时代，诗词便让位于戏曲小说。到现当代，连戏曲小说都让位于影视艺术，于是文学消费分众化，诗词边缘化。从这个意义上讲，诗词要恢复昔日的荣光，是不能了吧。

不过，也不要忘记另一个事实。那就是，诗词和文言文从来没有从国民教育尤其是语文教育中消失，著名教育家和学者如朱自清、叶圣陶、吕叔湘、王了一（王力）等，都非常强调诗词和文言文在语文教育中的作用，非常强调诗词和文言文的背诵。诗词虽然不再一统天下，但大众对诗词，首先是对唐宋诗词也并不隔膜，中国人谁

---

① 况周颐，王国维. 蕙风词话·人间词话［M］. 北京：人民文学出版社，1960：220.

不能背几首唐诗呢？因此，诗词分得的受众也不是一个小数。

五四以来，新诗成为诗歌的主流，诗词作边缘化生存。有不为者，有为之者。而为之者即乐之者、好之者。故有不作，作者多高手，如民国时代的黄节、宁调元、金天羽、夏敬观、于右任、胡汉民、谢无量、苏曼殊、柳亚子、林庚白等人。而新文学运动的重要作家如鲁迅、沈尹默、刘大白、郭沫若、叶圣陶、郁达夫等，亦莫不雅善此道。诗词生命力之强，超出胡适的预料，居然超过了话剧。虽然毛泽东称之"谬种"①，认为不宜在青年中提倡，但毛泽东诗词的发表和广传，则无异于讽一而劝百。

就诗论诗，毛泽东诗词称得上一代范式。毛泽东诗词皆有为而发，不作无病呻吟，绝无客气假象。其诗词题目连缀起来——长沙、黄鹤楼、井冈山、蒋桂战争、广昌路上、从汀州向长沙、反第一次大围剿、反第二次大围剿、大柏地、会昌、娄山关、长征、六盘山、人民解放军占领南京、北戴河，等等，就是他一生的革命足迹，也是中国工农革命的历史足迹，和《黄河》《义勇军进行曲》一样，称得上时代最强音。

毛泽东诗词的语言风格有一种大气，决不作门面语，沉浸秾郁、含英咀华，而又深得民歌神髓，如"国际悲歌歌一曲，狂飙为我从天落""雨后复斜阳，关山阵阵苍""东方欲晓，莫道君行早""不到长城非好汉，屈指行程二万""我失骄杨君失柳，杨柳轻扬直上重霄九"等，成如容易。岂容易哉！

每个作家都有自己心爱的体裁，毛泽东也不例外。他在给陈毅的一封信中说："我对五律，从来没有学习过；偶尔写过几首七律，没有一首是我自己满意的（着重号是他自己加的）；如同你会写自由诗一

---

① 毛泽东. 毛泽东诗词集 [M]. 北京：中央文献出版社，1996：206.

样，我则对于长短句的词学稍懂一点。"①

毛泽东词最为人津津乐道者，是1936年陕北观雪之作——《沁园春·雪》。这首词先大笔驰骛全景式描绘北国雪景，上片煞拍处"须晴日"三句突发奇想，将江山比作美人。作者抛开"逐鹿中原"那个现行譬喻，而把政权的更迭比作情场角逐，而《离骚》的"求女"，是其成立的依据。过片后一笔勾掉了五个皇帝，却不流于叫嚣——只用"略输文采""稍逊风骚""只识弯弓射大雕"等形象化语言轻描淡写。这是一首很雄浑的词，我喜欢它的"不可一世"，也喜欢它于壮采中寓妩媚之姿。

或以为这样的词其实好写，或以为这首词不如《沁园春·长沙》。我还不这样想。这首词的和词有那么多，赞的有、骂的也有，就是没有一首在艺术上可与之颉颃的，即使是柳亚子、郭沫若的和词，和原词相比，也是高下立见。人们说李白诗是不可学的，这首词也是不可学的。同时还是不可无一、不可有二的。王洛宾就是王洛宾。腾格尔就是腾格尔。《大风歌》就只能由汉高祖写出。换个人照样子吼几句，必然拗嗓，必失其真。

> 西风烈，长空雁叫霜晨月。霜晨月。马蹄声碎，喇叭声咽。
> 雄关漫道真如铁，而今迈步从头越。从头越。苍山如海，残阳如血。（毛泽东《忆秦娥·娄山关》）

这是一首小令，也是一首妙词。词的具体背景是重占娄山关，仅是长征路上的一次战役而已；大背景则是第五次反围剿以后到遵义会议那一段历史风云。娄山关之战是长征中第一个捷报，它使红

① 毛泽东. 毛泽东诗词集 [M]. 北京：中央文献出版社，1996：259、260.

军摆脱了长时间的乌云压顶的沉闷情绪，但这只是万里长征第一步，摆在眼前的困难不知比顺利大多少倍。作者没有事件过程的实录，也没有一句概念化的议论，纯以兴会为宗，用两组景色和两句抒情，就形象地概括了红军在当时的心境。"苍山如海，残阳如血"，据作者自己说，这是在战争中积累了多年的景物观察，到娄山关大捷时，这样的自然景物就与作者的心情突然遇合了，是形象思维的范例。

20 世纪的成年人，随口背上十来首毛泽东诗词，大约是不成问题的。能背诵三十来首毛泽东诗词的人，比能背诵三十来首李、杜诗篇的人多得多，这也是事实。眼下五六十岁的人，对于诗词的爱好，大抵不是从《唐诗三百首》开始，而是从《毛主席诗词三十七首》开始的。不少人在最初写作诗词时，都或多或少受到过影响。要说老人家沾溉了一代，也不为过。

新中国成立后，朱德、董必武、陈毅等中共元老，及郭沫若、赵朴初、邓拓、王昆仑、蔡若虹等名流，亦时有作品见诸报端，然无不为毛泽东诗词的光芒所掩。传世之作，毕竟不多。专家学者深谙吟咏之道者，如陈寅恪、钱锺书、沈祖棻、缪钺、曾缄、宛敏灏者，不乏其人，然无不以余事为之，又因为时势的缘故，作品在小范围中流传，或遭批判，至有散佚，故不广为人知。

诗词创作的复苏，始于改革开放。思想解放，文禁宽松，诗词创作的冷清局面才发生了根本转变。傅子余说："行见海内乂安，而擅诗词者日以腾踊，虽小如一乡一镇，亦往往结社昌诗，以自发心声互相酬答为乐。"① 据 2001 年中华诗词学会的统计：全国城乡自发成立的诗词学会或诗社超过了五万，这个数字是相当惊人的，因为它已经相当于《全唐诗》存诗的总数。

---

① 毛谷风. 二十世纪名家诗词钞［M］. 上海：华东师范大学出版社，1993.

许多人平生从不染指诗词，或少年习之，后来中辍，退休后有了闲，才起步或重新起步，加入到诗词写作的队伍中来。各地诗词学会或诗社的成员，基本上为中老年人，有人戏称为"八七六五部队"。一位老先生说：我学诗，无附庸风雅之心，有陶冶性情之意。在朝夕的吟咏之中，不仅亲近了自然，提高了文化素养，还增进了友谊，丰富了生活。因为我同时又在学习书法，别人索书，以自己的诗为书写内容，比老写唐诗宋词要新鲜、要亲切，何乐而不为呢。① 不少人练诗词，就像练书法、国画、气功和太极拳一样，把它当作一种功夫——中国功夫，觉得练一练有益于身心健康。

由于作者多了，作品也多了，局面"繁荣"了，主张把近人的诗词纳入现代文学史的呼声也起来了。相关专家站出来说："作为个人的研究活动，把它（诗词）作为研究对象本无不可，但我不同意写入中国现代文学史，不同意给它们与现代白话文学同等的文学地位。这里有一种文化压迫的意味。这种压迫是中国新文学为自己的发展所不能不采取的文化策略。"② 于是有人要和他急。

其实不用着急。平心而论，中国现代文学史（新文学史）有其约定俗成的研究范畴。纳入当代诗词与否，亦无关宏旨。关键在于你的表现要好，表现好了，不怕老师不说你是乖孩子。钟振振（南京师范大学中文系教授）打了个比方，"道理很简单，如果一名体操选手，动作完成得不规范、不优美，裁判凭什么给你打高分？一位戏剧演员，唱、念、做、打都乏善可陈，又有什么脸面抱怨观众不为你喝彩？"是这个道理。

① 李伏波. 雪鸿吟草［M］. 长沙：嘤鸣诗社编委会，1994.
② 万龙生. 近人旧体诗不宜纳入现代文学史吗［J］. 四川诗词，2008，(2).

三 《散宜生诗》带来兴奋

20世纪80年代，《散宜生诗》（聂绀弩著）的出版，让许多人又兴奋过一次——没想到诗还可以这样写的。

聂绀弩本是左翼文人，后来划为右派，派去农场劳动。他原来只写杂文、评论，但农场指导员要求他写诗歌颂"大跃进"，于是一发而不可收。先是做古风，后来越做越短，又觉得对对子很好玩，且有低回咏叹之致，于是改做律诗。七律则是回北京之后，买了一些名家诗集读、抄、背（注意这一点非常重要），请朋友指点后才正式做的。写北大荒生活的一些七律也是这时候补做的。①

与毛泽东诗词的高瞻远瞩、以宏大为美完全不同，聂绀弩写七言近体往往发端于劳作之微（其诗多以"搓草绳""锄草""刨冻菜""推磨"等劳动项目为题），而归结局于自嘲。笔端有口，亦庄亦谐，诗趣盎然。如写"挑水"，前四句是：

> 这头高便那头低，片木能平桶面漪。
> 一担乾坤肩上下，双悬日月臂东西。

"片木能平桶面漪"状难写之景，而富于理趣，"漪"字入韵甚佳。"一担乾坤肩上下"两句，与"大跃进"背景相关，这是大话，是空话，反看又是趣话，是对大话和空话的嘲谑，绝非无病呻吟。由挑水这样微不足道的小事，想出那样不着边际的豪言壮语，而且

---

① 聂绀弩. 散宜生诗 [M]. 北京：人民文学出版社，1982.

出以对仗，很滑稽，很荒诞，也很好玩——说是反讽，又像是一本正经——这正是诗语的妙处。

顺便说，对这种近于打油的审美趣味，有些人是不以为然的。就像清代的王士禛、施补华对白居易不以为然一样。施补华对《长恨歌》都挑剔，说它平弱漫漶，诗品不高；又说《秦中吟》伤平直，殆无可法。① 散宜生这样的诗，定然不合他们的雅人深致。幸有赵翼和他们认识不同。而今天，人们已普遍地接受白居易，认为唐诗不能没有《长恨歌》，不能没有《琵琶行》，白氏不为李杜光焰所掩，正在于他开创的"元和体"。

雅言俗语熔为一炉，会产生谐趣，这是元人散曲的本色。而聂绀弩以之入诗，将其推到一个极致——"青眼高歌望吾子，红心大干管他妈"，你嫌下句的措语有伤雅驯吗，然而它和出自杜诗的雅驯的上句，对得丝丝入扣，奇趣由此而生。有人把聂绀弩和同时代启功、荒芜等这种贴近口语的诗，都称为打油诗，并直接追溯到周作人。然而，聂绀弩的诗味实浓于知堂等人。由于痛苦到了极致，看透一切，反过来发现人世与自我的可笑，产生一种超越苦难的讽世与自嘲。

有人专看他的诙谐，有人却注意他的沉痛。

　　　　尔身虽在尔头亡，老作刑天梦一场。
　　　　哀莫大于心不死，名曾羞与鬼争光。
　　　　余生岂更毛锥误，世事难同血压商。
　　　　三十万言书说甚，如何力话又周扬。（聂绀弩《血压三首》其二）

---

① 施补华《岘佣说诗》一二、八三、一三〇。

x

x

x

王蒙点评："'哀莫大于心不死'，改自孔子'哀莫大于心死'，意思是你必须死心，否则更悲哀。'余生岂更毛锥误，世事难同血压商'，大概是因血压高而生感慨——诗文工作已耽误了我半辈子，余生还会因为搞诗文而受害？但世事如同高血压，没法商量，所以他显得很无奈甚至很沉痛。"又说："《挽雪峰》颔联'文章信口雌黄易，思想锥心坦白难'，也极为沉痛——文章可以乱写，但真正的思想像锥子扎着我的心，没法子说呀！哪里敢说呀！哪里能被人理解呀！这样字字见血，掷地有声的句子古往今来是不多见的。"[①]

> 神游独到贝加湖，酹酒追呼汉使苏。
> 北海今宵飞雪矣，先生当日拥裘乎？
> 一身胡汉撑奇骨，千古人羊仅此图。
> 十九年长天下小，问谁曾写五单于？ （聂绀弩《题黄苗子画苏武牧羊图》）

"苏武牧羊"，是中国画的一个专题，明人陈子和，清人黄慎、任伯年、苏六朋等，均有画作传世。此诗在《散宜生诗》中题为《瘦石画苏武牧羊图》。有人从聂绀弩案件的司法档案中，找到了诗人给黄苗子的那封信，信上说："偶得诗一首，题曰《题黄苗子画苏武牧羊图》。兄自未画，至希画之，以实吾诗；即终不画，则我自为吟草，加此一题耳。"[②] 可见此诗实为咏史，作者曾被放逐到遥远的北大荒，有"一年四季冬最长"（《北大荒歌》）之句。因此，对于苏武的气节，有着更深的理解和同情。诗题中的"题黄苗子画"（或尹瘦石

---

① 王蒙. 门外谈诗词 [J]. 安徽师范大学学报（人文社会科学版），2006，(2).
② 窝真. 绀弩气节与诗长存 [J]. 四川诗词，2007，(3).

画）只是一个包装，为诗找一个别的由头，是障眼法。

有人说《散宜生诗》有风骨，像上面这首诗。也有人指出其诗中仍有某种"奴性"，即自愿接受"改造"的心情，如"超额百分之二百，乍听疑是说他人……寥寥数语休轻视，何处荣名比更真"（《受表扬》）、"高低深浅两双手，香臭稠稀一把瓢……澄清天下吾曹事，污秽成坑肯便饶？"（《清厕同枚子》）我看这类诗，是用滑稽作为润滑剂，并不同于一本正经的表态。与"儿生逢盛世，岂复学章句。书足记姓名，理必辨是非。但走金光道，勿攀青云梯"（沈祖棻《早早诗》）、"老牛亦解韶光贵，不待扬鞭自奋蹄"（臧克家《老黄牛》）等还略有差别。就是后一类诗，也有它的认识意义。

《散宜生诗》1982 年由人民文学出版社出版，胡乔木为之序。据说某位著名作家读过诗集，登门拜访，寒暄几句后，便对诗集恭维了一番，接着问："你是怎么找到乔木，请他作序的？"惹得聂绀弩大骂："我的书本来是好好的，就叫那篇序搞坏了！"客人尴尬而退。[①] 聂的怒气一定不是冲着胡序去的，而是讨厌别人冲着胡序而来，我想他是指桑骂槐。因为胡乔木的序写得很诚恳，也很中肯："作者虽然大都是格律完整的七律，诗中杂用的'典故'也很不少，但从头到尾却又是用新的感情写成的。他还用了不少新颖的句法，那是从来的旧体诗人所不会用或不敢用的。这就形成了这部诗集在艺术上很难达到的新的风格和新的水平。"

---

① 章诒和. 往事并不如烟 [M]. 人民文学出版社，2004.

四 老干体是一道风景

新中国成立后，为了及时宣传方针政策、组织动员群众，各单位都有黑板报和大批判专栏。在中国，这曾经是一道风景。

那时在一个单位里，能写一手好字——粉笔字、毛笔字、美术字，写得通栏标题、毛主席语录，画得专栏刊头、宣传画，曾经是很牛的事。诗人杨牧落难新疆时，干过这样的事。我也干过这样的事。还有一种牛事，就是为专栏写诗。杨牧写过这样的诗，我也写过这样的诗。

如在南充师院数学系做工农兵学员时，写过一首《战西山》：

> 大战西山/西山大变/西山头上歌不断/西山脚下红旗乱/喇叭传捷/火线送饭/炮声隆隆烟犹浓/挥汗又开干
>
> 天河取水/截峰造堰/双肩担出田千亩/荒山要产粮万石/涝不怕涝/旱不怕旱/革命不靠天吃饭/活着拼命干
>
> 是读书人/是庄稼汉/红土黄土捏成团/来自工农色不变/做李金凤/学江大年/把修正主义狠批判/和它对着干

要不白纸黑字地写着，乍然一见，会想：这是我写的吗？李金凤是谁？江大年又是谁？肯定是当时电影中的人物，电影的名字是"新苗"，是"春雨"，还是"决裂"，已记不确切了。这首诗的基本作用相当于一个传声筒。虽然不必为此脸红，但要示人，除非是拿自己开涮的时候。

一位同窗好友在三十年后的聚会中，忆及旧事，犹能记诵我当年写的一首所谓《江城子》，意甚赏之。

　　金风瑟瑟演兵场，菊花香，战旗扬……

　　每次我都礼貌地笑一笑，把话题岔开了。

　　这种类型的诗当时很成气候，甚至能上大报头版。在"文革"的某一段时间，这几乎是郭沫若的专利。因为报刊级别高，郭老名头大，是很多人（包括我自己）的偶像，"居高声自远"，影响当然是很大的了。然而，如果不重新翻检当年的《诗刊》，除了少数残句，大都不能记忆。

　　大快人心事，揪出"四人帮"。政治流氓文痞，狗头军师张。还有精生白骨，自比则天武后，铁帚扫而光。篡党夺权者，一枕梦黄粱。……（郭沫若《水调歌头·粉碎"四人帮"》）

　　一律紧跟形势，一律欢呼表态，一律公共之言，一律的门面语，一律的《水调歌头》，一律的壮词、大话和套话——如"春雷""沧海""凯歌""洪钟""百代""千钧""四海""九州""春风""新苗"等。而诗是最怕门面语的，门面语即戴着面具说话，没有真情流露。对这些作品，郭沫若有自我评价，详见下文。

　　黑板报、大批判专栏消失了，变成了发布信息的张贴橱窗。然而，板报体至今仍然很流行。每当重大节日、纪念日来临，政治生活重大事件发生，就会涌现大量的这一类的诗词：

　　十大春雷响碧霄，震惊中外看春潮。
　　发言热烈如泉涌，策马腾飞逐浪高。……（佚名《庆祝十大在

京召开》）

　　两会精英倾智囊，议商国是献良方。

　　蓝图绘就兴邦路，科技打开金库房。……（同上《全国人大政协两会颂》）

　　立场坚定，态度鲜明，观点正确，作门面语，缺乏诗意。庆祝十大的，也可以用于十一大，赞美今年两会的，也可以用于明年两会，你写我写一个样。不能说它毫无意义，正如不能说传声筒毫无意义一样，但它生存的园地只能是板报、专栏和副刊。它的寿命，相当于板报、专栏和副刊的一个周期，不能再延长了。我之所以不肯把板报体收入诗集，就是基于这样的认识，虽然它曾经是一道风景。

　　板报体，现在被人称为"老干体"。其背景是在改革开放以后，一批退休的老干部，出于老有所为、老有所乐的意愿，通过他们的影响力，向有关部门争取到一定的资金，联合学界和社会上的头面人物，成立起一些半民间半官方的组织，大量创作诗词。其创办诗刊，搭建平台，至有礼贤下士，拔擢诗人于草泽之间，其功亦不可没。不过，很多作品不可避免地带有板报体和传声筒性质，只能为选诗者增加工作量。有一位我很尊敬的老干部，在2005年教师节填写了一首词，题为"园丁之歌"：

　　英俊青年，云集中师，雨洒校园。看濛山霞蔚，春风拂面；芸窗学友，梅雪争妍。云雾晨曦，文峰夕照，造就园丁出圣贤。雄风展，任蜂飞蝶舞，遍布山川。……

自注说："该校成立于 1946 年，今已更名职业中专学校。五十多年来，她为各级各类学校输送了数以千计的人民教师。"

一所老牌的师范学校，建校五十年换牌，改为职业中学——这是一个沧桑事件，一个多好的题材呀。加之作者熟悉这所学校——半个世纪的人事变迁，人情反复，多少消逝了的人和事，多少美好的、悲怆的记忆，作者应有诗材，应有兴会，所作应有可观。可惜，他抛开了这些内容不写，而去写一个浅显的、尽人皆知的事实——五十年来这所学校为国家培养了许多人才。尽管形式中规中矩，却沦为公共之言。从传声筒发出的声音，都带有同一种腔调，岂动听哉！

"园丁之歌"是一个多么落套的题目啊。如是唐人，一定会题为"某中师建校五十年更名职中"（唐诗题目多是叙事性的，如"精思观回王白云在后""江上值水如海势聊短述""访隐者不遇"等），结果可能迥然不同。

> 虚名一出驷难追，人到拔尖事可危。
> 平日未栽皂角刺，此身忽变蜂窝煤。
> 三人成虎虽闻训，众口铄金今识威。
> 却羡东篱采菊客，自耕自煮损阿谁？（黄宗壤《填拔尖人才推荐表有感》）

这首诗立题就完全不同，其视角是独到的，揭示现象是发人深省的，内心感触是深刻的，语汇是鲜活的，诗句是可圈可点的，一片神行，没有套话，与老干体大异其趣。应该为这样的诗浮一大白。

诗词要写沧桑。但诗词要写的沧桑，是作者独有感触的事件，而不是一切重大新闻。诗词要有兴会。但诗词的兴会，是一种浮想联翩的状态，而不是一切额手称庆。诗词要有创作欲望。但诗词的创作欲望，是不吐不快，而不是急功近利。要知，此沧桑非彼沧桑。此兴会非彼兴会。此创作欲望非彼创作欲望。

有人注意到，毛泽东一生中没写过一次国庆节、一次党代会，甚至连开国大典也没写过。然而，感兴到时，他写《人民解放军攻占南京》，写1950年国庆观剧（《浣溪沙·和柳亚子先生》）——"宜将剩勇追穷寇，不可沽名学霸王"，"一唱雄鸡天下白"（语本李贺《致酒行》），情怀是独特的，措辞是独到的，是真诗。

老干体是一种非诗之诗，却由于诗词组织的推动，十分行时，充斥于各种诗词刊物（公开发表的和内部交流的）。连一些"权威"诗刊，也不得不为之让地三尺。在网络上也很流行，甚至，在海峡对面也有，可谓不约而同。

在应景、讲套话、千篇一律、缺乏诗味这些基本点上，与我们的板报诗并无二致。写惯这种诗体的人，会形成一种习惯性的思维，写任何题材都落套——思乡必是望月，咏竹必是虚心，抒怀必是夕阳红、黄昏颂，脱离了这些习惯思路和套话，简直就写不成诗。

时过境迁，今人或嘲郭沫若。郭老未可嘲也。他对自己的标语诗、口号诗、表态诗远不像别人那样心安理得。1963年他在致一位年轻朋友的信中写道："至于我自己，有时我内心是很悲哀的，……我要对你说一句发自内心的真话：希望你将来校正《沫若文集》的时候，把我那些应制应景的分行散文，统统删掉，免得后人耻笑。当然，后人真要耻笑的话，也没有办法。"[1] 人能自嘲，则人不能嘲。

1943年他还说过这样的话："旧诗和文言文真正要做到通人的地步，是很难的事。作为雅致的消遣是可以的，但要作为正规的创作

---

① 黄淳浩编. 郭沫若书信集（下）[M] . 北京：中国社会科学出版社，1992：142.

是已经过时了。"① 这话可能煞风景，可能说过了头，可能别人不同
意，却不能不承认这是他的由衷之言。在诗词的生存边缘化的时代，
说这样的话完全可以理解。或许正是基于这样的认识，郭老写作诗
词并不是认真的。当然，也不是任何时候都不认真。

> 又当投笔请缨时，别妇抛雏断藕丝。
>
> 去国十年余泪血，登舟三宿见旌旗。
>
> 欣将残骨埋诸夏，哭吐精诚赋此诗。
>
> 四万万人齐蹈厉，同心同德一戎衣。（郭沫若《归国杂吟》）

这首诗是步韵鲁迅《无题（惯于长夜）》，是流着泪把诗吐出来，
把全部的赤诚倾泻出来的。步韵诗能写得这样清新流畅，真挚动人，
不可谓不是高手。读郭老诗词，应读他这一类诗词。

尽管许多人都称自己写作诗词是为了自娱，但普遍的心理还是
希望能得到别人的欣赏，希望能拥有更多的读者，如能传世，那就
更好。自费印书，馈赠亲友，古已有之。敝帚自珍，亦人之常情，
无可厚非。不尽如人意者，是书送出去，有一重担心，就是怕成为
别人的不藏书，被别人覆瓿或变卖了废纸去。

"不藏书"是舒芜的说法——"从小看惯了祖父的藏书和'不藏
书'，后者指的是祖父不要的书，乱堆在小楼一角的地板上。我好
奇，翻了看，原来都是同时人赠送的诗文集之类，已经尘蒙水渍的
书上面，往往有序言、评语，许为'必传之作'，我不禁为这些作者
悲哀。"② 同时又担心自己的书该不会"必传"到别人的"不藏书"

---

① 郭沫若. 沸羹集 [M]. 上海：新文艺出版社，1952：81.

② 舒芜. 舒芜序跋 [M]. 南京：东南大学出版社，2003：75.

中去吧？但这实在是一桩无可奈何之事。

唯一的办法，只有把诗写得更加动人。有道是：

> 诗句从来贵出新，窃词偷意耻矜能。
> 拾人牙慧终非我，唱我新声始动人。
> 万口同腔歌老骥，千篇一调颂黄昏。
> 可怜无计酿新酒，辜负先生有旧瓶。（郭定乾《读某诗刊有感》）

五 论 "诗可以玩"

记得"文革"那些年，每到腊月三十晚上，小城之中，一干趣味相投的年轻人就会聚集到一位朋友家中猜谜——自制互猜。一间陋室坐满了人，却经常是寂静无声，大家坐着苦思冥想，状若老僧参禅。只要有人猜中了，室内便一片欢笑。在那个没有"春晚"的年代，着实填补了一下精神空虚。

对谜语的爱好来自童年。谜语与诗歌相通，古人咏物诗讲究不犯本位，多数可作谜语看——如唐诗名篇中的虞世南的"垂绥饮清露，流响出疏桐。居高声自远，非是藉秋风"（《蝉》），就可以看作一则谜语。诗题就是谜底。我最得意的自制谜中有两条与唐诗有关，一条是"八月秋高风怒号"，谜底为"茅以升"，释为茅草因此飞上天。另一条是"桃花潭水深千尺"，谜底为"无与伦比"，释为不及汪伦。

一切艺术都含有几分游戏的意味，诗歌亦然。由诗歌派生出的文字游戏很多，如酒令、诗钟、联句、步韵等，不一而足。在孔子的"诗可以兴、可以观、可以群、可以怨"之后，还可以加一句

"诗可以玩"。《红楼梦》对诗的玩法，有详细记载。如三十七回"秋爽斋偶结海棠社"，姐妹们结社作诗，先定规则，推出裁判，以便分出输赢。

> 李纨道："方才我来时，看见他们抬进两盆白海棠来，倒是好花。你们何不就咏起他来？"迎春道："都还未赏，先倒作诗。"宝钗道："不过是白海棠，又何必定要见了才作。古人的诗赋，也不过都是寄兴写情耳。若都是等见了作，如今也没这些诗了。"迎春道："既如此，待我限韵。"说着，走到书架前抽出一本诗来，随手一揭，这首竟是一首七言律，递与众人看了，都该作七言律。迎春掩了诗，又向一个小丫头道："你随口说一个字来。"那丫头正倚门立着，便说了个"门"字。迎春笑道："就是门字韵，'十三元'了。头一个韵定要这'门'字。"说着，又要了韵牌匣子过来，抽出"十三元"一屉，又命那小丫头随手拿四块。那丫头便拿了"盆""魂""痕""昏"四块来。宝玉道："这'盆''门'两个字不大好作呢！"

玩诗，也是一种竞技，要靠训练和技巧，还有临场发挥，宝钗说："不过是白海棠，又何必定要见了才作。古人的诗赋，也不过都是寄兴写情耳。若都是等见了作，如今也没这些诗了。"这就是经验之谈。除非题目出到了笆篓里，一限题、二限韵，灵感都不知躲到哪儿去了。无怪唐人好诗都不是应试之作。稍可称道的应试诗，钱起《湘灵鼓瑟》有两句"曲终人不见，江上数峰青"，祖咏《终南山望余雪》则是违了规，没有写完的一首断句。

立题、限韵就不能写出寄兴写情的好诗？话可不能说得太绝对。这要看题目能否使作者"触电"，能不能调动他潜意识中的储备。

《红楼梦》二十八回宝玉在冯紫英家，即席作以"女儿·悲愁喜乐"为题所行的酒令，最后两句——"女儿乐，秋千架上春衫薄"，真是好诗。本来，这题目就是宝玉平时最留心的，所以如探囊取物，诗如宿构。

有的人才思敏捷，联想丰富，总能从别人熟视无睹的寻常事物和生活现象中，发现不平常的意思。他能为一片落叶写一首诗，为一只昆虫写一首诗，能"指物作诗立就"。宋代杨万里就是这样的人。陈衍《宋诗精华录》选其诗五十五首，仅次于苏轼，超过了王安石和陆游，说明陈衍偏爱这样的才能。我高中时代的语文老师雍国泰，也具备这种才能。翻出一张老照片，就有诗："一纸欣然见旧容，青年负气出隆中。若非先帝有三顾，诸葛沉沦与我同。"贴到网上，都说是好诗。看到别人的姓名，觉得有意思，也可以写一首诗：

学理从文情意真，闲吟一卷叩诗门。

杏坛总是向阳地，桃满春原李满林。（雍国泰《寄李满林》）

既切合别人姓名，又切合别人教师的身份。我曾把这首诗编进一本诗文集中，没想到编辑在没有告知的情况下，将最后一句擅改为"桃李满园春满林"，把我气了个半死。

像杨万里、雍老师这样的捷才，要玩立题、步韵一类把戏，一定比别人玩得转。可惜杨万里那时不兴玩，而雍老师则不肯玩。刘熙载说："人品悃款朴忠者最上，超然高举、诛茅力耕者次之，送往劳来、从俗富贵者无讥焉。"是明说人，暗喻诗。

如今玩诗之风大作。近从一种诗刊看到，某诗社在北京玉渊潭公园举办樱花诗会，与会者相约步海藏楼《樱花花下作四首》（郑孝胥）韵，共得诗二百余首。兹录两首：

喧红闹碧逐车尘，中土今看风月新。

已击鱼龙东海楫，来争桃杏上林春。

玉环零落瘗无侣，青冢播迁嗟一人。按，"人"字同下韵，恐是"身"之误。

绛帐弦歌谁复续，临潭有恨问骚人。（伯昏子）

芳华不复旧时开，琼佩朱环坠锦堆。

春雨淹留三宿梦，东风吹转一轮回。

人间有恨花如雪，沧海无情涛若雷。

别样春愁谁可拟，玉渊潭有子安才。（凤山客）①

在这种场合作诗，一般只能是拼辞藻、拼声律、拼构思。和题目发生"触电"的概率是很低的。换言之，很难有真的神往和兴致。比如咏蟹，写到"饕餮王孙应有酒，横行公子却无肠"（宝玉）、"多肉更怜卿八足，助情谁劝我千觞"（黛玉），已经难为他（她）了，"横行公子"一句还是从元好问借来的。当然，这些诗还是曹雪芹一笔代拟，在省级诗词学会中应属中上水平。只能做到这个份儿上。要出"莫道无心畏雷电，海龙王处也横行"（皮日休）那等惊人之句，偏不是这种场合。

没经过训练，立题、限韵是写不好的；经过了训练，又怕像缠脚一样，缠时容易放时难。清初龚鼎孳酒酣赋诗，好用杜诗韵脚，连作歌行也是这样，别人问他为什么，龚笑道："无他，只是捆了好打。"（王士禛《香祖笔记》）什么叫"捆了好打"呢？说穿了，就是讨

---

① 华夏文化促进会鸿雪诗社《鸿雪诗刊》第4期，2006。

巧——"就韵构思，先有倚藉，小异新巧，即可压众。然究不能成大器，聊一为之可也。严沧浪云，'和韵最害人诗'，信然。"（黄子云）龚鼎孳与吴伟业齐名，而不及吴之大器，这应该是一个原因。

词学家吴世昌平生痛恨几首宋词，一是苏东坡的《水龙吟·次韵章质夫杨花词》——拟人太过，遂成荒谬；二是姜夔的《暗香》《疏影》——游戏之词，勉强造作；三是吴文英的《唐多令》——"何处合成愁，离人心上秋"玩拆字游戏，文理不通——"何处"是空间，"秋"是时间，如何搭配！[①] 这几首词很著名，选家不敢不选。吴世昌态度稍涉偏激。从另一角度看，却是安徒生式的童言无忌——道出简单的事实。

步韵，会限制思想；讨巧，则小家把式。清代以来步韵《秋兴》之作多矣，竟无一首达到原作水准（何况《秋兴》并非杜诗最高水准），可以为戒。一味在这上面讨生活，必大误终生。要做文字游戏，与其"枉抛心力作诗人"，真不如玩灯谜。

一本民初印行的《春谜大观》，序云："当此玄黄扰攘之秋，新旧党人奔走运动之日，而寒江伏处数十揹大之学问之经济之气概，日消磨于文字游戏，竭其一得，仅博游艺场所之欢迎。高踞一席，自鸣得意。幸乎不幸，我同人对此感情为何如耶？"作者署名"新旧废物"。这篇序给我的印象很好，就因为他知道灯谜只是游戏。

真正的诗歌须感悟生命，缘事而发，过多地把精力放在送往劳来上，放在形式技巧上，是不合算的，也容易走上平庸的道路。我并不主张把诗的游戏功能一笔勾销，只是觉得应有一个度的把握。

---

① 吴世昌. 词学新论 [M]. 北京：北京出版社，1988：50、143、241、269.

六　江山代有才人出

20 世纪五四运动以来，有一段时间，人们认为诗词，甚至认为汉字已经走到了尽头。又有一段时间，人们认为毛泽东诗词就是传统诗词最后的辉煌。这其实是低估了汉字和诗词的生命力，也低估了后人对汉字、诗词的接受喜悦的程度和驾驭能力。

至今有人拒绝诗词，因为他不看。他当然可以不看，因为文学消费早就分众化了，他不在此众之中。不过，不看不知道，一看还真是林子大了，什么鸟都有了。特别是网络兴起以后，在网络上写诗之众也多了起来，有公司白领、警察、飞行员、下岗工人等，三人行必有我师焉。乱来的有，爱家的也有。爱家指那些沉浸秾郁、含英咀华的人，因为入门，才能升堂入室，成为会家。会了，就不再做传声筒，唯以书写当下为本分。于是，诗词又飞回民间去了。

古人说以鸟鸣春，以虫鸣秋。契诃夫说，大狗有大狗的叫法，小狗有小狗的叫法。噪音当然是难免的，但悦耳的声音已是处处可闻，令人心情畅美。钟振振对当代诗词估计比我还要乐观，他说："没有读遍当代诗词，就说它超越唐宋，固然是妄下结论；但要说它没有，甚至根本不可能超越唐宋，同样也是妄下结论。低调一点说，就算当代诗坛词苑出不了李杜苏辛，但如果组织一场五百人以上规模的团体对抗，'当代'队与'唐宋'联队，谁胜谁负还真不好说！赢不了李白、杜甫，还拼不过贾岛、姚合么？"[①] 壮哉斯言。

大河奔流，披沙拣金，往往见宝。何以为宝，不是平仄协律，

---

　① 钟振振. 人皆可以为李杜 [J]. 文史知识，2005，(1).

不是类同唐诗宋词，而是传统体与现代性的结合，特别是要有新的思维和语言，才能彰显传统诗词在当代的生命力与特色。所以我立了三条标准：一曰书写当下，二曰衔接传统，三曰诗风独到。不书写当下，没有时事，没有开放的思想意识，题材是传统题材、思想是陈旧思想、情调是士大夫情调，或者为标语口号传声筒，"雷同则可以不有，虽欲存焉而不能"（袁宏道）。不衔接传统，就不是诗词，就该去写新诗、新民歌、东江月①。同时，衔接不等于复制，任何经典文本，它的美都是不可复制的。复制不及原创。希腊神话如此，唐诗如此，宋词亦如此。当今作者，只能学习传统、衔接传统，我手写我口。缺乏艺术个性，你写我写一个样，则没有必传的理由，所谓"若无新变，不能代雄"②。有了书写当下、衔接传统这两条，允称小好；加上诗风独到这一条，堪称大好。大好如何，空口无凭。且就诗词各体，举几个例子——作品以诗词曲为序，诗以篇幅短长为序，表他一表：

> 参军落选人，垂头泪如雨。
>
> 报国恨无门，外婆家地主。（熊鉴《参军落选者》）

小古风（仄韵）是五言绝句中常见的一类。这二十个字纯属白描，没有可圈可点的字句。只摆事实，不著议论，却沉甸甸耐人寻味。"报国无门"这一古老悲剧，在 20 世纪 60 年代又上演了，只因"外婆家地主"——唯成分论。前事不远，集体记忆正在消失。立此存照。

---

① 宛敏灏先生说过，写《西江月》不合律，不如径写《东江月》。
② 萧子显《南齐书·文学传》。

当年炮火震渔村，爆竹今朝万户闻。

同是硝烟长不散，两番心事最撩人。（陈振东《庆回归》）

撇开百年痛史说从头的套话，却抓住"硝烟"这一特殊载体，以小见大——得绝句体。三句说"同"，四句说不同（"两番"），形成唱叹。"两番心事最撩人"，说明而不说尽，意味深长。为同一题材诗词中的佼佼者。

风驰电闪撇横挑，宛似公孙剑气豪。

未可轻看三点水，奔腾欲涨洞庭涛。（杨起南《赠湘乡书法协会》）

应酬诗，却尽弃公共之言，匠心独运：以公孙大娘剑器舞形容书写的奇妙与张力，倒也罢了。想不到他拈出"三点水"，又联想到"洞庭涛"，意奇语奇，长书法协会的志气，令人击节。

谗奸不可畏，可畏是深谋。

世有难伸理，人无必报仇。

辩诬谁说项？苟活我依刘。

八卦乾坤火，精钢竟作钩。（曾渊如《七十回眸九首》其五）

这首五言律诗"回眸"作者数十年前遭遇的迫害，笔墨凝练。次联字字掷地有声——上句是痛定思痛，尤觉沉痛，下句作自我宽解，颇有肚量。上下以"有""无"二字相起，形成唱叹，大是名言——所谓"立片言而居要，乃一篇之警策"①。后半已无关紧要，单凭"世有难伸理，人无必报仇"十字，就可入选。

> 云山缥缈有无中，一柱青葱上九重。
> 俯看飞流湔俗虑，欲撩迷雾觅仙踪。
> 天心莫测晴还雨，水势难回西复东。
> 古往今来题壁客，就中几个识真容？（杨析综《庐山》）

七言律诗是当代诗词中最流行的诗体，庐山会议是现代史上的一大事件。全诗以"缥缈"二字提纲。"欲撩迷雾觅仙踪"是双关——庐山有仙人洞，庐山会议称"神仙会"。"天心莫测晴还雨，水势难回西复东"表面还是写景，其实是在咏史。一点即收，措语含蓄，颇得风人之旨。最后就东坡名句"不识庐山真面目，只缘身在此山中"寄慨，紧扣主题。作者是老干（前四川省省长、河南省委书记），诗决非老干体。

> 闹市观灯遍绮罗，小斋闲坐欲如何？
> 水仙一室清芬气，酒鬼三杯漱潋波。
> 今夕倾城放花炮，几时寰宇息干戈！
> 书生且把幽帘梦，包入汤圆手自搓。（杨逸明《元宵节漫笔》）

"酒鬼"是近二三十年才有的湘酒品牌，与"水仙"作对，工整有趣，古人笔下没有。从元宵放花炮，联想到世界还有战争，从而发出"几时寰宇息干戈"的悲天悯人之叹。冷兵器时代的古人不可

---

① 晋·陆机《文赋》。

028

能有此联想。把"梦"包进汤圆的想法匪夷所思，而这"梦"还是"幽帘梦"——对世界和平的美好期盼。因此，这首诗境界不俗，构思新奇，语言驾轻就熟，洵是佳作。

> 忆昔群儿戏，夜阑不知寐。长天惟明月，空街余犬吠。父促儿回归，转询月宫事。父吻知儿寒，强言及家对。抚肢小衣薄，爱急环以臂。怀中重温暖，不语朦胧睡。及今十余年，人事几变易。阶月旧时月，儿流思亲泪。(罗扶元《忆昔》)

一个月夜的故事，一对父与子的故事，一个真实又珍贵的细节，字里行间充盈着挚情。诗写儿的天真和父的慈祥，皆力透纸背。就像朱自清的《背影》，能唤醒许多人回忆深处的慈父形象。五言古诗以自然家常、真挚朴素为贵。写母爱，古人诗中有极突出的作品——如孟郊《游子吟》，写父爱，还得让这首诗三分。

原诗题下自注："1941年7月父逝周年，吾始学作诗。"值得玩味：一个未曾作诗的人，只因有一段颠扑不破的至情，郁结胸中，不吐不快，在心为志，发言为诗——这是真诗。然而，心中有，不等于写得出。不能想象一个不读诗、不爱诗、不知诗的粗人，能够写出这样感人的诗。

> 挟得南岭云，一击八千里。跨海出关东，又渡松花水。……高空色深苍，繁星在掌指。黑苍相接处，霞灿一线绮。渐看渐浓厚，浮金变沉紫。新月微如羽，光作芒不起。因思平山君，挟此神秘美。……华光乍闪烁，疑是反粒子，湮灭释高能，转化无时已。复想外星人，飞碟附我尾。精诚与我通，面目与我似。转瞬百光年，去来竟何以。星云如纤埃，宇宙固稊

米。亿万恒沙劫，旋成复旋毁。当有大宇宙，循环无终始。时空浩茫茫，生命岂偶尔。……轮回千万态，核糖核酸耳。净化归自然，何论此与彼。忽降云海中，翻腾不暂止。四顾同机人，色变胆落矣。俄而着跑道，滑行疾于矢。回颜向舷窗，欢呼灯火市。（陈永正《暮航抵哈尔滨》）

这首五古初写暮航中看到的瑰奇景色，继写由此引起遐想（"因思"以下），夹有不少天文、物理学新名词，如反粒子、外星人、飞碟、光年、星云、核糖核酸等。观念完全是当代的，却又不失其古雅。结尾（"忽降"以下）写飞机降落，人从幻想回到现实，翻云覆雨，跌宕有味。诗中"平山"，指日本画家平山静夫。

杨丽萍，白孔雀，锦官城里忽飘落。亭亭玉立追光中，八千鸟喙顿忘啄。冰肌玉骨月中仙，缟裙开展光灿然。俯饮曲身十三段，体态段段皆可怜。饮罢振翅婆娑舞，西双版纳忽焉睹，蕉寒泼水情欲狂，傣家儿女击象鼓。独立香木尾垂文，映日佛塔朗耀金。万人合十观吉鸟，顶上三毛自在伸。座客咨嗟叹观止，舞师神奇乃如此，反扬两臂能抒波，翻令孔雀愧欲死。北人饰神威有加，南人饰神貌如花。请到大足石龛看，可知菩萨是娇娃。（滕伟明《杨丽萍孔雀舞》）

题下原有小序："杨丽萍献上《雀之灵》舞，比利时艺术团团长史蒂文·伊田叹息曰：此生安得再见此舞！"诗人兴会淋漓，"八千鸟喙顿忘啄"一句，学"六宫粉黛无颜色"而不着痕迹。作者说，因当场有八千个座位，忽然得句——这叫俯拾即是，着手成春。"体态段段皆可怜"承"俯饮曲身十三段"——是神往，是痴迷，诗就要这样放开写。"蕉寨泼水情欲狂，傣家儿女击象鼓"写泼水节，在舞是插曲，在诗是适当的松弛。"顶上三毛自在伸"，于诗是顿添三毫。"翻令孔雀愧欲死"不是骂题，是尊题——因为这首诗赞美的是舞者，而不是孔雀。最后一笔宕开，末句趁韵，不影响全诗的精彩。剪裁的利落，平仄韵的互换，足见当行本色。

这首诗的作者说过这样的话："白居易的《长恨歌》长得好，元稹的《行宫》短得好，你不能说前者的质量是后者的多少倍。"话虽如此，一首好的绝句不必出于行家，而一首好的歌行则非行家不能出彩。

先生可死，先生身后，弦歌相继。四百年间，蔚成学派，兴文兴利。　要他棺椁何为？纵铁铸，还如薄纸。身是青山，种梨种橘，且由人去。(李亮伟《柳梢青·谒黄宗羲墓》)

这是一首怀古之作，词中运用材料恰到好处。"先生可死"，出黄宗羲《与万承勋书》："年纪到此，可死；自反平生虽无善状，亦无恶状，可死；于先人未了，亦稍稍无歉，可死；一生著未必尽传，自料亦不下古之名家，可死。如此四可死，死真无苦矣。"作者由此名言，提炼为"先生可死"四字置诸篇首，有石破天惊之感。不读书人很难想到的。

数遍青枝未展颜，花在春前，腊在春前。酿香情绪渐绵绵，可是相怜？应是相怜。　玉笛冰魂尚未还，梦里关山，客里关山。快将风雪造严寒，人在梅间，诗在梅间。(周燕婷《一剪梅·天未足寒，罗冈梅花未放》)

抛开雪压霜欺一类套话，却因梅花未放，转祈降温。"酿香情绪渐绵绵"写梅蕾蓄势待发，是顿宕，是"琵琶声停欲语迟"。"快将风雪造严寒"的祈使，写急切的心情，大是武则天"明朝游上苑，火急报春知"的风度，词属婉约，却因此有了俊爽之气。这首词在首届中华诗词大赛中获奖在三等之外，我看它比一甲一名那首更带劲①。

词本倚声，今人作长短句，虽不必配以乐曲，却不能不作此想。交付歌者想来是不错的，一定是好词。反之，则一定不好。

> 红椒串子石头墙，溪水响村旁。有风吹过芭蕉树，风吹过，那道山梁。月色一贫如洗，春联好事成双。　某年某日露为霜，木梓走墟场。某年某日天无雨，瓦灯下，安放婚床。几只火笼偏旺，一坛米酒偏黄。（曾少立《风入松》）

撇开乡土气息不表，这首词胜人一筹的地方还在于，其流畅感与张力来自对词体的歌词性质的把握（很多人不懂这一点），语语可歌，充满了神韵。你说它是创调吗，它正传统。你说它传统吗，它又和流行歌曲接轨、和新诗接轨，翻出吴文英手心，可谓一首词复活了一个词调。作者是网络词人，"只如相公亦作曲子"，倘使柳永复生，亦当拊掌吧。

> 白云高处生涯，人间万象一低首。翻身北去，日轮居左，

---

① 首届诗词大赛一等奖第一名王巨农《壬申春日观北海九龙壁有作》全诗如下："久蛰思高举，同怀捧壮心。曾教鳞爪露，终乏水云深。天鼓挝南国，春旗荡邓林。者番堪破壁，昂首上千寻。"

月轮居右。一线横陈，对开天地，双襟无纽。便消磨万古，今朝任我，乱星里，悠然走。　放眼世间无物，小尘寰、地衣微皱。就中唯见，百川如网，乱山如豆。千古难移，一青未了，入吾双袖。正人间万丈，苍茫落照，下昭陵后。（魏新河《水龙吟·黄昏飞越十八陵》）

作者是飞行员，古人没有这个职业，写不出这样的词。这首词写黄昏驾机飞越十八陵的感觉，写得很清空，却改变了人们习惯的视觉印象，如"日轮居左、月轮居右、一线横陈、对开天地、双襟无纽、地衣微皱、百川如网、乱山如豆"等；改变了人们习惯的动作方式，如"翻身北去"，却不同于古人游仙式、列子御风式的不着边际的想当然，而是来自飞行的实感。飞行，就如此这般地改变了世界图景，也改变了我们的宇宙观。题材和写法都是现代的、全新的，也是动人的。

翩翩风度需白扇，白扇需词教我填，词需篆字请书仙。三十酬扇，三千酬篆，付词家掌声三遍。（萧自熙《中吕·卖花声·扇词字》）

新月初踏虚空路，云碎难成步。气喘吁，不许群星把他扶。过成都，赶到峨眉住。（同上《双调·步步娇·新月》）

这两支散曲，一支写文化市场的怪现状，不但当行本色，得元人神髓，而且富于时代机趣。另一支咏月，天真童趣堪与儿歌比美。杜甫说"不薄今人爱古人"。章润瑞说"拜罢古人拜今人"。读了上面这些诗词曲，你也许会产生些许的同感吧。

由此可知，鲁迅的"我以为一切好诗，到唐已被做完"① 的说法，原是过情语，不能较真，岂能较真。不过鲁迅又何尝把话说死，他接着还有话："此后倘非能翻出如来掌心之'齐天大圣'，大可不必动手。"要是能够翻出如来掌心呢，言外之意还是清楚的。宋人不就翻出了吗，清人也有部分翻出，按进化论的观点，当代人比古人更聪明，怎么知道当代人就一定不能翻出呢！清人赵翼诗云：

> 李杜诗篇万口传，至今已觉不新鲜。
>
> 江山代有才人出，各领风骚数百年。（赵翼《论诗绝句》）

"李杜诗篇万口传"——这是抹杀不了的事实。但李杜之所以为李杜，还不正是因为前无古人！后人学李杜，重要的是学李杜之精神。李白不须说，即如杜甫之新题乐府，即一大创举，汉魏以下或沿袭古题、唱和重复，或寓意古题、刺美见事，唯杜甫《悲陈陶》《哀江头》《兵车行》《丽人行》，率皆即事名篇，无复倚傍，元白继起，谓是为当，遂开新乐府之康庄大道，岂不伟哉！

赵翼《瓯北诗话》目次，于李、杜以下，依次列举韩愈、白居易、苏轼、陆游、元好问、高启、吴伟业和查慎行八大家，感言道："梅村（吴伟业）后，欲举一家列唐宋诸公之后者，实难其人。唯查初白（慎行）才气开展，工力纯熟，鄙意欲以继诸贤之后，而闻者已掩口胡卢。不知诗有真本领，未可以荣古虐今之见，轻为訾议也。"

赵翼之言是也。

---

① 吴奔星辑. 鲁迅诗话 ［M］. 天津：天津人民出版社，1981：38.

第二谈 不学诗 无以言

（明诗）

一个人不欢喜诗，何以文学趣味就低下呢？因为一切纯文学都要有诗的特质……诗比别类文学较谨严，较纯粹，较精致。不爱好诗而爱好小说戏剧的人们大半在小说和戏剧中只能见到最粗浅的一部分，就是故事……诗是培养趣味的最好的媒介，能欣赏诗的人们不但对于其他种种文学可有真确的了解，而且也决不会觉得人生是一件干枯的东西。（朱光潜《谈谈诗与趣味的培养》）

一 诗的本质

进行诗词创作，先得明白什么是诗，即什么是诗的本质。不然，写什么诗呢。艾青说："假如是诗，无论用什么形式写出来都是诗。假如不是诗，无论用什么形式写出来都不是诗。"① "无论什么形式"——应该包括分行的、不分行的、自由的、格律的、汉语的、外语的、新诗的、诗词的，等等。

讨论诗的本质，视野应该更宽一些，即不要局限于诗词。对于诗词写作者，这样做是有好处的。说到诗的本质，又记起几十年前读过希克梅特的一首诗的开头，这诗让人过目不忘：

> 我是一个诗人
> 我懂得诗的本质
> 我不喜欢谈论天蓝的颜色
> 我最喜欢的诗篇是——《反杜林论》

虽然《反杜林论》并非诗篇，但希克梅特却的确是一个诗人——就凭他那激情的、感性的、新颖的、独特的、有滋味的表达，就可以认定。"天蓝的颜色"是个符号，表示司空见惯的东西，《反杜林论》表示诗人的阶级立场。

---

① 艾青《诗论》，人民文学出版社 1980 年版。

什么是诗人？凡是用全身心去感受、琢磨人生而又有几分语言天赋的人，便有诗人的资质。而诗才，是从阅读中产生的。哪怕只处在十平方米的租居小屋内，也能唱出"高吊一灯名日光，山河普照十平方""大禹精神通厕水，小平理论有厨粮"（曾少立）的诗句来。而诗人气候的大小，则是由胸襟的大小决定的。

　　为人麻木不仁，或者"语言无味，像个瘪三"，则谈何诗人。

　　什么又是诗的本质呢？我所服膺的理论，是以"释"（释放）释诗——人秉七情，应物斯感，或为之激动，或为之困惑，或为之神往，或为之辗转反侧，凡此种种，都是生命的体验，或谓之情结。情结好比疙瘩，须释而放之，才能消散，复归平静。如果释放的途径是语言，所得到的结果，必然是诗。有人说诗是灵魂的出口，也应是这个意思。诗一产生，就具有兴发感动之张力——或令人激动，或令人唏嘘，或令人莞尔，或令人流连忘返。《毛诗序》说得好：

　　　　诗者，志之所之也。在心为志，发言为诗。情动于中而形于言。言之不足故嗟叹之。嗟叹之不足故永歌之。永歌之不足，故不知手之舞之，足之蹈之。情发于声，声成文谓之音。

　　大意是说：诗是情志的释放。释放的形态是语言。诗有节奏，有旋律，在这一点上它和音乐、舞蹈是相通的。诗是诉诸听觉的艺术。这几句话不仅把诗的本质表达得十分明了，而且从心理学的角度揭示了音乐、诗歌、舞蹈三位一体的原理。可见几千年前的汉儒，对诗歌本质的理解已相当高明。

　　诗是最古老的文学样式，却又永远年轻。诗是很情绪化的文学样式，"志之所之也"，也可以说是感情之流。感情冰结的人，对诗必然隔膜。

二　不学诗　无以言

"不学诗，无以言"①，这是孔子教子的一句话。老人家警告说，不学诗的后果很严重，无法在上流社会混，因为不会说话——先秦时代，在外交宴会等场合，是流行"赋诗言志"的。孔子教学生也是这样的语气："小子何莫学乎《诗》！《诗》可以兴，可以观，可以群，可以怨。迩之事父，远之事君。多识于鸟兽草木之名。"② 对比西方诗人的说法："诗的功用无非是帮我们更能欣赏人生，反过来说，帮助我们承担人生的痛苦。"(奥登) 并无抵触。他们说的第一项，可以兴，或者更能欣赏人生，都是说诗有助于培养审美感受的能力。

人的大脑与神经系统构造极为精密，敏锐的感知对生命至关重要，麻木不仁甚至痛感缺失，对生命极为有害。自然风光是造物之无尽藏 (苏轼语)，艺术作品是另一座无尽藏，提供了丰富的视觉、听觉的盛宴，取之不尽，用之不竭，审美感受力强的人，从大自然和艺术中得到的享受较多。而审美感受力缺失或低下的人，则无福消受。马克思说："对于非音乐的耳，再美的音乐也是没有意义的。"同理，对于非诗性的人，再好的诗词也是没有意义的。而审美感受力强的人，不管作诗不作诗，都可以称为诗性的人。

元祐七年正月，东坡先生在汝阴州 (颍州)，堂前梅花大开，月色鲜霁。先生王夫人曰："春月胜如秋月色，秋月色令人凄

---

① 《论语·季氏》。
② 《论语·阳货》。

惨，春月色令人和悦。何如召赵德麟辈来饮此花下?"先生大喜曰:"此真诗家语耳。"遂相召唤与二欧饮。用是语作《减字木兰花》词云:春庭月午，影落春醪光欲舞。转步回廊，半落梅花婉婉香。轻风薄雾，都是少年行乐处。不似秋光，只共离人照断肠。(宋·赵令畤《侯鲭录》卷四)

这一对夫妇都是诗性的人，他们的精神生活是多么充实啊（稍后的李清照与赵明诚也是如此）。不过东坡夫人王氏与李清照不同，没有记载表明她写过诗词，可是她对春天月色的感受、辨味、品评，处处表现出她就是一个诗性的人。她对风月领略之深邃之独到，语言之活泼之有味，连苏东坡听了都觉得欢喜、觉得意外——"此真诗家语耳。"并由此得到了一首很现成的词。

灵感就是如此。它往往不期而然的到来，不是来自重大新闻，而是来自日常生活中的一个细微的契机或一闪念（即灵感）。你想作诗时找它不到，不想作时却突然来了——"竟日觅不得，有时还自来"（唐·贯休《言诗》）。灵感催生诗词，应该像苏东坡那样反应敏捷，把握迅速——"作诗火急追亡逋，清景一失后难摹"（宋·苏轼《腊日游孤山访惠勤惠思二僧》）。因为灵感是不会等人的。时过境迁，感觉会找不到的。

灵感可遇而不可求，这种凭某种生活邂逅而获得感悟写成的诗，通常称为即兴诗。其题材虽小，却较重大题材的诗，更具诗的品格，因而成功率很高。杜诗题为"漫兴""漫成""聊短述"的诗，就有即兴的性质。而据《岷峨诗稿》的统计，编辑部一向收到的稿件中，即兴诗包括咏怀诗合起来，不过百分之十，而百分之九十是落套的应景诗、平庸的旅游诗、随便的赠答诗①。这是很煞风景的。

> 门外萋萋草渐齐，一闻车过意清凄。
> <u>荧屏不上昔时影，无奈街边看下棋。</u>（曾卓《某公近况》）

> 乌纱脱下著单衫，日日相随有菜篮。
> <u>独有菜农曾见识，招呼犹喊旧官衔。</u>（胡焕章《乌纱》）

在人们熟视无睹的生活事件中，可能包含微妙的人生况味。一经拈出，就是好诗。这两首诗都与官本位的社会背景相关。前诗将某公退休后的失落与无聊，写得十分生动，他嘲意味较为明显。后诗写称呼职位的风气，菜农犹不能免，"独有"二字，略见世态炎凉，不辨他嘲与自嘲。两首诗都好，第二首尤其好。

生活中处处有诗，唯具诗性（悟性）者能区别之、发明之、玩味之、欣赏之。非诗性的粗人，非但不能从生活中予以区别、发明、玩味、欣赏，就是面对现成的诗词，也会感到隔膜。他的文学趣味，也一定是低下的。

文学趣味的高低之分，解诗不解诗，实是一个分水岭。对诗悟性高的人，对生活的感悟也不会麻木。鲁迅评《红楼梦》，有一段精彩的话："颓运方至，变故渐多……悲凉之雾，遍布华林，然呼吸而领会之者，独宝玉而已。"② 宝玉就是诗性的人。对诗隔膜的人，对生活的感悟则较迟钝——薛蟠理解的"女儿愁"，是"绣房里钻出个大马猴"，宝玉用"押韵"为之解嘲。反之，薛蟠对宝玉的"女儿

---

① 滕伟明. 走出诗词创作的误区 [J]. 岷峨诗稿，2007，（总83）.
② 鲁迅. 中国小说史略 [M]. 北京：人民文学出版社，1973：201.

乐，秋千架上春衫薄"的好处，感觉也可能停留在"押韵"的层面上吧。薛蟠与诗是无缘的。

美学家朱光潜说："一个人不欢喜诗，何以文学趣味就低下呢？因为一切纯文学都要有诗的特质。……诗比别类文学较谨严，较纯粹，较精致。不爱好诗而爱好小说戏剧的人们大半在小说和戏剧中只能见到最粗浅的一部分，就是故事。……诗是培养趣味的最好的媒介，能欣赏诗的人们不但对于其他种种文学可有真确的了解，而且也决不会觉得人生是一件干枯的东西。"[①] 这段话说得何等好啊，特别是最后一语破的，对诗的领略相通对人生的领略。

> 《归田录》(欧阳修撰) 云：晏元献（殊）喜评诗，尝曰："老觉腰金重，慵便玉枕凉"，未是富贵语，不如"笙歌归院落，灯火下楼台"，此善言富贵者也。……言富贵不及金玉锦绣，惟说气象。若"楼台侧畔杨花过，帘幕中间燕子飞"，"梨花院落溶溶月，柳絮池塘淡淡风"之类是也。(《漫叟诗话》)[②]

开口"腰金"闭口"玉枕"，是露富，是俗气，是暴发户心态，"未是富贵语"。真正养尊处优的人，真正见过些世面的人，像贾母，说起话却是这种语气："别说书上那些世宦书礼大家，……拿我们这中等人家说起，……别说是那些大家子"，就和"笙歌归院落，灯火下楼台""梨花院落溶溶月，柳絮池塘淡淡风"似的，持平常心，不提金玉锦绣，却有富贵气象。

诗性的人"决不会觉得人生是一件干枯的东西"，即使在心伤莫

---

① 朱光潜. 我与文学及其他 [M]. 南宁：广西师范大学出版社，2004：13.
② 魏庆之. 诗人玉屑 [M]. 上海：上海古籍出版社，1978：224.

救之时。审美观照，对心理疾患有调试的作用。就像幽默，对人生的挫折或摩擦，有很强的润滑作用一样。幽默与诗性，正是一脉相通。东坡说：

昔年过洛，见李公简，言：真宗既东封，访天下隐者，得杞人杨朴能为诗，召对，自言不能。上问："临行人作诗送卿否？"朴曰："惟臣妻有一首：'更休落魄贪杯酒，且莫猖狂爱咏诗。今日捉将官里去，这回断送老头皮。'"上大笑，放还山。余在湖州坐作诗，追赴诏狱。妻子送余出门，皆哭，无以语之。顾谓妻曰："独不能如杨处士妻，作一诗送我乎？"妻子不觉失笑，余乃出。（《东坡志林》）

苏东坡这一类故事太多太多。如果不对生活持审美观照的态度，如果不幽默，像他那样一生为政治迫害所困扰的人，若不郁闷而死，就该自杀了。

过去看到郭沫若为 1962 年 9 月号《人民教育》的题词，印象很深："培养中小学生写好字，不一定要人人都成为书法家。总要把字写得合乎规范，比较端正、干净、容易认。这样养成习惯有好处，能够使人细心，容易集中意志，善于体贴人。草草了事，粗枝大叶，独断专行，是容易误事的。练习写字可以逐渐免除这些毛病。"这段话将学习写字的意义，提到做人的高度来认识，真是见道的话。

学诗者，也应作是想。

从水管里流出的都是水，从血管里流出的都是血。(鲁迅)

非诗性的人，写出的文字，必然枯燥。诗性的人，写出的文字，必是诗性的文字，是美文。

三　敬畏新诗

诗词，或称"旧诗"。"旧诗"云云，是相对五四运动后勃兴的"新诗"而言的。然而，"古人不见今时月，今月曾经照古人"（李白）——诗体之新与旧，是个相对的概念，并无绝对的界定。中国古代即有"新体诗"，乃是指南朝宋永明年间兴起的讲究调声的一种五言诗，或称"永明体"，也就是诗词中近体诗的前身。唐代诗人即将绝句、律诗称为近体，把另一类诗称作古体或古风，两者并存不悖。包括李白、杜甫在内的唐代诗人既写近体，也写古体，都留下传世之作。

"人事有代谢，往来成古今（孟浩然），今日之旧，原来新过。今日之新，又焉能长新不旧？"我们将五四以来的白话诗称为"新诗"，仍是一种权宜之计。几百年后，人们是否还这样称呼，那就很难说了。

一部诗词史，是格律化的诗史。而"新诗迅速普及，制胜之因，全在自由。一、抛掉旧体诗词的格律，诗人获得形式的自由。二、舍弃典雅陈古的文辞，诗人获得语言的自由。三、放逐曲达宛喻的传统，诗人获得意趣的自由。那时的新诗又叫自由诗。新体灿然而光，旧体黯然而晦"①。新诗经过最初的尝试，迅速发煌，大放异彩，虽为汉语诗歌，却与外来的影响（如惠特曼、泰戈尔、凡尔哈仑等）具有很深的渊源，与纯属本土的诗词形同两物，各不相能。

有人爱新诗，有人爱诗词。事关趣味，无可争辩。然而，近百

---

① 流沙河. 流沙河近作［M］. 合肥：安徽教育出版社，2006：2.

年来，成就较大的新诗人，从郭沫若、闻一多到余光中、洛夫，大体都有深厚的国学基础与文化修养，他们写作的新诗兼具古典的风雅与现代的风流。郭沫若《湘累》、闻一多《李白之死》、余光中《大江东去》、洛夫《与李贺共饮》，完全是新诗。然而仅从取材，即可看出他们对诗词的熟稔与对古典的敬意。

诗词的某些意境"如沉着，如冲澹，如典雅高古，如含蓄，如疏野清奇，如委曲、飘逸、流动之类的神趣，新诗里要少得多"（郁达夫《谈诗》）。把诗词看作是旧文化、与新诗新文化完全对立的人，写新诗而不看诗词、不懂诗词、不爱诗词的人，其结果只能是局限自己。理由很简单，在同属汉语诗歌这一点上，新诗与诗词仍属一江之水，新诗从诗词那里，应该是有所借鉴、有所汲取，而不必弃之如敝屣。

话说回来，诗词作者对新诗，也不能无知。"不薄新诗爱旧诗"（陈毅），依我之见，"不薄"还不够，还应关注，还应敬畏。柳亚子曾经说：作诗词难，作新诗更难。何以言之？知堂说，诗词"是已经长成了的东西，自有它的姿色与性情，虽然不能尽一切的美，但其自己的美可以说是大抵完成了"①。这个"大抵完成了"的美，主要指诗词的形式美，如格律、技法、藻绘等。所谓"完成"，是指在艺术上形成惯例，当这些惯例被绝对化，形成某种模式和美学判断的标准，后来作者便会走捷径，滋生惰性，训练出"创造性模仿"。其负面作用很明显，那就是"抑制勇于创新的诗人，扶助缺乏创见的诗人，把天才拉平，把庸才抬高"②。初唐的宫廷诗对于南朝新体诗，明诗对于唐诗，就是如此。

---

① 周作人《论人境庐诗草》。
② 斯蒂芬·欧文. 初唐诗 [M]. 南宁：广西人民出版社，1987：5.

新诗的情况则不同，由于是自由体，它的美（形式美）只能处于不断的探寻中。唯其如此，便没有惯例可循。第一个把女人比作花的是天才，第二个把女人比作花的就是庸才。新诗较诗词，更深入生活细节，更重视思维深度，对想象、对构思、对措语、对内在韵律，要求更高，因而更难以藏拙，更需要原创性，更需要天才。

有一些新诗人，最后退回来写诗词，与其说是表明诗词较新诗更为优越，不如说是因为新诗较诗词更为难弄。

新诗发煌之初，废名（冯文炳）有一个意见，未必所有人都能同意，却是不应忽略的，因为他试图说明新诗与诗词在本质上的不同——"旧诗（即诗词）的内容是散文的，其诗的价值正因为它是散文的。新诗的内容则要是诗的，若同旧诗一样是散文的内容，徒徒用白话来写，名之曰新诗，反不成其为诗。"[1] 此论令人耳目一新，可惜的是，什么是诗的内容，什么是散文的内容，他却讲得有些含混。

为什么会含混呢？我认为是由于"内容"一语不准确，——应该提出一个概念——"诗思"来代替它。所谓诗思，就是诗歌的思维。由于任何思维都是语言的思维，新诗与诗词之诗思的不同，首先表现在思维语言的不同。

新诗的思维语言是白话（现代汉语），诗词的思维语言是文言（古代汉语[2]）。文言基本上是书面语言，它是典雅的、自足的、不断被重复（语有出处）的。白话基本上是生活语言，它是活泼的、开放的、日新

---

[1] 废名. 新诗十二讲 [M]. 辽宁教育出版社，2006：7.
[2] 广义古代汉语有两个系统，一是以先秦口语为基础而形成的上古汉语书面语言以及后来历代作家仿古的作品中的语言，也就是通常所谓的文言；一个是唐宋以来以北方话为基础而形成的古白话。狭义的古代汉语指前者而言。参王力《古代汉语》（绪论），中华书局，1981 年版。

月异的。在语汇上，白话比文言更丰富；在表达上，白话比文言更
具张力。

　　时间开始了（胡风《时间开始了》）

　　让所有的日子都来吧
　　让我编织你们（王蒙《青春万岁》序诗）

　　前一句诗写在新中国诞生之日，表达一种"历史从我开始"的，
几乎一代人的自恋感。后两句诗表达迎来新中国诞生的一代青年的
激动和自我陶醉。语汇很新颖，表达很有张力，很到位。"编织你
们"意指写作。很难想象同样的诗思，用文言，纳入五七言句式，
还会同样精彩。多少会削足适履吧，多少会逊色吧。

　　这样一个女人令我们爱戴
　　这样一个女人我们允许她变坏（西川《献给玛丽莲·梦露的五行诗》）

　　我已不知道我是谁
　　不知道我是天使还是魔鬼
　　是强大还是弱小
　　是英雄还是无赖……
　　如果你以人类的名义把我毁灭
　　我只会无奈地叩谢命运的眷顾（无名氏《巴比伦花园墙头诗》）

　　这样的新诗，令人过目不忘。同样的诗思，如果运用文言，写
成律句，是否有同样的效果，也难以想象。不过，在 20 世纪初，贵

州诗人姚茫父将印度诗哲泰戈尔的《飞鸟集》译为五言绝句，不少译诗堪称妙品。不妨略举二三，与郑振铎的译诗对照一下：

> 萤火扇秋夜，零乱不成行。
> 众星未相忌，一样是幽光。

郑振铎译泰戈尔《飞鸟集》之四八：群星不怕显得像萤火虫那样。

> 人情鸥与波，相遇即相狎。
> 鸥飞波更落，离合成一霎。

郑振铎译泰戈尔《飞鸟集》之五四：我们如海鸥之与波涛相遇似的，遇见了，走近了。海鸥飞去，波涛滚滚的流开，我们也分别了。

> 独觉黑夜美，其美无人知。
> 恰如所欢来，正当灯灭时。

郑振铎译泰戈尔《飞鸟集》之一二〇：黑夜呀，我感觉到你的美了，你的美如一个可爱的妇人，当她把灯灭了的时候。

浅近文言，流丽清新。其于泰戈尔原诗，既神似，又是一种再创作。置古人五绝中，亦属神品妙品逸品，而且非常有特色，第三首尤其妙不可言。徐志摩说："这是一段极妙的文字因缘。郑先生看英文，不看彭加利文。姚先生连英文都不看。……他的方法是把郑译的散体改造成五言的韵文，有时剪裁，有时引申，在他以为大致不错就是。"① 它的成功在意译，还在于原作取象于自然，又富哲理，与五绝形式天然凑泊。

其次，新诗的诗思无所桎梏，容易做到应有尽有，应无尽无。诗词的句式、句数固定，却不免凑字、凑句、凑韵（趁韵）。

> 笔走龙蛇二十年，分明非梦亦非烟。
> 文章满纸书生累，风雨同舟战友贤。
> 屈指当知功与过，关心最是后争先。
> 平生赢得豪情在，举国高潮望接天。（邓拓《留别〈人民日报〉诸同志》）

王蒙说，这首七律真正的内容只有三句。一句是"笔走龙蛇二十年"，是说做革命文字工作已经二十年了；"分明非梦亦非烟"，可以不要，是用来凑韵的。二句是"文章满纸书生累"，是诗中关键的一句，是说自己写的东西太多了，变成了一个累赘、一个负担、一个麻烦——居然一语成谶。"风雨同舟战友贤"也可以不要，是为了对仗，是为了表达一些积极的思想，但总觉得别扭——从哪儿出来这么正确、这么好听的一句呀？三句是"屈指当知功与过"，这话任何人都可以说，但在作者却特别沉痛，因为他编《人民日报》老受批评，他感到很沉重，很悲伤。"屈指当知功与过"这话太消极了，所以又加了一句"关心最是后争先"（同时也是为了对仗和凑韵）。然而，就凭这三句，这首诗就非常好。②

新诗力求醇化、净化，没有字数、句数的限制，故无须凑字、

---

① 徐志摩. 五言飞鸟集序 [A]. 贵州读本 [C]，2007.
② 王蒙. 门外谈诗词 [J]. 安徽师范大学学报（人文社会科学版），2006，(2).

凑句；没韵脚也能成诗，故无须凑韵。诗词则不然，只为形式需要，故亦无伤大雅。前人说杜甫七律"如'童稚情亲'篇，只需前半首，诗意已完，后四句以兴足之。去后四句，于义不缺，然不可以其无意而竟去之者"①。其道理也不过如此。

第三，新诗较之诗词，在诗思上更有意识地追求陌生化，非散文化。"少无适俗韵，性本爱丘山。误落尘网中，一去三十年"<small>（陶渊明《归园田居》）</small>，其诗思完全是散文的<small>（照废名的说法）</small>，其所以为诗，乃在于形式——五古的形式。新诗则不然：

> 那个小男孩
>
> 已提前三十年出发
>
> 我如何才能赶上他？<small>（张应中《童年》）</small>

"那个小男孩"，便是童年的我。对于现在的我，又是非我——是"他"。三十年过去了，教我如何去找回"他"？我非我，非我即我——不说沧桑，却含三十年沧桑；不说惆怅，却含太多惆怅。语言是平易的、散文化的，诗思却是陌生的、非散文化的。可见，艾青口口声声追求的"散文美"，只是语言的散文化，绝不是诗思的散文化。

> 你站在桥上看风景
>
> 看风景的人在楼上看你
>
> 明月装饰了你的窗子

---

① 吴乔. 答万季埜诗问 [A]. 清诗话（上）[C]. 上海：上海古籍出版社，1963：28、29.

你装饰了别人的梦（卞之琳《断章》）

这首四行的新诗相当于一首绝句（绝句曾经被称为断句）。令人联想到一首唐人绝句：

南陵水面漫悠悠，风紧云轻欲变秋。

正是客心孤迥处，谁家红袖凭江楼？（杜牧《南陵道中》）

这首绝句的后二句不就是——你（客）在船上看风景，看风景的人（红袖）在楼上看你吗？不过，就诗思而论，杜牧绝句是散文化的，而卞之琳《断章》是诗的——这首诗的前两句和后两句情景忽然切换，彼此既搭界（句式同构）又不搭界，这种衔接方式更感性，更超常，更陌生化，更具跳跃性——是纯诗的思维方式。在诗词中，这样的思维方式并非没有，如：

夜凉吹笛千山月，路暗迷人百种花。

棋罢不知人换世，酒阑无奈客思家。（欧阳修《梦中作》）

四句各为一事，不相贯穿，然为绝妙之语，又切题。

李白《静夜思》（床前明月光）在中国家喻户晓。见月怀乡，因而成为一个现成的思路。但在川大的一次校园诗歌赛上，读到一位学生的新诗，是这样写的："看月的方式有许多种/我看月亮如一个陷阱/有人一抬头就掉了进去/今夜月色如水/我将对故乡的思念融入月色/挂在家乡门口的小树上"——作者想象独到，比喻（陷阱）奇特，不落窠臼，而且令人一读难忘。是一首好诗。

袁枚诗写村学云：

漆黑茅庐屋半间，猪窝牛圈与锅连。

牧童八九纵横坐，天地玄黄吼一年。

是一首活泼的好诗——旧时村学宛如画出，"吼"字尤有风趣——学童读"望天书"的情态如见。不过，其诗思实与散文无异，语译下来就是一段记叙的段子。几乎是同样的内容，新诗却要这样写：

蛋，蛋，鸡蛋的蛋

调皮蛋的蛋，乖蛋蛋的蛋

红脸蛋的蛋

张狗蛋的蛋

马铁蛋的蛋

花，花，花骨朵的花

桃花的花，杏花的花

花蝴蝶的花，花衫衫的花

王梅花的花

曹爱花的花

黑，黑，黑白的黑

黑板的黑，黑毛笔的黑

黑手手的黑

黑窑洞的黑

黑眼睛的黑

外，外，外面的外

意外的外，山外的外，外国的外

谁在门外喊报到的外

外，外——

外就是那个外

飞，飞，飞上天的飞

飞机的飞，宇宙飞船的飞

想飞的飞，抬翅膀的飞

笨鸟先飞的飞

飞呀飞的飞……（高凯《村小识字课》）

这也是一首活泼的好诗，比袁枚那首还要活泼、还要好。作者不再简单地叙述为"天地玄黄吼一年"，而是具体在表现如何"吼"了——这一串飞出村学的琅琅书声，是多么熟悉的声音，怎么就叫这位作者捡了个现成，捡了个便宜呢！

然而不然。这首诗的韵律节奏虽然可遇而不可求，铸词造句却并不现成。在琅琅书声的背后，是鲜活的人——张狗蛋、马铁蛋、王梅花、曹爱花……土得掉渣的名字，半土半洋的组词，有乡土气息，有时代感，有太多的信息：是山里孩子的写真——调皮蛋、乖蛋蛋、红脸蛋、花衫衫、黑手手；是一些生活细节——一个孩子迟到了在门外喊报到；村童思想短路，一时词穷（外就是那个外）；山里孩子对"山外"的憧憬，对"飞"的向往……总之，俯拾即是中有追琢，模仿中有创造，似随机实精心，还有，它的形式无可效仿。在传统诗词中，很难看到这样的作品。

对诗的见识有多大，境界才能有多大。上海诗人杨逸明说："我不写新诗，只写旧体诗词，但是我多年来一直自费订阅《诗刊》《诗选刊》《星星》这些新诗刊物，学习新诗新颖大胆的意象塑造和语言错位手法，获益匪浅。新诗和旧诗这对难兄难弟，在被世人看不起的情况下依然互相看不起对方。新诗的作者看不上旧诗的形式，有酒不愿意装进旧瓶，宁可将好酒散装，让人闻到酒香，却难以永久储藏，成了'散装酒'。旧诗的作者却收藏旧瓶成癖，瓶中注满水以为已经有了好酒，成了'瓶装水'。"这是明白人说明白话。

　　总之，有不好的新诗，却不是新诗的不好。不可以从门缝里瞧扁新诗。多读新诗，多读译诗，拓展眼界，触类旁通，广泛吸取其陌生化的手法，实有百利而无一弊。有些创调就是这样来的。

　　　　南风吹动岭头云，春色若红唇。草虫晴野鸣空寂，在西郊，独坐黄昏。种子推翻泥土，溪流洗亮星辰。……（曾少立《风入松》）

　　　　天空流白海流蓝，血脉自循环。泥巴植物多欢笑，太阳是、某种遗传。果实互相寻觅，石头放弃交谈。……（同上）

　　"春色若红唇""种子推翻泥土，溪流洗亮星辰""太阳是、某种遗传。果实互相寻觅，石头放弃交谈"，诗词中见过这样的句子吗？何其新人耳目。如果不是有爱于新诗，何来这等语言，这等妙思。这样的句子放在新诗中，能见惯不惊。放在这首词中，因为陌生，转觉漂亮。这是一种颠覆，也是一种创新。虽然只是苗头，未尝不预示方向。

　　当代诗词作者如一辈子困守传统，拒不接受新诗熏陶，不会有太大出息。

四　文言的魅力

汉语是可与英语争胜的一大语种。汉语的奇迹之一，是它产生出一种成熟的、稳定的、远离口语的书面语言，那就是文言（古代汉语）。即使在白话（现代汉语）成为流行书面语言的今天，文言依然不废。

文言的产生，与古人书面表达时追求简洁和规范有关，这可以降低书写的成本（材料和操作）。在青铜、甲骨、竹简上刻字或写字，当然是越简洁越好，就不能像说话时那样随心所欲。而汉字，恰好为之提供了条件。

汉字是表意性符号，和记音的拼音字母不同。汉字的读音因地域而异，却不妨碍文字的流通。识字的人都知道每个字的意义，读出声来，北方人和南方人大为不同，可以相差到完全不能听懂的程度（外地人听吴语、粤语，就有这样的感觉）。不要紧，只要用手指把字写在手掌上，画在沙土上，彼此就可以沟通。

汉字的上述特点使书面语言能够独立发展，可以比拼音文字的书面语言离口语更远，仿佛成为另一种语言，这就是文言。

文言虽不能尽有口语的功能，却可以有口语没有的功能。

首先是减法——简化词语及句法格式，使之成为通行符号语言，如将管仲、诸葛亮并称"管葛"、将司马迁、班固合称"班马"，单字组合的成语和典故越来越多，且富于变换，虚字或有或无，与口语也不相同。只要不简到"靡室劳矣"（《诗·卫风·氓》）、"寻遣丞请还"（《焦仲卿妻》）那样令人费解，换言之，只要能让读者心领神会，皆不得谓之苟简。《千字文》那样百科全书式的蒙学经典，就是善用减法的杰作，它只能是文言，而不可翻译。一经翻译，就不再是它。

其次，单音成字，又可以简化，便于句子的整饬。再加上四声的区别，又便于构成对偶或对仗。律诗、骈体、八股等体裁，就是在此基础上形成的具有形式美的文体。无论古人今人，只要是想写得简洁而又好玩（耐人玩味）的，都可以采用：

山川之美，古来共谈。高峰入云，清流见底。两岸石壁，五色交辉；青林翠竹，四时俱备。晓雾将歇，猿鸟乱鸣；夕日欲颓，沉鳞竞跃。实是欲界之仙都。自康乐以来，未复有能与其奇者。（陶弘景《答谢中书书》）

夫天地者，万物之逆旅也；光阴者，百代之过客也。而浮生若梦，为欢几何？古人秉烛夜游，良有以也。况阳春召我以烟景，大块假我以文章。会桃李之芳园，序天伦之乐事。群季俊秀，皆为惠连。吾人咏歌，独惭康乐。幽赏未已，高谈转清。开琼筵以坐花，飞羽觞而醉月。不有佳咏，何伸雅怀？如诗不成，罚依金谷酒数。（李白《春夜宴从弟桃李园序》）

鲁迅先生无心作诗人，偶有所作，每臻绝唱。或则犀角烛怪，或则肝胆照人。鲁迅先生亦无心作书家，所遗手迹，自成风格。熔冶篆隶于一炉，听任心腕之交应，朴质而不拘挛，洒脱而有法度。远逾宋唐，直攀魏晋。世人宝之，非因人而贵也。然诗如其人，书如其人，荟而萃之，其人宛在。苟常手抚简篇，有如面聆謦欬，春温秋肃，默化潜移，身心获益靡涯，文章增华有望。（郭沫若：《〈鲁迅诗稿〉序》）

从语言最小单位词汇上看，汉语成语（出于文言，同时使用于白话）

中的对偶、对仗的结构，就占了相当大的比重：一清－二白、三长－两短、四通－八达、五颜－六色、千言－万语、南辕－北辙、家长－里短、国泰－民安、纲举－目张、龙飞－凤舞、铁画－银钩、金声－玉振、尔虞－我诈、鸡飞－狗跳、蝇营－狗苟、虎踞－龙盘、狼吞－虎咽、山呼－海啸、高官－厚禄、去伪－存真、挑肥－拣瘦、欢天－喜地，等等，从文字到平仄都对仗得十分工稳。只有以单音节为主的语言，才能形成如此整齐的对仗。在欧美的语言中，可以排成平行的句子，却很难做到音节相同，因此，那只是排比，而不是对偶，更不是对仗。楹联学的确是中国才有的一门学问。

作为诗歌修辞的对偶和对句性表现，在任何一种语言的诗中都可以看到。但其所占比重的大小，在不同语言的诗歌中却有相当大的差异。"从比较诗学的观点看，中国诗歌确实是在对偶性方面占有最大比重，以对句为必要条件的诗型——律诗成为诗歌史的中心。""对句对于中国诗歌的意义，不仅仅存在于修辞的层次，它明确贯穿了从语言、文字的层次到思维、构思的层次。"[①] 近体（律诗）不用说了，就是在古体中，诗人也能很容易地使用对句，甚至容易到挥洒自如的程度：

长安大道连狭斜，青牛白马七香车。玉辇纵横过主第，金鞭络绎向侯家。龙衔宝盖承朝日，凤吐流苏带晚霞。百丈游丝争绕树，一群娇鸟共啼花。啼花戏蝶千门侧，碧树银台万种色。复道交窗作合欢，双阙连甍垂凤翼。梁家画阁中天起，汉帝金茎云外直。楼前相望不相知，陌上相逢讵相识。借问吹箫向紫烟，曾经学舞度芳年。得成比目何辞死，愿作鸳鸯不羡仙。比

① 松浦友久. 中国诗歌原理 [M]. 沈阳：辽宁教育出版社，1990：189.

目鸳鸯真可美，双去双来君不见。生憎帐额绣孤鸾，好取门帘帖双燕。双燕双飞绕画梁，罗帏翠被郁金香。片片行云著蝉鬓，纤纤初月上鸦黄。鸦黄粉白车中出，含娇含态情非一。妖童宝马铁连钱，娟妇盘龙金屈膝。御史府中乌夜啼，廷尉门前雀欲栖。隐隐朱城临玉道，遥遥翠幰没金堤。挟弹飞鹰杜陵北，探丸借客渭桥西。俱邀侠客芙蓉剑，共宿娼家桃李蹊。娼家日暮紫罗裙，清歌一啭口氛氲。北堂夜夜人如月，南陌朝朝骑似云。南陌北堂连北里，五剧三条控三市。弱柳青槐拂地垂，佳气红尘暗天起。汉代金吾千骑来，翡翠屠苏鹦鹉杯。罗襦宝带为君解，燕歌赵舞为君开。别有豪华称将相，转日回天不相让。意气由来排灌夫，专权判不容萧相。专权意气本豪雄，青虬紫燕坐春风。自言歌舞长千载，自谓骄奢凌五公。节物风光不相待，桑田碧海须臾改。昔时金阶白玉堂，即今唯见青松在。寂寂寥寥扬子居，年年岁岁一床书。独有南山桂花发，飞来飞去袭人裙。（卢照邻《长安古意》）

这首古体诗中，对句或接二连三地出现，或隔一联就会出现，令人应接不暇，这还不包含单句中，像"青牛白马""比目鸳鸯""罗帏翠被""鸦黄粉白""翡翠屠苏""转日回天"这样大量对仗性、联合式的构词。对仗，在诗词中已不仅仅是一种修辞，甚至可以说是一种思维方式。的确，在唐代诗人的形象思维中，就经常运用对仗性思维——这不能不说是诗词相对于新诗和外国诗，在写作上的显著区别之一。

汉字单音成字，或一字多义，或多字同义，词性转化灵活，方便假借和转用。字句腾挪，或意思不变，如"不我欺"与"不欺我"，"伤心"与"心伤"（这就便于调声）；或意思全变，如"辣不怕"

"不怕辣""怕不辣"。象形、会意、形声字，方便造成视觉美的效果。以上种种使得汉语尤其文言，字词组合具有相当的弹性，位置安排也很灵活，具有很强的趣味性、娱乐性。自宋代以来，"巧对"在中国民间都是一种主要的文字游戏科目。作对的材料俯拾即是，苏东坡欣赏的"手文"（手纹）对"脚色"（角色），"青州从事"（指佳酿）对"白水真人"（指钱币），今人乐道的"孙行者"对"胡适之"，"牛得草"对"马识途"（皆人名），等等。

天气大寒，霜降里边带小雪
日光端午，清明水底见重阳

蔺相如，司马相如，名相如，实不相如
魏无忌，长孙无忌，你无忌，我亦无忌

开关迟，关关早，阻过客过关
出对易，对对难，请先生先对

我与我周旋久，宁作我！（《世说新语》）
为郎憔悴却羞郎（莺莺传）

客上天然居，居然天上客
人过大佛寺，寺佛大过人

　　第一例巧用节气名为对，第二三例巧用叠字为对，第四例是集句联，最后一例是回文联。"回文"为诗，照一般的说法，始于前秦苻坚时的苏蕙，记载于《晋书·窦滔妻苏氏传》。纳兰性德集中多以回文为词，如"醒莫更多情，情多更莫醒"之类。没有哪一种语言文字能像汉语这样方便组造回文。反过来说，回文的常用也凸显着汉语的特点。举个最近的例子——吾师宛老（宛敏灏，生前为安徽师范大学中文系教授）晚年丧偶，悼亡之作中有如下遣怀词：

> 见难恒别伤鸿燕，燕鸿伤别恒难见。
> 风雨泣山空，空山泣雨风。
> 梦余悲老凤，凤老悲余梦。
> 肠断话西窗，窗西话断肠。（宛敏灏《菩萨蛮》）

回文诗词有上下颠倒成诗、左右复读成诗、回环交错成诗等方式，这首词属左右复读成词者，这是为《菩萨蛮》词调决定的。这首词句子两两相对，下句对上句都有更进一层的意思，合成一个有机的整体，缠绵往复，音韵和婉。游戏文字若能达到遣怀（释放）的目的，也是真诗！有学生说："读了这首词，有一种很安逸的感伤。"诚哉斯言，善哉斯言，生动道出了这首词的审美释放作用。

顺便说，陈廷焯有个意见：回文、集句、叠韵（步韵）之类，皆是词中下乘。又说，就中叠韵尚可偶一为之，次则集句，最下莫如回文。古人为词，兴寄无端，行止开合，实有自然而然，一经做作，便失真意（原文作"古意"），等等。[①] 他的说法不无道理，但并不影响我对宛老的这首回文词的欣赏。

"叠字"为诗，用顶针续麻的办法来作，也很好玩。《醒世恒言》中有苏小妹三难新郎的故事，把这个玩到了极致，如佛印所作的一首：

---

① 陈廷焯. 白雨斋词话［M］. 北京：人民文学出版社 1983：131.

野鸟啼，野鸟啼时时有思。有思春气桃花发，春气桃花发
满枝。满枝莺雀相呼唤，莺雀相呼唤岩畔。岩畔花红似锦屏，
花红似锦屏堪看⋯⋯

共用一百三十字，每个字叠用一遍，组成一首二百六十字的长
诗。将唐诗四杰体的缠绵往复之致发挥到了极限。另有两首叠字的
绝句也非常好，不仅顶针续麻，而且尾首衔接，让人感到奇妙。东
坡的一首是：

赏花归去马如飞，去马如飞酒力微。

酒力微醒时已暮，醒时已暮赏花归。

奇趣之作是一种绝话，近乎文艺中的杂技。人人喜欢看杂技，
但不是人人适合学杂技——我就不适合。但通过奇趣之作，确实可
以窥见汉语的某些特性。

作为一种成熟的书面语言的文言，在中国是古今通邮的。不像
欧洲的语文以文艺复兴断限，其古文（拉丁文）的原著，至今非专家
不能阅读和欣赏。在中国，具有高中文化的人，就可以直接阅读和
欣赏古典诗词原作——"百川东到海，何日复西归？少壮不努力，
老大徒伤悲""秋水才添四五尺，野航恰受两三人""无边落木萧萧
下，不尽长江滚滚来""两岸猿声啼不住，轻舟已过万重山""春蚕
到死丝方尽，蜡炬成灰泪始干"，等等，只要是不含僻典的诗词，无
须注释也能直销。

文言的魅力在诗词中有最充分体现。从这个角度上说，诗词相
对于新诗，自有其优势。它的某些造诣也是新诗不可攀比（也不必攀
比）和未易超越的。

五　诗词创作的态度

宋人严羽《沧浪诗话·诗辨》有一句很有影响的话："夫诗有别材，非关书也；诗有别趣，非关理也。"后之诗人因以天才自视，唯大师不以为然——"其实即使天才，在生下来的时候的第一声啼哭，也和平常的儿童一样，决不会就是一首好诗。"[①]"我自己并没有什么特别了不起的才能，我也不相信我们同时代的诗人有谁有什么生来就会作诗的本领，一个人的成就主要还是由于后天的教育和学习。"[②]

不过，严羽在说完"诗有别材""诗有别趣"后，他还说，"古人未尝不读书、不穷理"。更要紧的，下面还有一句话："诗者，吟咏情性也。"这就说到点子上了。原来"诗有别材"，无非是说作者必须是情性中人，有诗性的人。而诗性可以培养，诗歌应该并非只有少数的优秀者才能够鉴赏，而是只有少数的先天的低能者所不能鉴赏，一般人是可以学会作诗的。唐代的诗人遍布社会各阶层，就充分表明了这一点。

诗词在古代社会，有很强的社会应用功能，应试、交际、应酬、娱宾，等等，离不开诗，作诗是一项必备的本领。而在今天，诗词更多的是陶冶性情，纯乎审美。写是生产，读是消费。马克思关于消费也是生产（消费生产生产者）的思想，是非常深刻的。林黛玉教香菱学诗，先让她把王维的五律读一百首，杜甫的七律读一百首，李白的七绝读一百首，就是教她先"消费"，说是有这三个人做了底

---

①　吴奔星辑. 鲁迅诗话 [M]. 天津：天津人民出版社，1981：53.
②　郭沫若. 沸羹集 [M]. 上海：新文艺出版社，1952：159.

子，然后再把六朝陶谢等人的诗一看，不用一年的工夫"不愁不是诗翁"。这就是"消费生产生产者"的意思。没有相当数量的名篇垫底，形式都玩不转，何足言"生产"。

其次，就算不生产，消费者也能得到与生产者同等的愉悦。恋爱中人读"相看两不厌""愿为明镜分娇面"而发生共鸣，就得到与李白、刘希夷同等的喜悦。失意中人读"天下谁人不识君""此生何处不相逢"而增长志气，就得到与高适、杜牧同等的喜悦。老大者读"高歌一曲掩明镜，昨日少年今白头"而倍增感怆，就得到与许浑同等的喜悦。不服老者读"老骥伏枥，志在千里""老树着花无丑枝"得到鼓舞，就得到与曹操、梅尧臣同等的喜悦。上班打卡者读"几时不属鸡声管，睡彻东窗日影偏"而望梅止渴，就得到与元好问同等的喜悦，如此等等。在阅读中，每觉古人先获我心，每有发现的喜悦，何不乐享其成呢。

因此，背下几百首唐宋诗词名篇的人，比写下几百首不尴不尬诗词的人，不知高明到哪里去了。

写一首好诗会有成就感，发现一首好诗也有同等感觉。列宁的文章充满逻辑的力量，但他不写诗，曾自嘲道——就是砸破我的脑袋，也写不出一句诗。这并不妨碍列宁从朗读普希金的诗中，得到同等的喜悦。邓小平也不写诗。但他在第三次复出之前，在家中吟出《三国演义》中那首著名的小诗：

　　　　大梦谁先觉，平生我自知。
　　　　草堂春睡足，窗外日迟迟。①

---

　　① 《三国演义》第三十八回（定三分隆中决策）写刘备等三人恭候茅庐外，诸葛亮睡醒后吟了这首诗。

可以说，没有哪一首比这首诗更能充分表达出邓小平复出前的心情，在当代没有哪一个人比邓小平更当得起这首诗了。这件逸事是小平长女邓林亲口所讲，我亲耳所闻，决非杜撰。邓林说，邓家第三代孩子因此都背得来这首诗。邓小平在念这首诗的时候，也得到了与诸葛亮（也许是罗贯中）同等的喜悦。

唐诗是一座宝山，日游其间者，自然不会空手而归。宋人另辟蹊径，好以学问为诗，使事用典，亦能自出己意，情态毕见。集句是宋人的一大发明。王安石博览强记，最喜欢干这样的事。"荆公集句诗，虽累数十韵，皆顷刻而就，词意相属，如出诸己，他人极力效之，终不及也。"①

从积极角度讲，集句是借古人酒杯，浇自己块垒。只不过经过了一番勾兑的功夫。这人的律句和那人的律句，勾兑到了一起，或如李光弼将郭子仪军，面目焕然。今人孙书文教师节集句云：

不尽长江滚滚来（杜 甫），九州生气恃风雷（龚自珍）。
春风桃李花开日（白居易），莫惜青钱万选才（晏 殊）。

"桃李""长江滚滚来""青钱万选才"等字面到这里，都和教师和育才关联起来，而原来的诗句并没有这个意思——这就是集句的妙处了。如依样画葫芦，则何妙之有。

陈寅恪执教西南联大时，因眼疾开刀，睡在病床上，双眼蒙着纱布，得知有学生来看他，口占道"今日不知明日事，他生未卜此生休"，语气凄楚，内心的悲凉可想而知。还有什么诗词比这一联集

---

① 胡仔. 苕溪渔隐丛话（前集卷三五）[M]. 北京：人民文学出版社，1980：238.

唐的诗句，更能表达先生心境的呢？到位了，意尽了，无以复加了，再写不是多事吗？在心为志，发言为诗。信手拈来与出口成章，其作用是一样的。

平时读书多，腹笥广，其人其诗，此情此景，一时凑泊，亦见文心。如刻意而为，积日月而后成，则何足挂齿。

《文汇报》上有过一场争论，流沙河为文说苏轼"乱石穿空，惊涛拍岸"（《念奴娇·赤壁怀古》）"剽"于诸葛亮《黄牛庙记》的"乱石排空，惊涛拍岸"。有人反驳说并非如此，因为《黄牛庙记》可能是北宋以后的伪作。王蒙认为即使《黄牛庙记》确实是诸葛亮之作，苏轼在词中用了这两句也与剽窃毫无关系——引用或化用在传统诗词中是司空见惯的，是积极的修辞手法之一。①

峨眉山月半轮秋，影入平羌江水流。
谪仙此语谁解道？诸君见月时登楼。（苏轼《送人守嘉州诗》）

苏轼送人守嘉州（故乡所在），一下就想到李白《峨眉山月歌》，前两句是兴到笔随的引用。这种做法，与文章的引用无异，有明引，有暗用。"谪仙此语"四字注明了出处，是明引。就算不注明，你也不能说他剽窃。

元好问颇效东坡，亦有此习。《淮右》后半云："细水浮花归别涧，断云含雨入孤村。空余韩偓伤时语，留与累臣一断魂。"颈联全用韩偓诗，下句也是注明。至于《论诗绝句》之先引后评，体实施之，尚不在此例。又，杨升庵谪戍云南，一位姓余的学官正要回四川罗江去，临行前，杨为诗相送：

① 王蒙. 门外谈诗词 [J]. 安徽师范大学学报（人文社会科学版），2006，(2).

豆子山，打瓦鼓。阳坪关，撒白雨。白雨下，娶龙女。织得绢，二丈五。　　　一半属罗江，一半属玄武。我诵绵州歌，思乡心独苦。送君归，罗江浦。(杨慎《送余学官归罗江》)

　　这首诗的关键句是"我诵绵州歌，思乡心独苦"。两句之前，作者痛痛快快地将《绵州歌》(唐代民歌)抄了一遍。作者朗吟之态若见。全诗前后浑然一体，看不出剪刀糨糊的痕迹。"我诵绵州歌"一句，也是注明出处。写诗述怀，只管当时，目的不在入选。而沈德潜选明诗，一眼就看上了它。

　　看来古人更加重视的不是诗之作，而是诗之用。"眼前有景道不得"时，述而不作，也不失为遣兴之一方。注明(或附注)出处，更是尊重原创的表现。这与文章的引用须注明出处，是一样的道理。至于点化，如"天不老，情难绝"(张先)，翻用"天若有情天亦老"(李贺)而兼用汉乐府《上邪》之意；"才下眉头，却上心头"(李清照)，语本"眉间心上，无计相回避"(范仲淹)，那已经是一种再创作了。

　　虽然远不是所有引用都值得称道，但是兴从中来、欲罢不能的引用或化用，大抵都好。文思枯窘的东拼西凑，则一定不好。个中道理，与文章中的引用相同。好的引用或点化，都是平常读书受用的结果——诗词爱好者能不多读书哉！

　　毛姆说："没有人必须为尽义务而读诗、小说或其他可归入纯文学之类的各种文学作品。他只能为乐趣而读。"[1] 容我仿照说一句：没有人必须尽义务而写诗词、小说等纯文学的作品，他只能为乐趣而写——这是唯一可取的态度。

---

　　① 毛姆. 书与你 [M]. 广州：花城出版社，1981：17.

最不可取的态度，就是想要出名。一则靠写诗出名太难，不是爱家，光是那几百首唐诗，就背得你昏天黑地，哪像当歌星（超女、超男）那么容易；二则这个"名"出不到哪里去，即使操练到聂绀弩、沈祖棻的份上，又能有几多粉丝呢。何况写作一事，最忌杂念，名心一点牢不可破，是最坏事的。

> 待我登临事已迟，仍思比斗性缘痴。
> 目中早是轻崔颢，海内何时认大师。
> 今古关情生浩叹，河山润笔产雄词。
> 笑他李白夸狂放，到此居然怕写诗。①

这是一位自称"诗王"的人，所写的《黄鹤楼组诗》之一。就相传李白"眼前有景道不得，崔颢题诗在上头"（语出《唐才子传》）两句发议论。诗非不好，只是太粗。说他太粗，平仄黏对却又及格——强于薛蟠十倍。大话空话为诗，"大跃进"时代最多，如今绝迹了，偶来这么一首，亦足令人莞尔。若连篇累牍、不出气壮之辞，积案盈箱、唯是吹牛之状，则未免技穷。

赵翼不也说"李杜诗篇万口传，至今已觉不新鲜"吗？康有为不也说"意境几于无李杜，目中何处着元明"吗？是的，但须知赵翼是什么底气！康有为是什么底气！如果连李杜诗篇都没有背好，诗未有刘长卿一字，已夸口"诗圣诗仙名已占，当然只合做'诗王'"，便是无知者的无畏，江湖上的练摊。练摊诗人登不了大雅之堂，以其粗也。

---

① 2007年12月26日《天府早报》及各网站报道，成都人周国志自称超越古诗人李白、杜甫，并悬赏十万元摆擂斗诗，这里所录为其《黄鹤楼组诗》之一。

关于文学，曹丕说是经国之大业，不朽之盛事；巴尔扎克说拿破仑用枪征服世界，他要用笔，等等。时过境迁，今日诗人、作家，不得作此想。正如 19 世纪的英国记者自谓"无冕之王"，网络时代的记者不得作此想是一样的道理。诗词作者不必自恋如此。许广平回忆说："迅师于古诗文，虽工而不喜作。偶有所作，系应友朋邀请，或抒一时性情，随书随弃，不自爱惜，生尝以珍藏请，辄遭哂笑。"迅翁自己也说："我平常并不作诗，只在有人要我写字时，胡诌几句塞责，并不存稿。"① 毛泽东的态度也差不多——"是在马背上哼成的……通忘记了……因以付之。"② 这种平常心，就让人佩服不已。

这种以诗词为余事的态度，可以追溯到中国古代第一流的诗人，这些人几乎都不把诗词当成人生最高追求，不把写诗当作一切。说也奇怪，把写诗当作一切的人，成了诗囚的人还真不少。反而是不把写诗当作一切者，担当起了诗词文化传承的使命。屈陶李杜苏辛陆，哪一个人是把写诗当作一切的呢？他们的抱负，或是"晨兴理荒秽，带月荷锄归"（陶渊明），或是"使寰区大定，海县清一"（李白），或是"安得广厦千万间，大庇天下寒士俱欢颜"（杜甫），或是"我劝天公重抖擞，不拘一格降人才"（龚自珍），等等。诗神所眷顾的，偏偏就是这一等人。

　　　　身上征尘杂酒痕，远游无处不销魂。

　　　　此身合是诗人未？细雨骑驴入剑门。（陆游《剑门道中遇微雨》）

　　① 吴奔星辑. 鲁迅诗话［M］. 天津：天津人民出版社，1981：83.
　　② 毛泽东. 毛泽东诗词集［M］. 北京：中央文献出版社，1996：239.

在陆游看来，称他专业诗人等于骂他。至于毛泽东，连发表都是犹豫的。郭沫若赞其"经纶外、诗词余事，泰山北斗"，我不以为这是谀辞。而立志成为"诗王"者，先就低人一等，何能指望其能有更高的造诣呢？

唐人作诗的态度，大抵上既投入，又不在意。孟浩然遇思入咏，随写随弃，其友王士源编辑，不可谓不及时，所获仅二百余首。李白存诗不足一千之数，杜甫多一点，有一千四百多首。这些大诗人，或称"斗酒诗百篇"，或日课一诗。其实际写作数量，何啻存数的十倍以上！故韩愈说李杜"平生千万篇，金薤垂琳琅"，"流落人间者，太山一毫芒"。比较在意一些的，是白居易。《长庆集》前后七十五卷，收诗三千八百多首，抄写五部，分别藏在著名寺院和家中，是全唐诗人中存诗最多的诗人。由于有点照单全收的意思，在"思淡词迂"（白居易）的闲适诗中，不免有一定数量的琐屑之作，为清代诗家王士禛（倡导神韵者）所不喜，自称"平生闭目摇手不读《长庆集》"。这个教训是很深的。

衡量诗人的好坏，不看写多少，要看写多好；不看飞多低，要看飞多高。应提倡宽读窄写，宽写窄收；宁可少些，但要好些。近阅杨析综诗词选，于平生之作仅收五十余首，然首首可读，颇有佳作。这本书的好处，所托选家得人，删到应无尽无。作者不在意处，正是高明之处。

宛老诗词，多写于片纸之上，散失于动乱之中。《晚晴轩诗词选》内刊本，仅收诗词百首。或取材日常生活细事，入情入理，令人拊掌：

千年佳话传京兆，绝代风流擅画眉。

老子未能追韵事，细君却倩理青丝。

当窗对镜情如昨，渥泽膏兰恨已迟。

短鬓萧疏梳洗罢，相看一笑二毛时。（宛敏灏《试为老伴理发戏作》）

先看题目。为老伴理发，原是平凡得不能再平凡的一桩琐事，只因抚今追昔、心中荡起阵阵涟漪，便生成一首绝妙好诗。又真挚，又幽默，又文雅，又自然，又细腻，又浑成。由为妻理发，联想到张敞画眉的故事，独出心裁而又切题。"老子"（老夫）"细君"（妻子）联作流水对，既工整又婉伸自如。"细君"（《汉书》语）、"渥泽"（《后汉书》语）、"膏兰"（《楚辞》语）、"短鬓萧疏"（张孝祥语）等韵语，非饱读诗书，焉能一时凑泊而字字妥帖？诗的结尾，好像很随意，其实很难写——十四个字要包含理发完毕的怡然自得，老伴的基本满意，彼此趣话调侃、相看不厌、其淡如水等意思。真是情理一片，颠扑不破。若无才情学识和语言的敏感，要写到这个份上，谈何容易。

作者动机不在示人，不在发表，而在自遣自歌。似这等的妙机其微，对于认定"天只有井口大"的"诗王"来说，应是一种不能承受之轻吧。

当代诗词写作与古代不同，它已无关乎个人的功名、利禄、奖项、前途、命运，甚至身后之名，等等。因为边缘化之故，它也不承载太多的使命负荷（当然，如果诗人关心现实关心政治关心民生，其人文精神总会长存的）。如果不能自娱，诗人为何而写？如果缺少阅读快感，读者为何而读？"太白早好纵横，晚学黄老，故诗意每托之以自娱。"[①]李白尚且如此，何况乎今人！"作诗有很大的娱乐性，吸引力亦在此。诗有打油与否之分，我以为只是旧说。截然界线殊难划分，且

---

① 刘熙载. 艺概［M］. 上海：上海古籍出版社，1978：59.

如完全不打油，作诗就是自讨苦吃。"①

　　写诗的状态，有人举轻若重（苦吟），有人举重若轻（满心而发肆口
而成），哪一种更好呢？我看举重若轻更好。当代诗词写作，就该像
宛老那样——持自娱心态（莫持打擂心态），遵守游戏规则（传统诗词格
律），杂念（名心）少一些，写作在状态一些，对结果不在意一些，随
写随弃一些，自娱自乐一些，享受写作过程一些，如此等等；或新
于命意，或新于取材，或新于措语，或新于手法，总之不能陈陈相
因；让人怦然心动，让人一读不忘，自然是首先让人能懂———一味
"自家脚指头动"，何妙之有！

---

　　① 聂绀弩. 散宜生诗［M］. 北京：人民文学出版社，1982：3.

第三谈　平平仄仄的奥秘

（声律）

古典文论中谈到的语言形式美，不管是在对偶方面，或者是在声律方面，都是从多样中求整齐，从不同中求协调，让矛盾统一，形成了和谐的形式美。语言的形式之所以能是美的，因为它有整齐的美，抑扬的美，回环的美。这些美都是音乐所具备的，所以语言的形式美也可以说是语言的音乐美。音乐和语言都是靠声音来表现的，声音和谐了就美，不和谐就不美。整齐、抑扬、回环，都是为了达到和谐的美。（王力《略论语言形式美》）

一 四声八病与永明体

中国诗史有两个重要的转关，一是五言诗的形成，二是近体律诗的形成。首先是五言律诗（以下简称五律）的形成。中国诗歌走的是一条格律化的道路。

"律诗要讲平仄，不讲平仄，即非律诗。"（毛泽东）律诗和骈文造就了传统诗歌写作上的平仄思维。什么是平仄思维呢？简单说，以两个音节为单位、后一音节为板眼，须做到平仄相间——前有浮声，则后须切响。样板戏《智取威虎山》中杨子荣打虎上山时有一句词，原来是"迎来春天换人间"，毛泽东听后建议把"春天"改成"春色"。这就是平仄的思维在起作用。迎来－春天－人间，都是平声字，唱起来很飘，换一个"色"字，就把整个声音扳下来了，达到平衡了。"平仄的关系就是平仄产生矛盾，然后推动语言的声韵。外国没有这个东西。"（汪曾祺）

唐人已习惯平仄思维，一个诗句形成的时候，平仄基本就调好了。即使没有完全调好，捣鼓捣鼓，腾挪一下，也就好了。"烽火城西百尺楼"（王昌龄）不能作"城西百尺烽火楼"，"直到门前溪水流"（常建）不能作"溪水直流到门前"，就是平仄思维的结果。

汉字声调的平仄划分，是从四声的发现开始的。

南齐武帝永明年间（483～494），是中国诗史伟大时代之一。汉字四声的发现，促成诗歌格律化变革。四声分别为平（阴平、阳平）、上、去、入（入声字今普通话里没有，却存在于吴、粤、闽、湘等地的方言中）。四声有抑扬清浊之分，平声为扬，入声为抑，上声为扬，去声为抑；阴平为清，阳平为浊。沈约、谢朓、王融、周颙等文人，有意识地运用四声的知识，对五言诗进行调声，有意识地追求诗的音乐美，从而形成一种新体诗——"永明体"。[①] 永明体的基本精神，沈约概括为：

> 欲使宫羽相变，低昂互节，若前有浮声，则后须切响。一简之内，音韵尽殊；两句之中，轻重悉异。妙达此旨，始可言文。（沈约《宋书·谢灵运传论》）

他说的"浮声"即扬，"切响"即抑。如果四声抑扬清浊搭配不好，读起来就不响，会影响诗意的表达，如"池塘生春草"（谢灵运），使人感到精妙，如改一字作"池塘发春草"，意思完全没有变化，却哑然失色，就是因为"生"字响、"发"字不响。沈约自信地说："自灵均以来，多历年代，虽文体稍精，而此秘未睹。至于高言妙句，音韵天成，皆暗与理合，非由思至。"

以前的诗人是凭感觉调声，为了让新体诗更为美听，永明作家在声律理论做了一些探讨，提出了"八病"之说——归纳出八种应该回忌的声病，要诗人遵循。八病具体何指，旧说纷纭，莫衷一是。今略加梳理，罗列如次：（1）平头，五言两句第一二字与第六七字同声，如"今日良宴会，欢乐难俱陈"。（2）上尾，五言两句第五字与第十字同声，如"青青河畔草，郁郁园中柳"。（3）蜂腰，五言句

---

① 萧子显《南齐书·陆厥传》："永明末盛为文章，吴兴沈约、陈郡谢朓、琅琊王融以气类相推毂，汝南周颙善识声韵，约等文皆用宫商，以平上去入为四声，以此制韵，不可增减，世呼为'永明'。"

第二字与第五字同声，如"闻君爱我甘，窃欲自修饰"。（4）鹤膝，五言诗接连两个出句声调相同，如"客从远方来……上言长相思"。（5）大韵，五言两句有与韵脚同韵的字。联绵字不在此例。（6）小韵，五言两句任何两个字同韵。联绵字不在此例。（7）旁纽，五言两句中有不相连的叠韵字。一称大纽。（8）正纽，五言两句中有不相连的双声字。一称小纽。

回忌声病（八病）的实质，是为了避同求异——如双声的字不能同在一句（联绵字当别论）、句中的字不能跟韵脚的字叠韵，五言诗第五字不得与第十五字同一声调，等等。《文心雕龙·声律》说"异音相从谓之和"，也就是指通过避同求异来达到和谐。

八病的具体规定，却比较烦琐。用它衡量古诗名篇，所谓"音韵天成""暗与理合"者，实在少之又少，就是沈约赞美为"以音律调韵，取高前式"的"子建函京之作（即曹植'从军渡函谷，驱马过西京'），仲宣霸岸之篇（即王粲'南登霸陵岸，回首望长安'），子荆零雨之章（即孙楚'晨风飘岐路，零雨被秋草'），正长朔风之句（即孙楚'朔风动秋草，边马有归心'）"等，也只是作得大致不差而已。

如果要拘忌所有声病，简直叫人不能好好作诗。就连永明作家自己，也难全部遵循。严羽《沧浪诗话》谓"作诗正不必拘此，弊法不足据也"，便是有感而发。

八病之说顺应了诗律化的趋势，这是应该肯定的。但是，八病的避忌，并未能很好地实现新体诗的审美理想——沈约所谓"前有浮声，则后须切响。一简之内，音韵尽殊；两句之中，轻重悉异"的听觉之美。因为，"浮声"与"切响"，"轻"与"重"，分明是对立的两个方面，而诗人面对的却是四声。

如何将四声按照一定的原则，区分为"浮声"与"切响"两类，以达到"一简之内，音韵尽殊；两句之中，轻重悉异"，也就是

"对"（对偶、对仗）的目的，是诗律化的根本问题。八病之说未能涉及这一根本问题，便不能简明扼要。相反，由于它涉及的只是枝枝节节问题，往往不得要领，顾此失彼。

按照八病之说，"仄仄平平仄，平平仄仄平"这样标准的律句，就属"蜂腰"；"杨柳青青江水平"（刘禹锡）、"熟读深思子自知"（苏轼）、"啼鸟数声深树里"（刘大櫆）这样美听的诗句，不是属"大韵"，就是属"小韵"。而后世公认的"犯孤平""三平调"等严重声病问题，反而不在八病范围之内。

因此，八病不是一种成熟的调声术，它也不可能作为调声术固化下来，而只能是一个短暂的过渡，一个权宜之计。

二 平仄黏对与律诗

四声区分为平仄两类，乃是诗律化运动中具有革命意义的事件。所谓平，就是指平声；所谓仄，是不平的意思，包括了上去入三声。

将四声分为平仄，算得上是一个天才的发明（源于骈文，详后）。将四声两分的最优方案莫过于平仄的划分。平声的特点是发音平稳（平道莫低昂），在字数和使用频率上在四声中是强势的声调。其余三声，虽然互有区别，相对于平声，共同的特点是不平（仄），合起来才与平声势均力敌。同时，平仄两大类，在汉字字数的配置上，比值约为 2/3。[1] 由于平声的强势，这个比例最为相当。

---

① 据松浦友久《中国诗学原论》引用古屋昭弘的统计，主要韵书各声调所收平仄两类的字数比，《广韵》为 9847：15638，《礼部韵略》为 3746：5844，《佩文诗韵》为 2080：3166。

平仄的划分，使得汉字有了对立的双方，双方有相反相成（见此思彼，见彼思此）的关系。这一相互关联的声调单位的确立，为声调的对偶化创造了必要的前提。唐初因为科举的推动，新体诗的形式趋于划一，一种以简驭繁的积极的调声术——平仄黏对律应运而生。永明体也就变为沈宋律诗（五律），诗律化运动得以完成。

新体诗从四声区分过渡到讲求平仄，很大程度上是受了骈文的启发。骈文起源于魏晋，大盛于六朝。由讲究文字的对仗，发展到讲究声律。骈文是按意义划分节拍的，虚字不算在节奏之内（所以可以雷同）。节拍的末字即节奏点，是调声的重点。上句与下句相同部位的字声调互异，而必有一字为平声，平声的强势得到凸显；另外一字可为上去入三声——平仄区分的由头，正在于此。不是节奏点上的字，非调声的重点，处置较为随意。例如："浮/甘瓜/（于）清泉，沈/朱李/（于）寒水。"（曹丕）

于是，新体诗从四声区分到讲求平仄的代表性人物，必为新体诗作者兼骈文宗师，那就应该是庾信了。庾信出生在沈约去世的那年，即公元513年，也算是一个巧合。请看其脍炙人口的一段骈文：

水毒/秦泾，山高/赵陉。十里/五里，长亭/短亭。饥随/蛰燕，暗逐/流萤。秦中/水黑，关上/泥青。（于时）瓦解/冰泮，风飞/电散。浑然/千里，淄渑/一乱。雪暗/如沙，冰横/似岸。逢/赴洛/（之）陆机，见/离家/（之）王粲。（莫不）闻/陇水/（而）掩泣，向/关山/（而）长叹。（况复）君/（在）交河，妾/（在）清波。石/望夫/（而）愈远，山/望子/（而）愈多。才人/（之）忆/代郡，公主/（之）去/清河。栩阳亭/（有）离别（之）赋，临江王/（有）愁思（之）歌。（别有）飘摇/武威，羁旅/金微。班超/生/（而）望返，温序/死/（而）思归。李陵/（之）双凫/永去，苏

武/（之）一雁/空飞。（庾信《哀江南赋》）

加点之处，为上句与下句节奏点作平仄相对之处，以及节奏点之上字亦作平仄相对之处。作者的做法是方便对就尽量对。做得好的，如"饥随蛰燕"与"暗逐流萤""李陵之双凫永去"与"苏武之一雁空飞"，字字平仄相对（虚字除外）。不方便对，则不拘泥，如"千里"对"一乱""栩阳亭"对"临江王"，总之不以辞害意。若要把失对处一一收拾妥帖，对于庾信也决非难事，但他并不拘泥。所以庾信的骈文在大面积美声的同时，仍不失自然萧闲之致，真是大宗师的手笔。

总之，在骈文中，主要是对的讲求：上句与下句相同部位的字，应该平仄相对，节奏点必须平仄相对。当时作家将骈文的对的讲求，运用到五言新体诗创作，是很自然的一件事。不过，在骈文并没有（平仄）相间的要求，即在一句中实行平仄相间。如"十里五里"（仄仄仄仄）对"长亭短亭"（平平仄平），只有相同部位（尤其节奏点）的平仄互异，没有当句的平仄相间。更没有黏的要求，即在相邻的联间实行平仄相间。如上联仄起，下联亦可仄起，措置随意。此外，在用韵上则是平仄韵互用，或交替使用。因此，在律诗形成以前的五言新体诗，对的观念已经确定，相间的规律正在形成，黏的观念非常淡薄。兹以庾信的五言八句诗为例：

　　　萧条亭障远，凄惨风尘多。

　　　关门临白狄，城影入黄河。

　　　秋风别苏武，寒水送荆轲。

　　　谁言气盖世，晨起帐中歌。（庾信《拟咏怀》）

此诗以平声为韵，四联平仄皆对（苏、荆二字例外），一二三联的文字也做到了对仗工稳。大体上做平仄的相间（这是与骈文不同之处）。只是各联皆作平起，尚未形成黏的概念。这样的五言新体诗与定型的五言律诗，尚有一间之隔而已。值得一提的是，庾信最有价值的一个尝试，就是除了当句平仄相间，上下句平仄相对，同时追求联的平仄相间（每联起句平仄互异），结果使得上联对句与下联出句，或同属平起，或同属仄起——黏的概念由此产生。

> 舟子夜离家，开舲望月华。
>
> 山明疑有雪，岸白不关沙。
>
> 天汉看珠蚌，星桥视桂花。
>
> 灰飞重晕阙，蓂落独轮斜。^①（庾信《舟中望月》）

这不再是一般意义上的五言新体诗，而是最早的五言律诗（合于五律诗式一，详下）。可以说，庾信正是五律的开创者。把这个成果固化下来，只需要一个推动力，那就是科场的号召。而五律的定型，出现在实行南选、以诗赋取士的唐高宗、武则天时代，也就不足为奇了。当时的沈佺期、宋之问，被推为五律定型的代表作家：

> 汉建安后迄江左，诗律屡变，至沈约、庾信以音韵相婉附，属对精密。及之问、佺期又加靡丽，回忌声病，约句准篇，如锦绣成文，学者宗之，号为沈宋。（《新唐书·宋之问传》）

---

① 《淮南子》："画随灰而月晕阙。"《竹书纪年》："帝尧在位七十年……有草荚阶而生。月朔，始生一荚，月半而生十五荚，十六日以后日落一荚，及晦而尽。月小则一荚焦而不落，名曰'蓂荚'。"则"蓂落"应指大月而言。即诗中所咏之月，为大月里已过十六的月亮。

"以音韵相婉附，属对精密"，是指新体诗已有的平仄相间和句式对仗。在此基础上，初唐定型的五律，以每篇八句为定制，用平声韵，一韵到底，讲究黏对规律。"约句准篇"就是每篇以八句为定制，"锦绣成文"就是以黏对规律作平仄布局。

律诗平仄讲求的精神，就是刘勰所说的"异音相从"。当句平仄相间是求异，联中出句与对句的平仄相反是求异，联与联的相黏（上联对句与下联出句黏）似是求同，实际上还是为了求异，因为失黏的结果会使相邻两联平仄雷同。

不过，平仄黏对的讲求，盛唐以前不甚谨严。黏的讲求尤其如此。比较而言，五律失黏的情况较少，七律失黏的情况较多（绝句当作别论）。

今年游寓独游秦，愁思看春不当春。(思字读去声)
上林苑里花徒发，细柳营前叶漫新。
公子南桥应尽兴，将军西第几留宾？
寄语洛阳风日道，明年春色倍还人。(杜审言《春日京中有怀》)
（一二联失黏，三四联失黏）

居延城外猎天骄，白草连山野火烧。
暮云空碛时驱马，秋日平原好射雕。
护羌校尉朝乘障，破虏将军夜渡辽。
玉靶角弓珠勒马，汉家将赐霍嫖姚。(王维《出猎》)
（一二联失黏，二三联失黏）

初唐诗人的七律往往失黏，杜审言、陈子昂、宋之问等也有失黏的例子，盛唐王维、杜甫失黏的诗句也不少（其古风式律诗则有意为之），可见在律诗形成之初，黏还未成为必须遵守的规律。中唐以后，黏的规律渐严，刘长卿是标志性诗人。自宋以后，科场中不准有失对失黏的诗，于是黏对几乎成为金科玉律。近体诗的定式，就体现着这样的规律。

小结：（1）律诗（含五律、七律）由四联（八句）构成，中两联对仗。用平声韵，一韵到底。（2）当句（本句）以节拍为单位，遵循平仄相间的原则；相间的结果，必然出现相重（反复）。（3）出句与对句须遵循对的原则，即相同部位（尤其节奏点）的字音平仄互异。（4）相邻的两联，须遵循黏的原则，即上联的对句与下联的出句之首拍的平仄相同。

三　近体平仄格式推导

艾青在一篇散文中说，有一次他去看白石老人，老人拿了一张纸条问他："这是个什么人哪，诗写得不坏，出口能成腔。"艾青接过来一看——是柳亚子写的。从某种意义上讲，写诗词就是写韵律，要出口成腔。这个"腔"，就是平仄格式。

五律在近体诗中为体最尊①，它的格式也是诗律的基础。清人说，学诗须从五律起，充之可为七律，截之可为五绝，充而截之为

---

① 这是因为五律为科场应试诗体，唐代诗人李顾云："只将五字句，用破一生心"（孙光宪《北梦琐言》引），方干云："吟成五字句，用破一生心"（《感怀》）、"才吟五字句，又白几茎髭"（《赠喻凫》）、"万虑全离方寸内，一生多在五言中"（《赠式上人》）、"别得人间上升路，丹霄路在五言中"（《赠李郢端公》），等等，可见五律在唐人心目中的地位。

七绝。① 这不仅是一种经验之谈，也是记忆近体诗诸多格律提纲挈领的、最简易的方法。

把握五律的格式，也无须死记硬背。首先应有律句的概念，由律句推导出五律的格式，再由五律的格式推导出其他近体诗的格式。最重要的是领悟律的精神。

所谓律句，即律化的诗句。其要素是平仄相间，在音节上偶（双音节）起奇（单音节）收，以稳定和谐为特点。五律的律句共有四式：

五律句式一（仄起仄收）：1 仄 仄平平仄（平仄脚）

五律句式二（平起平收）：2 平平仄仄平（仄平脚）

五律句式三（平起仄收）：3 平 平平仄仄（平仄脚）

五律句式四（仄起平收）：4 仄 仄仄平平（平平脚）

（加框者表示可平可仄。括注"平仄脚"等，是句型简称，应牢牢记住。）

传统诗歌的句群划分，一般以联为单位。两个律句组成一联。一联的上句称出句，下句称对句。对句末字用韵，须为平声。出句除首句外，均不入韵，为仄声（首句入韵不在此例）。出句与对句，在平仄上须遵循对（出句和对句平仄的搭配相反）的原则。这样，四种句式组成的联，亦有四式：

五律联式一：12 仄 仄平平仄，平平仄仄平（加着重号者表脚韵，下同）

---

① 施补华. 岘佣说诗 [A]. 清诗话（下）[C]. 上海：上海古籍出版社，1982：973.

五律联式二：34 平平平仄仄，仄仄仄平平

五律联式三：42 仄仄仄平平，平平仄仄平（仄起首句入韵，
仅用作首联）

五律联式四：24 平平仄仄平，仄仄仄平平（平起首句入韵，
仅用作首联）

一首完整的五律由四联构成，首句不入韵的五律，由联式一与
联式二（或联式二与联式一）相间、相重（即反复）构成。首句入韵的五
律，其首联，由联式三替换联式一、联式四替换联式二。中间的两
联在文字上也要对仗。这样，相邻的两联，在平仄上就形成了黏（上
联对句与下联出句同为平起，或同为仄起）的原则。这样，就得到五律诗式
四种：

五律诗式一（这种格式，即仄起首句不入韵，最为常见）

闻道黄龙戍，频年不解兵。

可怜闺里月，长在汉家营。

少妇今春意，良人昨夜情。

谁能将旗鼓，一为取龙城。（沈佺期《杂诗》）

12 仄仄平平仄，平平仄仄平

34 平平平仄仄，仄仄仄平平

12 仄仄平平仄，平平仄仄平

34 平平平仄仄，仄仄仄平平

五律诗式二

匈奴犹未灭，魏绛复从戎。

怅别三河道，言追六郡雄。

雁山横代北，狐塞接云中。

勿使燕然上，唯留汉将功！（陈子昂《送魏大从军》）

34 平平平仄仄，仄仄仄平平

12 仄仄平平仄，平平仄仄平

34 平平平仄仄，仄仄仄平平

12 仄仄平平仄，平平仄仄平

五律诗式三

独有宦游人，偏惊物候新。

云霞出海曙，梅柳渡江春。

淑气催黄鸟，晴光转绿蘋。

忽闻歌古调，归思欲沾巾。（杜审言《和晋陵陆丞早春游望》）

42 仄仄仄平平，平平仄仄平

34 平平平仄仄，仄仄仄平平

12 仄仄平平仄，平平仄仄平

34 平平平仄仄，仄仄仄平平

五律诗式四

归来物外情，负杖阅岩耕。

源水看花入，幽林采药行。

野人相问姓，山鸟自呼名。

去去独吾乐，无能愧此生。（宋之问《陆浑山庄》）

24 平平仄仄平，仄仄仄平平

12 仄仄平平仄，平平仄仄平

34 平平平仄仄，仄仄仄平平

12 仄仄平平仄，平平仄仄平

　　由五律的格式可以推导出七律的格式，所谓"充之为七律"，就是在一首五律的各句的前面再加上一个节拍——仄起者加"平平"，平起者加"仄仄"，即可。故七律也有四种平仄格式。如五律诗式三，句前加上一个节拍后，就会得到：

七律诗式三

燕台一去客心惊，笳鼓喧喧汉将营。

万里寒光生积雪，三边曙色动危旌。

沙场烽火连胡月，海畔云山拥蓟城。

少小虽非投笔吏，论功还欲请长缨。（祖咏《望蓟门》）

42 平平仄仄仄平平，仄仄平平仄仄平

34 仄仄平平平仄仄，平平仄仄仄平平

12 平平仄仄平平仄，仄仄平平仄仄平

34 仄仄平平平仄仄, 平平仄仄仄平平

在七律中，这种格式（平起首句入韵）最为常见，故举之。其余三式，可以类推。

五绝初为古体，近体五绝是新体诗运动的产物，截五律之半，可以得到近体五绝的四种平仄格式。兹举常见的一例（仄起首句不入韵）如下，其余三式，读者可以类推。

五绝诗式一

白日依山尽，黄河入海流。

欲穷千里目，更上一层楼。（王之涣《登鹳雀楼》）

12 仄仄平平仄，平平仄仄平

34 平平平仄仄，仄仄仄平平

七绝是产生比较晚近的诗体，以近体为主，截七绝之半，可以得到七绝的四种平仄格式。也举常见的一例（平起首句入韵）如下，其余三式，读者亦可类推。

七绝诗式三

朝辞白帝彩云间，千里江陵一日还。

两岸猿声啼不住，轻舟已过万重山。（李白《早发白帝城》）

42 平平仄仄仄平平，仄仄平平仄仄平

34 仄仄平平平仄仄，平平仄仄仄平平

综上所述，近体诗格式虽多，并不需要死记硬背。黏对是一把钥匙。只要记住五律的四种句式，按黏对规律，可以推导出五律平仄的四种格式。进而，按相间规律，在各句前增加一个节拍（"平平"或"仄仄"），可以推导出七律平仄格式四种。绝句的平仄格式，则可由律诗截得。

写作近体诗应如何选择平仄格式呢？其实，诗人通常不是先定格式，再作诗。而是先得句，再根据得句的情况，来确定取何种平仄格式为宜。

以刘长卿《新年作》为例，假如诗人先得到的两句是"老至居人下，春归在客先"，这是合于五律联式一（仄仄平平仄，平平仄仄平）的，若用作首联（对句开篇在五律并不罕见），便合五律诗式一。作者在成诗时却用它作了颔联。在此前提下，如首句入韵，则合于五律诗式四。结果首句没有用韵（其开篇为"乡心新岁切，天畔独潸然"），则合于五律诗式二。

总之，近体诗由律句组成，组成原则是黏对规律，尾字平仄相间，韵脚为平声，充分体现和谐之美。而与之对立的拗怒之美，则是由古体诗和近体诗之拗句、拗救（详后）来体现的。写作律诗，只要注意到：（1）用律句，（2）遵循黏对规律——这两条是平仄讲求的根本，是律的精神——其结果不合于这种平仄格式，就会合于那种平仄格式。明白了这个道理，律诗的写作，其实并不困难。

闻一多曾经将格律诗的写作喻为"戴着脚镣跳舞"。平仄格式这副"脚镣"，对于会家来说，恰如舞者的道具，其实不那么笨重。

四 "一三五不论"吗

前人有一个口诀："一三五不论，二四六分明。"（附于《切韵指南》）意思是每句的第一、三、五字，平仄可以不拘；而第二、四、六字，平仄必须严格依照格式。这是针对近体的七言诗而言的。口诀没有涉及第七字——是因为居于句末的字，平仄尤其要分明，故不置喙。对于近体的五言诗，则应是"一三不论，二四分明"。

这个口诀对不对呢？刘公坡《学诗百法》谓其"为害匪浅。而不知五言律绝中之第一字，或可通用，其第三字则万不能通用；七言律绝中之第一第三字或可通用，其第五字则万不能通用。且如五言律绝中之平平仄仄平句，即第一字亦不能通用；又如七言律绝中之仄仄平平仄仄平句，即第三字不能通用（犯孤平）"。这个说法又对不对呢？

答案是"二四六分明"（或"二四"分明）在原则上是对的，"一三五不论"（或"一三不论"）则不尽然。[1] 近体五言第三字、七言第五字不能通用，也不尽然。何以言之？要讲清楚这个问题，必须从传统诗歌的节奏说起。

节奏是诗与音乐最基本的要素，在音乐中，节奏是强音和弱音的周期性的交替，而节拍（拍子）则是衡量节奏的手段（以四拍狐步舞为例，其节奏为：强—弱—次强—弱），语言的节奏除了强弱的交替之外，还

---

① 王力《汉语诗律学》第七节："事实上，一三五不一定可以不论，二四六不一定要分明。"这是根据统计的结论。其实，二四六在道理上是必须分明的，不宜将原则和变通混为一谈。

可以有长短的交替和高低的交替。希腊语、拉丁语中长短音区别很重要，所以希腊诗和拉丁诗的节奏为长短律；英语、俄语中轻重音的区别很重要，英语诗和俄语诗的节奏为轻重律。汉语的声调和语音的高低、长短都有关系，四声一旦分为平仄，近体诗的节奏就是平仄律。

一首诗可有不同的节奏。以一个音节（一个字）为单位的节奏，就是音节节奏——如五言句就可以看作五个音节相连续的音节节奏。事实上，诗词的诵读并不是逐字吐出，而是按照意义或诵读习惯，将音节组合成若干节拍（一个节拍通常包含两个音节），有节奏地吐出（后一音节为节奏点）。以节拍为单位的节奏，就是节拍节奏。如四言句就可以看作两个节拍相连续的节拍节奏，如"关关/雎鸠，在河/之洲"。此外还有意义节奏、歌唱节奏，等等。"从结构上看，可以认为中国诗的节奏是在一字一音的音节节奏的基础之上，按二字一拍的节拍节奏在律动着。"①

中国古代的诗虽有齐言与杂言之分，齐言诗却是主流的诗体。由于二言句过于单调，虽有《弹歌》那样的个案，却很难形成诗体。三言句一般只见于谣谚、歌括，不登大雅之堂。然而，将二言重叠成句的四言诗，却成为基本诗体。《诗经》大体上是一部四言诗集。不过，四言诗节奏单调，变数不多。在五言诗产生发煌之后，四言诗就被边缘化，未能像五、七言诗那样成为"百代不易之体"（胡应麟）。

因此，本书谈诗词写作，一般不涉及四言诗。

五言诗的产生在中国诗史上是划时代的事件。它成熟于东汉时期，被刘勰誉为五言之冠冕的《古诗十九首》是其代表作。此后，一直为传统诗歌的主流诗体。新体诗运动以后，五言诗出现了古近

---

① 松浦友久. 中国诗歌原理 [M]. 沈阳：辽宁教育出版社，1990：104.

体的分流。七言诗的起源虽然可以上溯到《史记·项羽本纪》所引的《垓下歌》，但到晋宋时期，作品数量还很少。到初唐，七言诗在新体诗的影响下，才有了跃进性发展。到盛唐以后，七言诗与五言诗平分天下，成为主流诗体，甚至流行更广，有后来居上之势。

五言的节拍节奏，可以粗分为"上二下三"（春眠/不觉晓，处处/闻啼鸟）两个部分，以第二、五字为节奏点，也可以细分为"二二一"三部分（春眠/不觉/晓，处处/闻啼/鸟）。无论粗分还是细分，在音节上都体现为偶（双音节）起奇（单音节）收，这是近体诗律句的特点。句中第二、四、五字为节奏点。按传统的诵读习惯，末字停顿时值较长，有一个无形的（约一个音节）的延长（春眠/不觉/晓～，处处/闻啼/鸟～）。①

七言可以看作在五言的前面增加了一个节拍（双音节），其节拍节奏可以粗分为"上四下三"（画栋朝飞/南浦云，珠帘暮卷/西山雨）两部分，以第四、七字为节奏点（由五言第二、五字）。也可以细分为"二二二一"四部分（画栋/朝飞/南浦/云～，珠帘/暮卷/西山/雨～）。无论粗分还是细分，在音节上仍体现为偶（双音节）起奇（单音节）收。句中第二、四、六、七字为节奏点，句末也有一个无形的延长。②

除了末字而外，五言第二字和（与之相当的）七言第四字是重要的节奏点，因为无论粗分或细分，这个部位都是节奏点。而五言第四

---

① "处处闻啼鸟"句意义节奏本为"二一二"（处处/闻/啼鸟），但在实际诵读中，它与出句"春眠不觉晓"同读为"二二一"。出句与对句的意义节奏皆为"二二二"（纤纤/擢/素手，札札/弄/机杼）的，仍可以按照一般的韵律节奏即"二二一"来读（纤纤/擢素/手～，札札/弄机/杼～），这样，在韵律节奏与意义节奏之间就会产生一种切分音（syncopation）表现效果。

② 七言句的韵律节奏和意义节奏也可以不同，如"大屋檐多装雁齿，小航船亦画龙头"（白居易）、"近寒食雨草萋萋，著麦苗风柳映堤"（无名氏）、"静爱竹时来野寺，独寻春偶到溪桥"（欧阳修）、"三万里河东入海，五千仞岳上摩天"（陆游），按照韵律节奏即"二二二一"来读时，也会产生切分音的效果。

字及七言第二、六字，则是在细分的情况下为节奏点，所以相对次要。①

从原则上说，近体诗凡是节奏点上的字，即五言诗第二、四、五（末）字，七言诗第二、四、六、七（末）字，在听觉上比较突出，所以平仄必须分明——在近体诗的格式中，这些部位的平仄，须字字讲求。至于非节奏点的字，即五言诗第一、三字，七言诗第一、三、五字，在听觉上不突出，则可以变通——在近体诗的格式中，有些部位的字，就（加框或加圈）标注为可平可仄。

以下谈谈"一三五"在哪些情况下可以不论。首先须明确，由于七言可以看作在五言前缀二字（一个节拍）而成，所以五言第一字相当于七言第三字，五言第三字相当于七言第五字。"换句话说，五言的第一字可以不论的地方，七言的第三字也可以不论；五言的第三字可以不论的地方，七言的第五字也可以不论。"②

（1）七言句的第一字的平仄，在任何情况下都可以不论。如"突营射杀呼延将"（李白）、"潮打空城寂寞回"（刘禹锡）等。因为首字离句尾最远，在听觉上最不突出。但是，如果因首字不论平仄，而连续出现平声字开头（三平头），则是应该避免的，办法是：若本句首字当仄而平了，可通过邻句的首字平仄调整取得错综。这一原则对于五言，也一样适用。

（2）五言第一字和七言第三字，除了仄平脚（平平仄仄平、仄仄平平仄仄平）的句式，可以不论。如"暗尘随马去"（苏味道）、"隔竹见笼疑有鹅"（温庭筠）、"西陆蝉声唱"（骆宾王）、"秋山春雨闲吟处"（杜

---

① 王力《汉语诗律学》第九节认为五言的第四字和七言的第六字是重要节奏点，松浦友久《中国诗歌原理》下编第五篇则认为是较小的节奏点，我取松浦友久之说。

② 王力. 汉语诗律学［M］. 北京：新知识出版社，1958：83.

牧）等。

（3）仄平脚（平平仄仄平、仄仄平平仄仄平）的句式，五言第一字的平仄和七言第三字的平仄必须分明，这是一定不易的。如"南冠客思深……风多响易沉"（骆宾王）、"心中自不平……风多杂鼓声"（杨炯）、"海燕双栖玳瑁梁……丹凤城南秋夜长"（沈佺期）、"三峡星河影动摇……人事音书漫寂寥"（杜甫），等等。如果违反了这个规律，便称为"犯孤平"——意思是除韵脚而外，句中就单剩一个平声。

孤平是诗家的大忌。避免犯孤平，就是避免句中的最重要的节奏点（五言第二字、七言第四字，其表现力仅次于句末）上的平声，仅以半拍（一音节）孤立存在。[①] 王力曾在《全唐诗》中寻觅犯孤平的诗句，结果只找到了两个例子——可谓万中无一，足以证明这是唐代诗人极力避忌的一种形式。今人写作诗词时，理应予以避忌。

与孤平句式即"仄平仄仄平"和"仄仄仄平仄仄平"相对应的，是"平仄平平仄"（西陆蝉声唱）和"平平平仄平平仄"（秋山春雨闲处吟），理应称之"孤仄"。然而孤仄不足为病，为什么呢？简单说，近体诗的趋势是突出平声的强势，孤仄与这一趋势不相悖，所以不以为病。

（4）平平脚（仄仄仄平平、平平仄仄平平）的句式，五言第三字的平仄和七言第五字的平仄必须分明，这也是一定不易的。否则诗句下半部分（末三字）会变为三字连平（平平平），在声调上有失抑扬之美，这就是所谓"三平调"。[②] 三平调在古诗为常见，许多平韵的古

---

① 松浦友久. 中国诗歌原理［M］. 沈阳：辽宁教育出版社，1990：211.
② 王力《汉语诗律学》第二十八节："关于三平调，也有两种不同的解释：第一种就以下三字'平平平'为三平调，因为连用三个平声；第二种以'仄仄平平平'，'仄仄平仄平'和'平平平仄平'为三平调，因为它们的第三字都是平声。我们喜欢采用前一说，因为它的意义明显些。"

风竟有一大半的对句是用三平调的，如：

> 夜静群动息，螳蚰声悠悠。庭槐北风响，日夕方高秋。思子整羽翰，及时当云浮。吾生将白首，岁晏思沧州。高足在旦暮，肯为南亩俦。（王维《秋夜独坐怀内弟崔兴宗》）

出句为三平调的如"夜夜闻悲笳，征人起南望"（崔融）、"正声何微茫，哀怨起骚人"（李白）等；七古用三平调的句子如"未知肝胆向谁是，令人却忆平原君"（高适）、"木兰之枻沙棠舟，玉箫金管坐两头"（李白）、"虏塞兵气连云屯，战场白骨缠草根"（岑参）等。三平调在古诗中是很有特色的声调，在近体中，与犯孤平一样为诗之大忌。

三平调既为近体诗之大忌，句中三字连平——"平平平仄仄""仄仄平平平仄仄"，却能成为标准的律句，这又是什么道理呢？答案很简单，因为，这三个平声分别落在句子的上半部分和下半部分（五言粗分为上二下三、七言粗分为上四下三），和集中在句子下半部分的三字连平，在听觉上是大相径庭的。句中三字连平，在诵读时由于有停顿，所以无碍于美听。

此外，与三平调相对的三仄调（末三字为"仄仄仄"）却不被排斥，这又是为什么呢？理由是，仄声本来不是一个声调，它包含着上去入三声，除非连用三上、三去、三入才会成为声病，然而这些情况不易发生，所以不被列入避忌。

总之，"一三五不论"这个说法是有局限性的，只有在避免犯孤平、三平调的前提下，才是可以不论的。

以下附带谈一个调声的问题。

近体诗押平声韵，句中的仄声字，原则上虽不必分辨上去入三声，但有些人觉得"一句之中，四声递用"才是调声的极致，如董文焕《声调四谱》所举杜审言《和晋陵陆丞早春游望》，其一、三、五、七句都是四声俱全，第二、六句因涉及孤平则具备三声，第四、八句也具备三声。这种情况只能是妙手偶得，如刻意追求，势必束缚思想，故不必作为普遍的要求。

另有一种四声递用的调声则是可以追求的——朱彝尊说："老杜律诗单句（出句）句脚必上去入俱全"（或首句入韵还能平上去入俱全）。衡之杜诗，虽非首首如此，却也多数如此，[①] 不能不说是一种有意的追求了。

　　　　胡马大宛名（平），锋棱瘦骨成。
　　　　竹披双耳峻（去），风入四蹄轻。
　　　　所向无空阔（入），真堪托死生。
　　　　骁腾有如此（上），万里可横行。（杜甫《房兵曹胡马》）

　　　　丞相祠堂何处寻（平）？锦官城外柏森森。
　　　　映阶碧草自春色（入），隔叶黄鹂空好音。
　　　　三顾频烦天下计（去），两朝开济老臣心。
　　　　出师未捷身先死（上），长使英雄泪满襟。（杜甫《蜀相》）

像这样出句落脚字（平）上去入俱全，当然是最理想的形式。但最低限度也应该避免邻近两个出句落脚字的声调相同，更应避免三

---

　　① 王力《龙虫并雕斋文集·中国古典文论中谈到的语言形式美》："我曾经就《唐诗三百首》所选的杜诗做了个小小的统计：五律十首，合于上述情况者八首；七律十三首，合于上述情况者十首。这可以说明：一方面杜甫的确有意识追求这种形式美；另一方面，杜甫决不会牺牲了内容去迁就形式。"

个出句落脚的字全都相同，否则就算是上尾。^①——此上尾非彼上尾，它与前举八病中的上尾不是同一回事。这种声病，科场中未作限定，所以一般人也不注意，然而为某些声律家所排斥。

谢榛《四溟诗话》批评杜牧《开元寺水阁》(六朝文物草连空，天淡云闲今古同。鸟去鸟来山色里，人歌人哭水声中。深秋帘幕千家雨，落日楼台一笛风。惆怅无日见范蠡，参差烟树五湖东)、王维《送杨少府贬郴州》(明到衡山与洞庭，若为秋月听猿声。愁看北渚三湘远，恶说南风五两轻。青草瘴时过夏口，白头浪里出渝城。长沙不久留才子，贾谊何须吊屈平)，说它们"上三句(除掉入韵的首句)落脚字，皆自吞其声(按、里、雨、蠡、远、口、子，皆属上声)，韵短调促，而无抑扬之妙"。这里指出的，就是上尾的毛病。

五　随心所欲不逾矩

初学写近体诗的人，应该严格遵循平仄格式。

曹雪芹笔下，黛玉论云："诗什么难事，也值得去学！不过是起承转合，当中承转是两副对子，平声对仄声，虚的对实的，实的对虚的，若是果有了奇句，连平仄虚实不对都使得的。"许多人引用这段话，意在说明必要时格律是可以打破的。

（1）黛玉的话有一个前提，即"果有了奇句"。川东民间流传一首诗："不愿无来不愿有，但愿长江化为酒。日夜躺在沙滩上，一浪浪来喝一口。"一听就记得住，忘不了，纯乎天籁，比唐代浅派诗"今朝有酒今朝醉，明日愁来明日愁"(罗隐)之类还好，虽不讲平仄，谁不以为然耶！

---

①　王力. 汉语诗律学 [M]. 北京：新知识出版社，1958：127.

（2）平仄区别是简单粗略、方便初学的，而语音是千变万化、莫名其妙的。郭定乾举过一个例子，有人以"桂花飘落桂湖头"向他请教，他说："先不要说这句的意义如何，只听起来就不悦耳，真所谓声如瓦缶。按近体诗而论，这句是合平仄的，其声韵不美，是不知抑扬清浊四声互用所致。相反，有些古体诗按近体诗的要求不合平仄的，但读起来却非常顺口，听起来也非常清响。如'明月照积雪'、'高台多悲风'等就是。"这是很有体会的话，民歌"桂花生在桂石岩，桂花要等贵客来"，虽不合平仄，但比那个合平仄的句子要美听得多。

理想的状态，当然是开口便合律、便美听，如"不惜千金买宝刀"（秋瑾）、"秋蝉饮露非高洁"（茅盾）、"片木能平桶面漪"（聂绀弩）等，那真是阿弥陀佛！但理想状态不能常有，所得之句不一定是律句，就是在这种情况下，格律的突破也不一定是必须的——当一个诗人有极其丰富的词汇供他驱使，有极其多样的语法手段供他运用。

办法一，当意境和格律发生矛盾的时候，既不是牺牲意境来迁就格律，也不是牺牲格律来迁就意境，而可以用等价词（平仄相异的同义词）或虽非等价但与也能算是异曲同工的词夺换协调平仄。北京奥运开幕式礼花放出奔向鸟巢的二十九个脚印，使我高度的惊讶，得句"往事沉沉剧可哀，巨灵始见踏天来"，基本合律。点火前运动员在追光中环绕鸟巢天幕一周，如彩云追月、夸父逐日，也使我叹为观止，得句："祥云圣火照天地，夸父逐日志未灰。""逐日"当平而仄，不合于律。便以等价的"追鸟"（平平）二字予以夺换，作"夸父追鸟志未灰"（仄仄平平仄仄平），意思不变，却规范合律。

办法二，通过字句的腾挪协调平仄。如写春景，如作"满园春色关不住"（仄平平仄平仄仄）是拗句，将字句腾挪为"春色满园关不

住"（仄仄平平平仄仄，叶绍翁）则为律句。写郊游，如作"溪水直流
到门前"（平仄仄平平平）是拗句，将字句腾挪为"直到门前溪水流"
（仄仄平平仄仄平，常建）则为律句。写边塞，如作"城西百尺烽火楼"
（平平仄仄平仄平）是拗句，将字句腾挪为"烽火城西百尺楼"（仄仄平
平仄仄平，王昌龄）则为律句。在唐宋诗词中，不符散文语法之句，有
相当一部分就是由这个原因造成的。这种句子给人感觉，并不费解，
反而因为陌生化和格律化，让人觉得"诗家语必此等乃健"（王安石）。

当然，也不是任何时候都能找到合适的等价词（这取决"腹笥"广
否）、都能将字句安放妥帖。遇到这种情况，也不要勉强凑合，使诗
句减色。可取的办法便是"拗救"——从消极的角度看，拗救是一
种补救措施。从积极的角度看，拗救是对格律的灵活运用。

狭义的拗句，包括"二四六"不合、五言第三字或七言第五字
不合、仄平脚的五言第一字和七言第三字不合（犯孤平），乃必须补
救。广义的拗句，则把不完全合平仄格式（凡当平用仄、当仄用平）者，
都包括在内。① 其中，非仄平脚的五言第一字和七言第三字不合平仄
的，尽量补救；而七言第一字不合平仄的，则可救可不救。

拗救的方法是，上句当平的地方用了仄，相应地，下句当仄的
地方改用平，作为补偿。具体做法有二：（1）本句自救，如当句第
一字当平而仄，则第三字当仄而平，反之亦然。（2）对句相救，即
出句拗则对句救，对句拗则出句救，如出句第三字当平而仄，则对
句第三字则当仄而平，反之亦然。总之，拗救的精神是——找回失

---

① 王力《汉语诗律学》第七节所讲的拗句就是广义的。他将一三五的拗分为三
种：（1）七言第一字，及非仄平脚的五言第一字、七言第三字的拗，称为甲种拗，对
此"可以不避，也可以不救"。（2）五言第三字及七言第五字的拗，称为乙种拗，对
此"尽可能避免，否则尽可能补救"。（3）仄平脚的五言第一字、七言第三字的拗
（即孤平），称为丙种拗，对此"绝对避免，否则必须补救"。（加点者原文如此）

去的平衡。或通过补偿找回当句的平仄平衡，或通过补偿找回出句与对句的平仄平衡。

以下谈谈拗救的几种情况。

（1）必须补救。仄平脚五言第一字或七言第三字拗，即犯孤平，补救的办法是当句自救。五言第一字该平而仄了，则第三字由仄改平以补救（这样韵脚而外，还有两个平声字，就不犯孤平），如"欲归翻旅愁"（高适）、"乱山为四邻"（储嗣宗）。七言第三字该平而仄了，则第五字由仄改平以补救（理由同上），如"东望望春春可怜"（苏颋）、"酌酒与君君自宽"（王维）、"江上女儿全胜花"（王昌龄）。由于七言第一字的声调无足轻重，所以，拗救不在这个字上做文章。

唐宋诗人在孤平拗救（将对句五言第三字或七言第五字由仄改平）的同时，往往对其上句（出句）做相应的调整——五言第三字或七言第五字由平改仄，如"尝读远公传，永怀尘外踪"（孟浩然）、"美酒易倾尽，好诗难卒酬……不觉入关晚，别来林木秋"（贾岛）等，其目的是为了对的和谐。[①] 其做法是可取的。

（2）尽量补救。若是平仄脚的五言第三字或七言第五字当平而仄，应尽量在对句相救——即对句相应的字由仄改平。如"挂席几千里，名山都未逢"（孟浩然）、"万籁此俱寂，唯闻钟磬音"（常建）、"雨中草色绿堪染，水上桃花红欲燃"（王维）、"遥知杨柳是门处，似隔芙蓉无路通"（刘威）等。不过，要是仄仄脚的五言第三字或七言第五字当平而仄呢，则不宜在对句相救，因为平平脚的五言第三字或七言第五字由仄改平，会出现三平调。到了宋人，就是平仄脚的五

---

① 王力《汉语诗律学》第八节将这种做法解释为"既挽救了本句的孤平，同时又挽救了出句的该平而用仄"。考虑到这类例子大量存在，我宁可将它理解为一种积极的调声，而不是一药应付两病。

言第三字或七言第五字不合，也渐多拗而不救了。

（3）积极调声。指可平可仄处，本可以不救，但诗人有意无意地用了拗救的手法，使得句子更加铿锵和谐。

七言第一字拗，若本句自救——即在第三字上做文章，即仄拗平救、平拗仄救，如"更吹羌笛关山月"（王昌龄）、"同作逐臣君更远"（刘长卿）。若对句相救，则在第一字上仄拗平救、平拗仄救，如"瓮头竹叶经春熟，阶底蔷薇入夏开"（白居易）、"唯对松篁听刻漏，更无尘土翳虚空"（韩偓）。非仄平脚五言第一字或七言第三字拗，则在对句相同部位的字上做文章，亦仄拗平救、平拗仄救，如"远山笼宿雾，高树影朝晖"（元稹）、"马上折残江北柳，舟中开尽岭南花"（许浑）等。

更有积极意义的，是仄仄脚或平平脚的七言第一字拗时，在本句自救的同时，对句又救（不但救第一字，还救改变后的第三字），由"仄仄平平平仄仄，平平仄仄仄平平"派生出"平仄仄平平仄仄，仄平平仄仄平平"这样一种七律联句的平仄变式，如"金阙晓钟开万户，玉阶仙仗拥千官"（岑参）、"楼上凤凰飞去后，白云红叶属山鸡"（王建）、"千岁鹤归犹有恨，一年人住岂无情"（杜牧）、"鸲鹆未知狂客醉，鹧鸪先让美人歌"（许浑），等等。"此种拗救，出句与对句的平仄字字相对（按，而且平仄均衡），极与谐和，故诗人最喜欢用它，例子不胜枚举"，"在应用上，并不比前者（仄仄平平平仄仄，平平仄仄仄平平）少见，甚至于还比前者多见。尤其是中晚唐以后，后者差不多成为一种风尚（许浑最讲究此道）。若依这种说法，竟可以不必认为'拗'。"①不以为拗，而且不比常用联式少见，无疑是一种积极的调声。

任何道理都不是绝对的，铿锵固然是一种美，然而过于铿锵了

---

① 王力. 汉语诗律学 [M]. 北京：新知识出版社，1958：94.

也是一种累赘。

知其一还要知其二，知和谐之为美还要知拗怒之为美，知整齐圆转之为美还要知参差奇峭之为美。律句之美在圆转、在和谐、在铿锵，拗句与律句相比较而存在，在参差、在拗怒、在奇峭。恰如阴阳，妙在调剂。胡仔说："律诗之作，用字平侧（仄），世固有定体，众共守之。然不若时用变体，如兵之出奇，变化无穷，以惊世骇目。"①

诗圣杜甫，最知个中奥妙，据方回统计，杜诗"七言律一百五十九首，而此体凡十九出奎。不止句中拗一字，往往神出鬼没。"②影响很大。赵翼说："自中唐以后，律诗盛行，竞讲声病，故多音节和谐，风调圆美。杜牧之恐流于弱，特创豪宕波折一派，以力矫其弊。"又说"中唐以后，则李商隐、赵碬辈，创为一种以第三第五字平仄互易，如'溪云初起日沉阁，山雨欲来风满楼'、'残星几点雁横塞，长笛一声人倚楼'之类，别有击撞波折之致。"③ 至于全用拗句或大部分用拗句，称为拗体，如：

> 爱汝玉山草堂静，高秋爽气相鲜新。
> 有时自发钟磬响，落日更见渔樵人。
> 盘剥白鸦谷口栗，饭煮青泥坊底芹。
> 何为西庄王给事，柴门空闭锁松筠。（杜甫《崔氏东山草堂》）

首句"草堂"二字拗（平仄拗作仄平），三句"磬"字拗（平拗作

① 胡仔《苕溪渔隐丛话·前集》卷七。
② 方回《瀛奎律髓》卷二十五。
③ 赵翼《瓯北诗话》卷八。

仄），四句"更见渔樵"四字拗（平平仄仄拗作仄仄平平），五、六句失对（下句平平仄仄仄平平易作仄仄平平仄仄平）。其不被视为古诗的原因，只是因为全诗四联、前后两联散行、中两联对仗（或对偶），合于律诗的形制。却全不理会既成的平仄格式，随心所欲地出入古近体之间，实质上是行古风于律诗。

神出鬼没也好，豪宕波折也好，击撞波折也好，它们是对格式的灵活措置，是对和谐圆美的调剂，是思变求新，是学到功深神而明之，是超以象外得其圜中，是随心所欲不逾矩——这个"矩"，不是平仄格式，而是美声之道。

六　平水韵与诗韵新编

诗与散文区别之一，在有格律，而用韵是格律的因子。韵是诗学基本概念之一，韵母有单韵母和复韵母之分，复韵母或有韵头（i、u、y），或有韵尾（i、u、n、ng），韵则不管韵头，只管主要元音及韵尾。只要主要元音和韵尾相同（如 an、ian、uan），就算是相同的韵。

汉语是一种特别富于音乐性的语言，一则有声调的区别，一则元音占有优势。汉语诗歌一开始就是用韵的，韵位一般在句尾，称脚韵。相同的韵在句尾反复出现，会在听众读者的听觉上形成一个兴奋点，导致一种心理期待。同一韵的每一次出现，亦即押韵的每一次实现，都会使其心理期待得到满足，产生出听觉—心理的快感。

刘勰说："同声相应谓之韵。"（《文心雕龙》）诗之为韵和音乐中的再现有几分相像。韵在诗歌中的效果，是一种回环的美。韵的回环出现，所造成的对反复的期待和实现期待所得到的满足，是诗歌定型的有力支柱。

诗词押韵的方法不一，或句句押韵（一句一韵），或隔句押韵（两句一韵）。由于传统诗歌（尤其近体诗）的句群划分，以联为主。句句押韵因其用韵太密，能造成感觉的迟钝和对韵的排斥心理。隔句押韵却因为有韵与无韵的交替出现，能产生新异感和对韵的期待心理。因此，隔句押韵成为普遍的押韵方式，是势所必至。近体诗除首句入韵在外，即以隔句押韵（平声韵），一韵到底为定制。

近体诗用韵，都依照平水韵，而且限用平声韵。平水韵是宋以前的韵书。该书依据《切韵》（唐韵的前身）分韵为 206 部，为便于作诗押韵，或注独用、同用等字。南宋平水（今山西临汾）人刘渊增修《壬子（1252）新刊礼部韵略》，始尽并同用之韵为 107 部。同时金人王文郁有《新刊平水礼部韵略》，并上声回、拯为 106 部，为元以来作近体诗者押韵的依据，清代改称"佩文诗韵"。因为平水韵是根据唐初许敬宗等奏议的意见合并的韵，所以，唐人用韵，实际上用的是平水韵。平水韵 106 部的韵目如下：

【上平声】[①] 一东　二冬　三江　四支　五微　六鱼　七虞　八齐　九佳　十灰　十一真　十二文　十三元　十四寒　十五删

【下平声】一先　二萧　三肴　四豪　五歌　六麻　七阳　八庚　九青　十蒸　十一尤　十二侵　十三覃　十四盐　十五咸

【上　声】一董　二肿　三讲　四纸　五尾　六语　七麌　八荠　九蟹　十贿　十一轸　十二吻　十三阮　十四旱　十五

---

① 王力《诗词格律概要》："平声字多，分为两卷。'上平声'是平声上卷的意思，'下平声'是平声下卷的意思。"

潜　十六铣　十七小　十八巧　十九皓　二十哿　廿一马　廿二养　廿三梗　廿四迥　廿五有　廿六寝　廿七感　廿八琰　廿九豏

【去　声】一送　二宋　三绛　四寘　五未　六御　七遇　八霁　九泰　十卦　十一队　十二震　十三问　十四愿　十五翰　十六谏　十七霰　十八啸　十九效　二十号　廿一箇　廿二祃　廿三漾　廿四敬　廿五径　廿六宥　廿七沁　廿八勘　廿九艳　三十陷

【入　声】一屋　二沃　三觉　四质　五物　六月　七曷　八黠　九屑　十药　十一陌　十二锡　十三职　十四缉　十五合　十六叶　十七洽

写作诗词，韵是一定要押的，律诗的平仄是一定要讲的，"不讲平仄，即非律诗"。

然而，押韵是仍依平水韵，还是依新诗韵？平仄的划分是依平水韵，还是依普通话重新划分？这是诗词写作的两大问题，对此众说纷纭。其实，韵部从来可以调整，这一点上并没有太大分歧。分歧集中到一点，就是入声字还要不要保留？围绕入声字的废存问题，争论者就分化为两派——"废入派"和"存入派"。

入声字是古代汉语四声之一，在普通话里消失了（原入声字已分别归属普通话的四声、归属阳平尤多）。这就是"废入派"的理由。

然而，入声字却依然存在于吴语、粤语、闽语、湘语、客家话等方言中。没有这个"然而"和有这个"然而"是不同的。没有这个"然而"，事情或许好办得多。有了这个"然而"，你就没法说入声字已死。普通话作为官方所推广的纯正的、标准化语言，固然有助于大范围（全国性、国际性）的人际交流，这是毫无问题的。其功甚伟，也是毫无问题的。然而，当这个范围局限到一定区域（如粤语区、吴语区），尤其是文学（小说、诗词）创作时，它的优势就不那么明显。在这里，普通话不但不能把方言干掉，而且得大大乞助、乞灵于方言。有一种随处可见的现象，做大组发言自然而然地操着普通话的人，一转为私下交谈、窃窃私语，马上切换为方音，似乎这样才有盐有味，似乎有一种微妙义理，用普通话无法传达似的。事实正是如此。对于天然追求个性化、排斥标准化的文学创作，尤其如此。

"小说是写语言"（汪曾祺），尤其是人物语言，有谁见过现实生活中人说话，操纯正普通话的呢，除非是在演播中的赵忠祥、邢质斌。不用说纯用吴语写作的《海上花列传》，不用说《楚辞》——屈原用楚方言创造的一个庞然大物，只说张爱玲小说中的上海话、汪曾祺小说中的京片子、李劼人小说中的四川方言、贾平凹小说中的陕西方言，等等，便是小说语言最生动最微妙的部分，甚至可以说是魂、是根，不但阉割不得，有时碰都不能碰。文学爱好者，聪明的读者，不是上海人读张爱玲、不是北方人读汪曾祺、不是四川人读李劼人、不是陕西人读贾平凹，对于那些微妙处，也能心有灵犀，也能点头微笑，不会莫名其妙。有时不是读出来的，而是看出来的。你说怪也不怪。

入声字原来植根于一片文学的沃土，那就是唐朝以来世世代代积累下来的、以李杜苏陆为代表的、汗牛充栋的、传统的、经典的诗词文本。熟读、感受、研习这些文本，成为后来者从事诗词写作的一个前提。无怪王蒙将传统诗词比作一棵大树，认为诗词作者都"把这棵中华民族的精神之树，语言之树放在第一位"，同时把自己的创作看作是为之添枝加叶、踵事增华——必须与大树"匹配"。入声字，自然也在"匹配"的内容之列。

传统诗词在黏对上只讲平仄，在押韵上却要区分四声，平韵诗不用说了，关于仄韵诗，是要分辨上去入的。上声与上声为韵，去声与去声为韵，入声与入声为韵。上去声偶尔可以通押，但入声字是决不与上去声通押的。有一些词牌，如《忆秦娥》《满江红》《念奴娇》，等等，其正格一定要用入声韵的。《忆秦娥》的始词为：

> 箫声咽，秦娥梦断秦楼月。秦楼月，年年柳色，灞陵伤别。乐游原上清秋节，咸阳古道音尘绝。音尘绝，西风残照，汉家陵阙。（李白《忆秦娥》）

这个词调最大限度地发挥了音律的作用，它韵脚很密，一韵到底，两片间都有一个三言句部分地重复着上句，对上句尽了和声的作用，同时逼出下一个韵脚来，以唤起新的情绪、新的意念，这在意义上并不必要，但在音调上是需要的。再就是用短促急收的入声韵，大有助于怅惘、迷茫等情绪的表达，这在意义上也不必要，但在音调上是需要的。这是一种纯歌曲的做法，这里面充满神韵。在保留入声字的语言区域，用方音来诵读这首词，确实是别有风味。

北宋李之仪《忆秦娥》（清溪咽），题下注"用太白韵"；毛泽东《忆秦娥》（西风烈）虽未特别说明，也用太白韵，但不是步韵，道理是一样的——因为他们深知太白用韵之妙（亦即入声之妙）。

凡诗词作者，谁能不受经典文本的沾溉陶育呢？没有一定量的古典诗词垫底儿，在创作资格上就有问题。对经典文本越是熟悉，积淀越是深厚，对入声字的认知越是深入血脉，成为意念。读不来的，也看得来——用张爱玲的话说，"一个字看得有笆斗大"！如把入声字取消了，有一种感觉就会随之消失。如果把入声字作平声字用了，不用留神看，那些字自会蹦出来，让人感觉不爽。汪曾祺说，文学语言是书面语言，是视觉语言，"一个有文学修养的人，对文字训练有素的人，是会从字上'看'出它的声音的"①。这真是见道之语，须痛下眼看。

正所谓"牵一发而动全身"。就连冒冒失失废除入声、提倡"新声韵"的刊物也提到这样一个事实："作者一时疏忽，沿用了旧韵的习惯，把已读平声的原入声字，错用作了仄声，造成出律。……有些本刊发表的标明'新声韵'的诗作，其中存在把已读平声的原入声字用作仄声的现象，这是编辑审稿把关不严造成的疏漏。"② 其实，这与其说是"疏忽""疏漏"，不如说是尴尬。因为这里存在一个悖论：不熟悉诗词经典文本的人，写作必别扭，怎么看也不入流。熟悉经典文本的人看"新声韵"诗词，倘不涉及入声，万事皆休；如将入声字用作平声字，感觉亦别扭，怎么看也不匹配，又怎么会照那样写呢？总之，要写就写衔接传统的诗词，要写就写经得起时间考验的诗词。撼山易，撼入声字难。

清人吴乔说："古人视诗甚高，视韵甚轻，随意转叶而已，以诗乃吾之心声，韵以谐人口吻故也。"③ 这是见道之语。然而"视韵甚轻"，只是说韵部可以有根据地放宽（酌用古韵、邻韵、词韵），并不等于取消韵脚。"视韵甚轻"，更不是视平仄甚轻、视入声甚轻。相反，像入声字这种对诗词来说很敏感的东西，倒是不能随便拿掉的。正如学习文言文，词汇尽可吐故纳新，却不必将文言虚字这个标志性、敏感的东西拿掉一样——还是要之乎也者矣焉哉，不要啊吗呢吧的地得。其理由不是别的，同样是由于经典文本汗牛充栋的存在和支撑。总之，又要写作诗词又想废弃入声，无异数典忘祖，不如直接

---

①　汪曾祺. 晚翠文谈新编［M］. 北京：生活·读书·新知三联书店，2002：104.

②　赵京战. 新韵三百首［M］. 北京：中国文联出版公司，2007：6.

③　吴乔《围炉诗话》卷一。

写民歌体、顺口溜惬心贵当。

当代诗词创作用韵，除"废入"而外，有这样几种主张：（1）诗依诗韵，词依词韵。（2）混合诗词韵而从其便（诗韵分部太窄，词韵对诗韵进行了合并，但对个别韵部有所分解，但总体上讲，词韵较诗韵为宽）。（3）在保留入声字的前提下，厘定新韵。由于都不主张废入声字，所以这几种办法，不管用哪一种，都不会产生别扭的感觉，正如唐诗宋词韵部划分不同，却并没有异样感觉。宛老曾说："予既主张从当代口语取押，或混合诗词韵而从其便。但自作则仍依《佩文韵府》及《词林正韵》等，畏人斥为不知韵也。"① 这种态度说保守也保守，说审慎也审慎。

至于新编韵书，我比较拥护中华书局上海编辑所（即今上海古籍出版社）的《诗韵新编》，因为它依据了现代汉语，而又区分出入声字。编纂者是上海文史馆七位馆员，皆属语言学专家，使得这部韵书有一定权威性。此书自 1965 年初版后，多次重印，是一本经过市场和时间检验的韵书，非常实用。愿意以新韵创作的人，大可参考此书，最好注明押韵的根据。

龙榆生曾摘取清梁僧宝著《切韵求蒙》所列"十六摄二百六韵四声一贯考"中若干四声字，依平上去入编为四字诀，以便练习。为了帮助一般人分辨入声字，附录于兹（原诀中入声字重复之句从删，多音字重出者酌改）：

【牙 音】 公拱贡谷，空孔控哭，江讲绛觉，康慷抗恪，庚梗更格，京景敬戟，金锦禁急，严俨酽业，斤谨靳讫，元阮愿月，官管贯括，基纪记棘，溪启契楔，珂可坷客，俄我饿咢，

---

① 宛敏灏. 晚晴轩诗词选 ［M］. 芜湖：安徽师范大学图书馆，1986：2.

戈果过郭，加贾驾接，牙雅讶额，居举据脚，孤古故格，钩苟遘谷，鸠九救菊，骄矫轿躤，交绞教觉

【舌头音】　东董冻笃，通侗痛秃，唐荡宕铎，停艇听笛，登等邓德，甜簟磹牒，豚盾钝突，南腩妠纳，丹亶旦恒，滩坦炭达，端短断掇，团断段夺，梯体替铁，台怠代特，驼柁驮铎，那娜奈诺，徒杜渡度，兜斗豆啄，条窕姚涤

【舌上音】　重宠铳躅，张长帐芍，呈逞郑掷，沉朕鸩垫，陈朕阵秩，鳣展辗哲，痴耻眙救，除仁箸着，舟肘昼竹，潮肇召着，饶挠闹搦

【重唇音】　蓬唪〇仆，宠蚌〇雹，帮榜谤博，茫莽漭莫，盲猛孟陌，兵丙柄碧，门懑闷没，盘伴叛跋，眠眄面蔑，巴把霸伯，麻马祃陌，铺普铺粕，模姥暮莫，牟某茂木，包饱豹曝

【轻唇音】　逢奉俸幞，方昉放缚，凡范梵乏，分粉粪佛，文吻问物，藩返贩发，烦反饭伐，霏斐费弗，微尾未物，浮妇覆复

【齿头音】　松竦颂续，桑颡丧索，将奖酱爵，襄想相削，精井进积，情请净籍，侵寝沁绤，迁渐潜捷，孙笋浚恤，村忖寸猝，珊散擅萨，雌此刺敕，西洗细屑，哉宰再则，此写卸鳥，斜〇谢席，胥滑絮削，租祖做作，陬走奏镞，萧筱啸锡

【正齿音】　钟肿种烛，章掌障酌，昌敞唱绰，征整政摭，蒸拯证职，斟枕正执，沾飐占慑，真轸震质，唇盾顺术，删潸讪杀，之止志织，诗始试识，遮者蔗炙，奢舍赦螫，书暑恕烁，诸渚蓄蹢，周帚咒祝，收手兽叔，招沼照烁

【喉　音】　洪颈哄斛，翁〇瓮屋，容勇用欲，降项巷学，央鞅快约，阳养漾药，英影映益，音钦荫邑，酣澉憨盖，盐琰艳叶，寅引胤逸，温稳揾沤，蔫偃堰谒，园远愿越，寒罕翰曷，

桓缓换活，移迤易弈，狸里吏力，鞋蟹邂躞，谐骇械黠，河荷贺鹤，阿我饿恶，禾祸和获，逾庾裕欲，胡户护涸，由酉柚育，豪皓号鹤

【半舌齿】　笼咙弄禄，穰壤让若，郎朗浪落，良两亮略，灵领另历，仍忍认日，人稔任入，蓝览滥腊，邻嶙吝栗，兰懒烂辣，銮卵乱埒，黎礼隶捩，雷磊耒肆，罗椤逻落，同吕虑略，儒乳儒辱，卢鲁路络，娄搂漏禄，柔蹂糅肉，劳老闹泺

第四谈　天对地　雨对风

（骈偶）

对偶的异常发达是中国文学的基本特色之一。对于对偶的表现，几乎是生理上的偏爱与贯彻，其中的根深蒂固的对偶思考，实在是赋予中国文学史和思想史特色的最基本的性格之一。在这个意义上，作为以对偶为本的律诗完成者杜甫被称作诗圣，并不是偶然的。律诗这一诗型堪称中国诗体的代表。（松浦友久《中国诗歌原理》）

一 对仗与诗词

排比的修辞手段为全人类所共有，而对偶的修辞手段却为汉语所独有。

汉字一个字一个音节，古汉语以单音词为主，现代汉语虽多双音词，却皆以古代单音词作为词素，各词素仍有其独立性，这样就很容易构成音节相等的对偶，在视觉和听觉上做到整齐对等，这在各种外语中都是难以做到的。

此外，汉语没有时态、词尾和格的变化，语序灵活，成语典故大量的存在，并列词组可以做减法，减到每词一字（如诗骚、管葛、京沪、中日，等等），及诗歌两句一联的句群单位，也加强了汉语在对偶构成上的适应性。

这种适应性甚至造成诗人的对偶思维，构思时，句子是成对地出现，一唱一和，无往不复，说今日就想当初——"此日六军同驻马，当时七夕笑牵牛"（李商隐）、"回日楼台非甲帐，去时冠剑是丁年"（温庭筠）；说无就会想到有——"有弟皆分散，无家问死生"（杜甫），如此等等。因此，在骈体、律诗的写作中，骈偶学成为一种专门的学问。

古代典籍中，"水流湿，火就燥"（《周易》）、"云从龙，风从虎"（同上），"满招损，谦受益"（《尚书》），乃是不经意的属对。《诗经》中的自然属对的诗句更是不少：

风雨凄凄，鸡鸣喈喈。（《郑风·风雨》）

青青子衿，悠悠我心。（《郑风·子衿》）

出自幽谷，迁于乔木。（《小雅·伐木》）

昔我往矣，杨柳依依；今我来思，雨雪霏霏。（《小雅·采薇》）

秩秩斯干，幽幽南山。（《小雅·斯干》）

高岸为谷，深谷为陵。（《小雅·十月之交》）

投我以桃，报之以李。……诲汝谆谆，听我藐藐。（《大雅·抑》）

在古诗中，对偶在有意无意之间，有时更加工整：

胡马依北风，越鸟巢南枝。（《古诗十九首·行行重行行》）

青青河畔草，郁郁园中柳。（《古诗十九首·青青河畔草》）

不惜歌者苦，但伤知音稀。（《古诗十九首·西北有高楼》）

迢迢牵牛星，皎皎河汉女。（《古诗十九首·迢迢牵牛星》）

去者日以疏，来者日以亲。（《古诗十九首·去者日以疏》）

在近体诗中，对偶进一步成为对仗。对仗的要素包括：两句字数相同、相同位置的词性相当而平仄互异，如"山随平野尽，江入大荒流"（李白）。除了这三项要素而外，有时还会涉及字音（双声、叠韵、叠字的对应），如"川原缭绕浮云外，宫阙参差落照间"（卢照邻）。

律诗必须对仗，但对仗有少到只用一联的（盛唐五律多见），有多到用四联的。单联的对仗中唐以后渐渐绝迹，全篇对仗在唐诗中也罕见，后人绝少模仿。三联（尤其前三联）对仗的情况唐诗习见，杜诗尤多，颇具匠心，故后人沿以为例。

昔闻洞庭水，今上岳阳楼。

吴楚东南坼，乾坤日夜浮。

亲朋无一字，老病有孤舟。

戎马关山北，凭轩涕泗流。（杜甫《登岳阳楼》）

支离东北风尘际，漂泊西南天地间。

三峡楼台淹日月，五溪衣服共云山。

羯胡事主终无赖，词客哀时且未还。

庾信平生最萧瑟，暮年诗赋动江关。（杜甫《咏怀古迹五首》其一）

由于律诗用散行的句子来表示结束，所以末联出现对仗的情况比较少见，但有一首脍炙人口的七律——杜甫《闻官军收河南河北》就是对仗结尾的："即从巴峡穿巫峡，便下襄阳向洛阳"，由于它用了流水对，两句只如一句，故仍有散行的效果。近人七律如：

合卺苍黄值乱离，经筵转徙际明时。

廿年分受流人谤，八口曾为巧妇炊。

历尽新婚垂老别，未成白首碧山期。

文章知己虽堪许，患难夫妻自可悲。（沈祖棻《千帆沙洋来书感赋》）

这首诗原题为"千帆沙洋来书，有四十年文章知己患难夫妻，未能共度晚年之叹，感赋"，程千帆注曰："自余以非罪获谴，全家生活遂由祖棻一人负担。时先君先继母健在，余夫妇及三妹一女，共八口，故第四句非泛下也。"这首诗的对仗做得不是一般的好，意蕴密致，又自然流畅，真是锦心绣口。最后两句用信语做成对仗，亦有散行之妙。

可以说，对仗做好了，律诗的质量就有基本的保证。不仅律诗如此，古体也是如此，唐诗有些直抒胸臆的歌行，只因有一二对句的点缀，而陡然生色者不少。如：

> 火山六月应更热，赤亭道口行人绝。知君惯度祁连城，岂能愁见轮台月。脱鞍暂入酒家垆，送君万里西击胡。功名只向马上取，真是英雄一丈夫。(岑参《送李副使赴碛西官军》)

古诗的对句是不论平仄的，这首诗有"知君惯度祁连城，岂能愁见轮台月"二句，顿觉细腻温润，最后两句不妨放笔直干。一味散行，便落粗放。对诗来说如此，对于部分词调来说同样如此，如宋词中作品数量最大的一个词调《浣溪沙》，最见功夫之处就是过片处两个七言句的对仗。

> 一曲新词酒一杯，去年天气旧亭台，夕阳西下几时回？
> 无可奈何花落去，似曾相识燕归来，小园香径独徘徊。(晏殊《浣溪沙》)

> 漠漠轻寒上小楼，晓阴无赖是穷秋，淡烟流水画屏幽。
> 自在飞花轻似梦，无边丝雨细如愁，宝帘闲挂小银钩。(秦观《浣溪沙》)

这两首令词之所以为千古绝唱，与过片的两个对仗的绝妙是分不开的。

我自己也做过《浣溪沙》，懂得这个对句的作用。

> 又值风清月白时，书传云外梦先知，绿窗惊觉细寻思。

118

亭合双江成锦水，桥分九眼到斜晖，芳尘一去邈难追。（欣托居
《浣溪沙》）

合江亭，在四川大学东门外，靠近九眼桥，唐韦皋镇蜀时所建，
两江于亭下汇合，始称锦江。皆成都本地风光，略加点化，居然俊
语。这个对子中的分、合二字，自然凑泊，眼字活用，自己比较
满意。

二　反对与正对

对仗（骈偶）涉及不同性质的词语之排列组合，林林总总，如用
数学方法演算，种类必极繁多。或大同小异，或本同末异，欲窥对
仗之壸奥，必须抓住要领，不可等量齐观。

《文心雕龙》第三十五卷"丽辞"（俪辞、对仗）率先提出"四对"
的名目：

> 凡有四对：言对为易，事对为难。反对为优，正对为劣。
> 言对者，双比空辞者也；事对者，并举人验者也。反对者，理
> 殊趣合者也；正对者，事异义同者也。……凡偶辞胸臆，言对
> 所以为易也；征人资学，事对所以为难也。幽显同志，反对所
> 以为优也；并贵共心，正对所以为劣也。……是以言对为美，
> 贵在精巧；事对所先，务在允当。若两言相配，而优劣不均，
> 是骥在左骖，驽为右服也。

刘勰不愧为理论家，在五花八门的对仗中，只举出两对重要范

畴——言对与事对，反对与正对而论之，颇能扼要。不过，这两组对仗范畴还不在一个层面上。言对与事对，是一个语汇问题——言对指没有用事的对仗，如"名都多妖女，京洛出少年"（曹植）。事对指用典（语典、事典）的对仗，如"季布无二诺，侯嬴重一言"（魏微）。这对范畴比较简单，无须专节论列。以下重点谈谈反对与正对。

反对与正对，涉及思维方式问题，这是对仗最重要的一组范畴，是重中之重。正对指由词性和范畴相同的词（数类、方位类、颜色类）构成，或出句和对句意思接近的对仗，如"胡马依北风，越鸟巢南枝"（古诗）。反对指部分地由反义词构成，或出句和对句意思相去较远的对仗，如"弦断犹可续，心去最难留"（王僧孺）、"人归落雁后，思发在花前"（薛道衡），等等。

刘勰提出"反对为优，正对为劣"，是一条宝贵的艺术经验。正对的缺点是"事异义同"，就是字面不同而意思重复，是一加一等于一，故王力称之为贫乏的对偶。反对的好处是"理殊趣合"，就是道路不同而目标一致，并列异质的相反的内容，距离拉开，引力作用，对撞出火花，可产生一个新的天地，是一加一大于二。古人说："律诗中间对联，两句意甚远，中实潜贯者，最为高作。"（葛立方）因为这样才能充分显出对仗的功能。

在唐代以前，在写景诗中，说到鱼就是鸟，说起风就是雨，前有千仞后必万丈，正对是比较常见的。而唐代和唐代以后的诗中，反对的优势被逐渐发掘出来，脍炙人口的对仗大多是反对。得此一联，足以照亮整个诗境：

微云渡河汉，疏雨滴梧桐（孟浩然）——天上与视觉，人间与听觉。

白云回望合，青霭入看无（王维）——远近异观，近无远有。

120

花径不曾缘客扫，蓬门今始为君开（杜甫）——寂寞偏夸花径，欣喜却称蓬门。

万里悲秋常作客，百年多病独登台（同上）——空间与经常性，时间和孤独感。

锦江春色来天地，玉垒浮云变古今（同上）——自然与空间，人事与时间。

老至居人下，春归在客先（刘长卿）——事事不如意，两种说道。

溪云初起日沉阁，山雨欲来风满楼（许浑）——变化中有衔接，松弛后有紧张。

残星几点雁横塞，长笛一声人倚楼（赵嘏）——残星是看的，长笛是听的。

刘熙载说："律诗中用开合、流水、倒挽三法，不如用遮表法为最多。或前遮后表，或前表后遮。表谓如此，遮谓不如彼，二字本出禅家。昔人诗中有用'是''非'、'有''无'等字作对者，'是''有'即表，'非''无'即遮。惟有其法而无其名，故为拈出。"[1] 他所说的"遮表法"，便属于反对。如"野凫眠岸有闲意，老树着花无丑枝"（梅尧臣）、"文章信口雌黄易，思想锥心坦白难"（聂绀弩），等等。

集句之妙，也不正在于原本不相干的两句凑在一起，形成对比，才别饶意趣，让人惊喜，让人浮想联翩吗？——如"圣代即今多雨露（高适），故乡无此好湖山（苏轼）""人之乐者山林也（欧阳修），客亦知夫水月乎（苏轼）""我书意造本无法（苏轼），此老胸中常有诗（陆

---

① 刘熙载《艺概·诗概》。

121

游)"，等等。

反对在解释上有一定灵活性，即须看对句中以哪一部分为核心。如"钟仪幽而楚奏兮，庄舄显而越吟"（王粲），如以"楚奏"对"越吟"（同属乡音）为核心，似是正对。若以"幽"对"显"为核心，则为明确的反对，而刘勰就是把它作为反对的例子的。由此可知，只要在对句中的某一部分含有相关的两极对立概念，便属反对。而具有对立统一意味的反对，与缺乏这种意味的正对相比，的确更能起到对仗的效果。

一般说来，反对因其逆向思维，而更富于变化。正对则因思维的朝向相同，而易流于呆板。正对走到极端，两句一意，同义反复，便称"合掌"（骈枝）——有句与句的合掌，还有联与联的合掌（详见后文）。宋齐间，五言属对，初创难工，未足为病。如"扬帆采石华，挂席拾海月"（谢灵运），"千念集日夜，万感盈朝昏"（同上）。南朝诗中普遍存在以"朝"对"曙"，"远"对"遥"，"室"对"房"，"别"对"离"，"懒"对"慵"的现象。初唐诗人认识到这是一种毛病。"沈宋二君，始加洗削。至于盛唐尽矣。"[1] 此后，合掌便被认为是诗家之大忌。

将联合结构的成语拆分在两句中，用为对仗，应视为合掌，如"千山披素裹，万壑挂银装""断壁敌楼惊鬼斧，悬崖瞭所叹神工""敢用忠心填火海，能携赤胆上刀山""属对偶偕名士步，品题多记逐臣游"，等等。对仗中的千山－万壑，素裹－银装，鬼斧－神工，忠心－赤胆，火海－刀山，属对－品题，就是拆分自成语，或通用词组，因为用来省事，习作者或乐此不疲，却不免空疏、乏味。故老于此道者断不肯为。

---

[1] 胡应麟《诗薮·内编》卷四。

然而，有些正对或反对，虽然两句内容相同或相近，却因为意思好，需要重复、值得重复，则不可执一而论。正对如"感时花溅泪，恨别鸟惊心"(杜甫)、"鱼戏新荷动，鸟散余花落"(谢朓)、"蝉噪林愈静，鸟鸣山更幽"(王籍)，反对如"独有英雄驱虎豹，更无豪杰怕熊罴"(毛泽东)，皆同义反复，却并不乏味，故又当别论。事实上这些诗句都经过时间的考验，得到了读者普遍的喜爱，成为诗词名句。

合掌还有一种情况，就是律诗中间两联的对仗方式完全一样，形式上显得重复呆板。诗人也将它视为律诗大忌，违者甚少，《汉语诗律学》举得徐玑一例。李白不以律诗见长，诗中亦有一例：

河阳花作县，秋浦玉为人。

地逐名贤好，风从蕙化春。

水从天汉落，山逼画图新。

应念金门客，投沙吊楚臣。(李白《赠崔秋浦》)

中间两联四句句法一律，是典型的合掌。但有一种情况，表面看上去像是合掌，但句法构造有潜在的差异。如下面这首杜诗：

江汉思归客，乾坤一腐儒。

片云天共远，永夜月同孤。

落日心犹壮，秋风病欲疏。

古来存老马，不必取长途。(杜甫《江汉》)

因为"片云天共远"是"片云共天远"的倒装（因为协调平仄的缘故），"永夜月同孤"是"永夜同月孤"的倒装，与"落日心犹壮"二句，读起来语感不一样，并不给人单调之感，所以不是一般意义上的合掌。不过，律诗的两联，贵乎一浓一淡、一严一宽、一走（流水对）一守（呼应对），姿态横生，富于变化。

文言一字多义、句法多变、大量用典，近体诗又放逐了虚词，因此，单个诗句或有疑义，因有对仗而迎刃而解——这是对仗的又一功能。贾谊《过秦论》"于是从散约解，争割地而赂秦"，假如只说"从散"而不说"约解"，就变为难懂的了。"名岂文章著，官应老病休"（杜甫），如不用对仗，写作"名岂文章著，老衰官合休"，则上句就不易理解，作者决不肯这样写。因为对仗，读者得以上下比勘，知其意为：名岂因文章而著（世少知音），官应以老病而休。[1] "浮云游子意，落日故人情"（李白），单看前句，浮云可能被释为奸邪害忠，但比勘下句，可确定只是游子漂泊之感。"蛋在生前多白扯，肉于死后便红烧"（曾少立），单看前句莫名其妙，比勘后句，才知道上句的意思是生前白扯蛋（瞎搞）的意思。我作八级地震歌，有句云："瓦砾堆下有现金，尸骸丛中无名氏"，"无名氏"和"有现金"比勘，它的意思就不是一般所谓佚名，而是无法验对身份的意思。

《文心雕龙》之后，初唐上官仪提出过"六对""八对"的名目：

上官仪曰：诗有六对。一曰正名对，天地日月是也。二曰同类对，花叶草芽是也。三曰连珠对，萧萧、赫赫是也。四曰双声对，黄槐、绿柳是也。五曰叠韵对，彷徨、放旷是也。六曰双拟对，春树、秋池是也。又曰：诗有八对。一曰的名对，

---

① 王力《略论语言形式美》："叶圣陶先生给我的另一封信里说：'诗之句型，大别为二。一为平常的句型，与散文及口头语大致不异。一为特殊句型，散文决不能如是写，口头亦绝无此说法，可谓纯出于人工。我以为特殊句型，必对仗而后成立，如"名岂文章著，官应老病休"是也。'"

"送酒东南去，迎琴西北来"是也。二曰异类对，"风织池间树，虫穿草上文"是也。三曰双声对，"秋露香佳菊，春风馥丽兰"是也。四曰叠韵对，"放荡千般意，迁延一片心"是也。五曰联绵对，"残河若带，初月如眉"是也。六曰双拟对，"议月眉欺月，论花夹胜花"是也。七曰回文对，"情新因意得，意得逐情新"是也。八曰隔句对，"相思复相思，夜夜泪沾衣；空叹复空叹，朝朝君未归"是也。(《诗苑类格》)[①]

比较刘勰来说，上官仪分类的概念和界定不够清晰，考虑也欠周到。好像细化，其实粗略。如六对中正名对（天地日月）和同类对（花叶草芽）并无区别，而连珠（叠字）对、双声对、叠韵对可以合并（联绵对），双拟对（句中非叠字的重出）举例不正确（或有缺失），等等。因此，六对、八对之说，只是一个拍脑袋的发明。

日本平安朝空海著《文镜秘府论（东卷）》载二十九种对，乃杂抄诸书而成，划分虽细，或巧立名目。今删芟无聊，得十七对，略加说明，或附例句，以供揣摩：

（1）的名（正名）对，常态对仗字斟句酌，如"东圃青梅发，西园绿草开"。

（2）隔句对，亦称扇对，即一、三句成对，二、四句成对。多见于古体诗。如"邂逅陪车马，寻芳谢朓洲；凄凉望乡国，得句仲宣楼"。

（3）双拟对，非叠字句中重出，如"夏暑夏不衰，秋阴秋未归"。

---

① 魏庆之. 诗人玉屑 [M]. 上海：上海古籍出版社，1978：165.

（4）联绵对，非叠字句中顶真，如"看山山已峻，望水水仍清"。

（5）互成对，并列词组作对仗，如"岁时伤道路，亲友念东西"。

（6）异类对，相对的字类别不同，如"风织池间树，虫穿草上文"。

（7）赋体对，效赋体以双声、叠韵、叠字作对，实含以下两种在内。

（8）双声对，双声对双声，如"留连千里宾，独待一年春"。

（9）叠韵对，叠韵对叠韵，如"君赴燕然戍，妾坐逍遥楼"。

（10）回文对，对仗有回文意味，如"情新因意得，意得逐情新"。

（11）意对，似对非对，如"岁暮临空房，凉风起坐隅"。

（12）平对，平常对仗，如"绿树村边合，青山郭外斜"。

（13）奇对，又称巧对，如"西园公子名无忌，南国佳人字莫愁"。

（14）字对，多义字以别义相对，如"何用金扉敞，终醉石崇家"。

（15）声对，谐音相对，如"彤驺初惊路，白简未含霜"。

（16）当句对，本句中又自对，如"赭圻将赤岸，击汰复扬舲"。

（17）背体对，即反对，如"进德智所拙，退耕力不任"。

三 工对与意对

对仗之有工对、意对之分，就如国画之有工笔、意笔之分。工对与意对，涉及对仗的形式美和神韵，是又一组重要的范畴。

工对就是感觉工整细致的对仗，如"白毛浮绿水，红掌拨青波"（骆宾王）、"绕郭荷花三十里，拂城松树一千株"（白居易），对得铢两悉称，便是工对。意对就是感觉随意宽松，甚至"似对非对"（沈德潜）的对仗，亦称宽对。如"横眉冷对千夫指，俯首甘为孺子牛"（鲁迅），"千夫"对"孺子"，虽不工整，各指一号人，意思是对的。"三十一年还旧国，落花时节读华章"（毛泽东），"三十一年"对"落花时节"，更不工整，但都是时间概念，意思也是对的，便是意对。

在鉴赏中，有人倾向于工对，也有人倾向于意对。有人认为："只要词性、意义、平仄相对就可以了，没有必要太过工整。太过工整的，往往显得雕琢而死板，要不然就伤于纤巧缜薄。对仗的原则是宁粗毋弱，宁拙毋巧，宁朴毋华。"[①] 我比较赞同这个意见。工对与意对须相济为用，恰如国画中的工笔和意笔须相济为用一样——白石老人画昆虫纯用工笔、毫发无爽，花卉则信笔涂抹、意思意思，整个画又耐看又神爽，也许能给人一些启发吧。毛泽东和柳亚子的诗在"三十一年"二句之后，"牢骚太甚防肠断，风物长宜放眼量"两句就相对工整，起到了调剂的作用。

关于对仗有一个粗略的说法，即出句与对句相同部位，只要词性相同（即名词对名词、动词对动词、形容词对形容词、副词对副词）就会工

---

① 徐晋如. 大学诗词写作教程［M］. 桂林：广西师范大学出版社，2007：50.

整。不过，汉语的名词、动词、形容词在不同语境中词性会发生转化，在诗词中显得尤其宽泛，如文言虚字基本被视为一类。而且不同词类在诗词对仗上，感觉并不对称。

（1）有几个小词种即数词、颜色字和方位词，因为引人注目，用于对仗，感觉上就特别工整。先说数词，如"秋水才深四五尺，野航恰受两三人"（杜甫）、"一身去国六千里，万死投荒十二年"（柳宗元）、"廿年分受流人谤，八口曾为巧妇炊"（沈祖棻）等便是。诗词中的数词，除从一到九，十百千万而外，还包括半、孤、独、两、双、再、几、数、诸、众、群，等等，有计量意味的准数词，可以活用。如"亲朋无一字，老病有孤舟"（杜甫）、"舞爱双飞蝶，歌闻数里莺"（张籍）等。在基数词中，三、千为平声，其余多为仄声，平仄分布很不匀称。所以三、千二字出现的频率较高，但也不至于太累，是因为非节奏点的用字可平可仄的缘故。如"潮平两岸阔，风正一帆悬"（王湾）、"五更疏欲断，一树碧无情"（李商隐）、"万里悲秋常作客，百年多病独登台"（杜甫）等，数词皆属仄声。

次说颜色字（通常附丽于形容词），如"绿树村边合，青山郭外斜"（孟浩然）、"两个黄鹂鸣翠柳，一行白鹭上青天"（杜甫）、"日出江花红胜火，春来江水绿如蓝"（白居易）等。颜色字除赤、橙、黄、绿、青、蓝、紫，还包括黑、白、素、玄，以及金（黄）、玉（白）、银（白）、彩等，可称准颜色字。如"歌榭白团扇，舞筵金缕衫"（刘禹锡）、"玉窗抛翠管，轻袖掩银鸾"（李远）等。

再说方位词（通常附丽于名词），如"青山横北郭，白水绕东城"（李白）、"支离东北风尘际，漂泊西南天地间"（杜甫）、"胡人羊马休南牧，汉将旌旗在北门"（雍陶）等。方位词除东、南、西、北，还有前、后、左、右、上、下、表、里、中、外，等等，可以活用。如"晴山烟外翠，香蕊日边新"（高弁）、"街西借宅多临水，马上逢人亦说山"（张籍）等。

对仗本难做到字字工整，但只要每联有一大半的字对得工整，尤其是数词、颜色字和方位词的对仗工整，个别字虽然对得差些，感觉上也会跟着显得工整。如"人分千里外，兴在一杯中"（李白），"人"对"兴"，具体概念对抽象概念，不甚工整，然而，有了"千里"与"一杯""外"与"中"以数量、方位相对，句子就显得工整了。

（2）诗词于名词种类划分极细，如天文类（如日、月、风、雨、霜、雪、霞），时令类（如春、夏、秋、冬、年、月、日），地理类（如山、水、江、河、州、县、郡），植物类（如梅、兰、竹、菊、桃、李、杏），动物类（如牛、羊、猿、马、龙、凤、鱼），代名类（吾、我、尔、汝、他、谁、人），干支类（子、丑、寅、卯、甲、乙、丙），地名类（如吴、楚、巴、蜀、京、洛），人名类（如李白、杨朱、张良、韩信、孙行者、胡适之），等等。同一事类作对仗，当然工整。如：

> 楚塞三湘接，荆门九派通。（王维）
>
> 一川花送客，二月柳迎春。（綦毋潜）
>
> 酒醒秋簟冷，风急夏衣轻。（元稹）
>
> 老去争由我，秋来欲泥谁？（白居易）
>
> 庄生晓梦迷蝴蝶，望帝春心托杜鹃。（李商隐）
>
> 身健却缘餐饭少，诗清都为饮茶多。（徐玑）
>
> 子美集开新世界，伯阳书见道根源。（王禹偁）

不同的事类如联系紧密，如"天"和"地""车"和"马""诗"和"酒""人"和"物"，等等，其对仗工整的感觉，甚至会超过同一事类的对仗。同理，相同事类的词如联系紧密，如"歌舞""声色""心迹""老病",等等,如用为对仗,也会被认为最工整。如"敏捷诗千首,飘零酒一杯"(杜甫)、"碛迥兵难伏,天寒马易收"(张蠙)、"虽无舒卷随人意,自有潺湲济物功"(罗邺)等。

再就是并行(包括同义并行、反义并行)语的对仗,因为既自对又相对,在意念上特别工整——"楚地劳行役,秦城罢鼓鼙"(张谓)、"谁爱风流高格调,共怜时世俭梳妆"(秦韬玉)、"文章知己虽堪许,患难夫妻自可悲"(沈祖棻)、"逝川前后水,浮世短长生"(李群玉)、"纵横一川水,高下数家村"(王安石),等等。

(3)联绵字(双声、叠韵)的对仗,在听觉上特别工整。双声、叠韵是古代汉语中一种特殊的构词法,在调声上有回环的形式美和音乐美。"啼鸟数声深树里"(刘大櫆),"数声"和"深树"读起来有回环之美,而"数"与"树""声"与"深"各为双声、叠韵。"熟读深思子自知"(苏轼),"子自知"三字读起来不但不拗口,而且有联绵之趣。

双声、叠韵在诗词中用于对仗,肇自《诗经》(如"陟彼崔嵬,我马虺隤""伊威在室,蠨蛸在户"),或双声对双声,如"田园零落干戈后,骨肉流离道路中"(白居易)、"参差连曲陌,迢递送斜晖"(李商隐)。或叠韵对叠韵,如"苍茫步兵哭,展转仲宣哀"(杜甫)、"远路应悲春婉晚,残宵犹得梦依稀"(李商隐)。或双声对叠韵,如"支离东北风尘际,漂泊西南天地间"(杜甫)、"石麟埋没藏春草,铜雀荒凉对暮云"(李商隐)。前人说"叠韵如两玉相扣,取其铿锵;双声如贯珠相联,取其宛转"①。双声、叠韵的形式美和音乐美,在对仗中才能得到如此充分的体现。

非联绵字双声、叠韵也可以取得联绵字同样的效果,杜甫最善

---

① 李重华《贞一斋诗说》七四。

此道，如"数回细写愁仍破，万颗匀圆讶许同"（杜甫）、"风飘律吕相和切，月傍关山几处明"（同上）、"怅望千秋一洒泪，萧条异代不同时"（同上，"怅望"非联绵字）、"一去紫台连朔漠，独留青冢对黄昏"（同上），等等。

叠字是双声叠韵之特例，亦常见于《诗经》，"故'灼灼'状桃花之鲜，'依依'尽杨柳之貌；'杲杲'为日出之容；'漉漉'拟雨雪之状；'喈喈'逐黄鸟之声；'嘤嘤'学草虫之韵；……并以少总多，情貌无遗矣"①。用于对仗，有明珠走盘之致。如"无边落木萧萧下，不尽长江滚滚来"（杜甫）、"处处落花春寂寂，时时中酒病厌厌"（刘兼），等等。

（4）有时候，字与字在句中的意义对起来并不工整，但以用某个字的谐音或别义可以成为工整的对仗，这就是借对。前面列举的十七种对中的字对（以字面相对）和声对（以谐音相对），是借对的两种方式。借对好了，不但能给人以工整的感觉，而且能给人以巧妙的感觉。

一般说来，有的名词的借对感觉不很显著，如"苜蓿随天马，葡萄逐汉臣"（王维），"汉"字用别义（星汉）作对；"飘零为客久，衰老羡君还"（杜甫），"君"字用别义（君主）作对，但今人一般会作宽对看了。感觉显著的如"漫作潜夫论，虚传幼妇碑"（杜甫）、"曾是寂寥金烬暗，断无消息石榴红"（李商隐）、"回日楼台非甲帐，去时冠剑是丁年"（温庭筠），夫与妇、金与石、甲与丁这些字联系很紧密，所以显著。

而颜色字的借对，效果最为显著，如"生理只凭黄阁老，衰颜欲付紫金丹"（杜甫），以黄门侍郎的黄对道家丹药的紫，字面很跳，

---

① 刘勰《文心雕龙·物色第四六》。

效果明显。至于音对（借音），也多见于颜色对，否则效果不明显，如"野鹤清晨出，山精白日藏"，以清作青与白相对；"寄身且喜沧洲近，顾影无如白发何"（刘长卿），以沧作苍与白相对。"朱雀桥边野草花，乌衣巷口夕阳斜"（刘禹锡《乌衣巷》），以地名中颜色字作对。

以上是工对的种种情况。至于意对（宽对）的情况大体有以下几种："下药远求新熟酒，看山多上最高楼"（张籍），对应处词性虽相同，但非同一事类。"几度听鸡过白日，亦曾骑马咏红裙"（白居易），为不以辞害意，牺牲局部的对仗。"不待金门诏，空持宝剑游"（李白），末字因韵字的影响牺牲了对仗。"裙拖六幅湘江水，鬓耸巫山一段云"（李群玉），对仗中出现错位（因为协调平仄），称错综对。以上情况，句子的对仗性都有不同程度的减弱，都属意对。

　　　　半日吴村带晚霞，闲门高柳乱飞鸦。

　　　　横云岭外千重树，流水声中一两家。

　　　　愁人昨夜相思苦，闰月今年春意赊。

　　　　自叹梅生头似雪，却怜潘令县如花。（钱起《题郎士元半日吴村别业》）

中间两联和横云与流水、千重树与一两家、愁人与闰月、相思与春意，对得似是而非，但其"对仗中有睥睨之致，不为律苦"（王夫之）——这是说，诗人很有才气，对仗得目空一切，律为我用（不为律苦），韩愈称为"气盛言宜"。这种诗读起来，比较痛快。"一封朝奏九重天，夕贬潮州路八千"（韩愈），以一封与八千、朝奏与夕贬相映带；"琵琶起舞换新声，总是关山旧别情"（王昌龄），以新旧二字相起，也属于意对，读起来有同样的快感。

对仗工整，当然是好事。然诗言志，须意在笔先，这是对仗之

132

魂。意思好了对仗才好，岂有意思不好而对仗好的呢。"鱼跃练川抛玉尺，莺穿丝柳织金梭"（佚名），对得字字工整，喻象呆板，满心都是辞藻，没有意思。恰如古人说："花必用柳对，是儿曹语。"（姜夔）"如清风明月，绿水青山，黄莺紫燕，桃红柳绿，便是蒙馆对法。"（冒春荣）蒙馆教的是常识。诗词创作，岂能局限于常识哉！

再看"风吹古木晴天雨，月照平沙夏夜霜"（白居易）——晴天雨本无，夏夜霜本无，感觉却有，这是美的发现。意思好了，对仗又自然凑手，所以为佳。又如"人分千里外，兴在一杯中"（李白）——首字以具体对抽象，出句对句一实一虚，打破语态的均衡，称虚实对；"秦地故人成远梦，楚天凉雨在孤舟"（李端）、"万里羁愁生白发，一帆斜日过黄州"（陆游），上句实写人事，下句移情入景，以意为主，出以空灵之笔，称欹侧对。皆以意为主，故是佳对。

四　当句对：并行与单列

近体诗的平仄黏对是一种外在韵律，而诗词的内在韵律（情绪消长），有一种特别的表现方式，就是唱叹——"后宫佳丽三千人，三千钟爱在一身"（白居易）、"无可奈何花落去，似曾相识燕归来"（晏殊）、"小荷才露尖尖角，早有蜻蜓立上头"（杨万里）、"深处种菱浅种稻，不深不浅种荷花"（阮元）、"见难恒别伤鸿燕，燕鸿伤别恒难见"（宛敏灏），表达很够味很圆融很完满，皆因有唱叹之音。所谓唱叹，简而言之就是一句唱，一句和，无往而不复。这种表达方式，与传统诗歌两句一联的体制有密切关系。

对仗的属性之一便是唱叹，以对仗作唱叹，可称对仗式唱叹。不但出句和对句可以形成对仗式唱叹，在一句之中也可以形成对仗式唱叹——如"象天御宇，乘时布政"（唐《明堂乐章·肃和》），出句中自含对仗的因子（象天/御宇），对句中也自含对仗的因子（乘时/布政），两句并行，即视为工对。出句与对句只要结构相同，当句对仗因子在两句之中无须更求对仗，如"但说漱流并枕石，不辞蝉腹与龟肠"（陆龟蒙）。单音对仗因子如相联属，如"江山遥去国，妻子独还家"（高适），则成为词组，当句对的感觉并不显著。如不相联属，如集《兰亭序》联"清气若兰，虚怀当竹；乐情在水，静趣同山"，当句对的意味才能显示出来。

七言有较大句容量，故当句对多见于七言。七言诗的当句对有以下不同方式：

（1）前四字中两两相对，当句相对的因子联袂而出，不会被看作词组，其唱叹仅表现在半句之中。"伐鼓撞钟惊海上，新妆袨服照江东"（杜审言）、"小院回廊春寂寂，浴凫飞鹭晚悠悠"（杜甫）、"风急天高猿啸哀，渚清沙白鸟飞回"（同上）、"萧关陇水入官军，青海黄河卷塞云"（同上）、"人稀地僻医巫少，夏旱秋霖瘴疟多"（白居易）、"孤云独鸟川光暮，万井千山海气秋"（李嘉祐）、"青女素娥俱耐冷，月中霜里斗婵娟"（李商隐），等等，前半句为局部的唱叹，出句与对句结构相同，则是对仗式的唱叹。

这种当句对，可在对仗的两句中并行，也可在非对仗的一句中单列。一句中单列，可起到局部调声的作用，杜诗中偶有所见，如"稠花乱蕊畏江滨""舍南舍北皆春水"等，至李商隐则一发不可收拾，如"嵩云秦树久离居""花明柳暗绕天愁""淡云轻雨拂高唐""黄蜂紫蝶两参差""兔寒蟾冷桂花白""雌去雄飞万里天""偷桃窃药事难兼""春松秋菊可同时""碧海青天夜夜心"，等等，有不少都是唐诗名句。

（2）一二字与五六字成对，或三四字与五六字成对，句中相对

134

因子分属上半句和下半句，一句中常有二字相叠，两句对仗的感觉更觉工整，唱叹意味大大强于（1）类。一二字对五六字，无叠字如"楚宫腊对荆门水，白帝云偷碧海春"（杜甫）；有叠字如"戎马不如归马逸，千家今有百家存""桃花细逐梨花落，黄鸟时兼白鸟飞"。

三四字对六七字，恒有二字相叠，如"即从巴峡穿巫峡，便下襄阳向洛阳"（杜甫）、"坐中醉客延醒客，岭上晴云杂雨云"（李商隐），郑谷七律常用作中间的对仗，如"那堪流落逢摇落，可得潜然是偶然""身为醉客思吟客，官自中丞拜右丞""初尘芸阁辞禅阁，却访支郎是老郎""谁知野性非天性，不扣权门扣道门"，等等。

其他，如"毫无诗书礼乐气，只有清明元宋官"（郭沫若）。

（3）上半句与下半句成对，由于七言细分有四个节拍，粗分则为上四下三，如第四字用语助词（兮），则当句对的感觉更强，唱叹意味更浓。楚辞中常见，如"旌蔽日兮敌若云，矢交坠兮士争先"（屈原）、"霾两轮兮絷四马，援玉枹兮击鸣鼓"（同上），等等。由于近体诗放逐了文言虚字，带"兮"字的当对句在唐诗的对仗中罕见，即使比较接近，如"君失臣兮龙为鱼，权归臣兮鼠变虎"（李白），却非当句对，而为上下对。

这种当句对，在唐诗中，单列的情况更多。仍以李白为例，如"霓为衣兮风为马""虎鼓瑟兮鸾回车""兄九江兮弟三峡"等，虽属单列，仍觉唱叹有味。其实，在楚辞中，这种单列的当句对就较并行者更多，如屈原《九歌》的"沅有茝兮澧有兰"（《湘夫人》）、"被薜荔兮带女萝"（《山鬼》）、"乘赤豹兮从文狸"（同上）、"出不入兮往不返"（《国殇》）、"首虽离兮心不惩"（同上），等等。

在唐诗中，兮字常被换作实字，成为上四对下三。因为对仗的要素之一是字数相等，所以这种当句对的上半四字，有一字常忽略不计，或有的两个字捆绑在一起，与对应句的一个字相对立，加点标示，如"葡萄美酒/夜光杯"(王翰)、"黄河北岸/海西军"(杜甫)、"黄衣使者/白衫儿"(白居易)、"主人奉觞/客长寿"(李贺)，等等。

在并不以对仗为必要条件的七绝中，单列的当句对，对整饬诗句的效果特别显著。李商隐是频繁地将这种当句对施于七绝的第一人，如"长河渐落/晓星沉""不问苍生/问鬼神""竹坞无尘/水槛清""得宠忧移/失宠愁""日射纱窗/风撼扉""半作障泥/半作帆""已带斜阳/又带蝉""雨中寥落/月中愁""一片降旗/百尺竿""薛王沉醉/寿王醒""露欲为霜/月堕烟""斗鼠上堂/蝙蝠出""红露花房/白蜜脾""地险悠悠/天险长""他日未开/今日谢""但保红颜/莫保恩""碧鹦鹉对红蔷薇""李将军是故将军""雏凤清于/老凤声""刻意伤春/复伤别"，等等。

在杜荀鹤七律中，则常施之散联，如"非谒朱门/谒孔门""常仰门风/维国风""忽地晴天/作雨天""犹把中才/谒上才"，等等。

近人所作如："英雄多故/谋夫病，泪洒崇陵噪暮鸦"(鲁迅)、"行太卑微/诗太俊，狱中清句动人怜"(郁达夫)、"杀人无力/求人懒，千古伤心文化人"(田汉)、"情最生疏/形最密，与君异梦却同床"(钱锺书)、"汝亦中年/吾已老，情亲灯火话儿时"(杜兰亭)、"望梅亭外枝枝白，知是梅花/是雪花"(李伏波)、"前村无路凭君踏，夜亦迢迢/路亦长"(遇罗克)、"流水高山自古弹，鼓琴不易/听琴难"(欣托居)，等等。

蝉蜩餐露非高洁，蜣螂转丸岂贪痴？

由来物性难凭说，有不为焉有为之。(茅盾《偶成》)

我很喜欢茅公这首绝句的理趣，末句亦当句对，意思是有不为者、有为之者，然句中第四字当平，故写作"有不为焉有为之"。不过每次读，都觉得这个"焉"字生硬了一点，若改作"之"字——

"有不为之有为之"，方为妥帖。

拙作仄韵七绝云："爷立儿走月即走，儿立爷走月不走。儿太聪明/爷太痴，月亮只爱小朋友。"（《儿童杂诗》）纯依口语，不讲平仄黏对。我的感觉是，诗中回文、复叠及当句对在整饬诗句、协调声音上，有弥补音律不足的作用。

当句对是近体诗的一种积极修辞方式，对仗使之具有整齐的音乐美，叠字使之具有回环的音乐美，读来特别上口，写作中可予留意。唐诗人对当句对贡献最大的，除诗圣杜甫而外，要数白居易、李商隐。

> 一山门作两山门，两寺原从一寺分。
> 东涧水流西涧水，南山云起北山云。
> 前台花发后台见，上界钟声下界闻。
> 遥想吾师行道处，天香桂子落纷纷。（白居易《寄韬光禅师》）

> 密迩平阳接上兰，秦楼鸳瓦汉宫盘。
> 池光不定花光乱，日气初涵露气干。
> 但觉游蜂饶舞蝶，岂知孤凤忆离鸾。
> 三星自转三山远，紫府程遥碧落宽。（李商隐《当句有对》）

这两首诗都集中使用了当句对，有游戏的意味。白居易的一首属于创体，李商隐的虽然是仿作，但他首先揭示"当句（有）对"的概念。李商隐在评点初唐诗人沈宋、王杨等人的一首绝句中说："当时自谓宗师妙，今日惟观对属能。"（《漫成五章》）在他看来，对属（对仗）恐怕也算不得太大的能事吧。

五 流水对与呼应对

一般说来，五言以五个字为一句，七言以七个字为一句。有时一句可以包含两个或三个分句（如"风急/天高/猿啸哀"），有时也可以合两句为一句，这后一种情况，可以称为十字句（五言诗）和十四字句（七言诗）。如"风流与才思，俱似晋时人"（李嘉祐），出句为主语，对句为谓语；"从来疏懒性，应只有僧知"（张籍），出句为宾语前置，对句为谓语；"三百年来庾楼上，曾经多少望乡人"（白居易），出句为状语，对句为谓语；"独将湖上月，相送去还归"（刘长卿），出句首字为副词，后四字为相送方式；"不知杨伯起，早晚向关西"（李白），出句前二字为动词，其余八字为宾语；"只今惟有西江月，曾照吴王宫里人"（李白），十四字作递系式[①]；"洛阳亲友如相问，一片冰心在玉壶"，十四字作问答式，等等。

如果十字句、十四字句具有对仗的形式，就称流水对。写诗状态之佳，莫过于一气呵成。"律诗声谐语俪，故往往易工而难化"（刘熙载），工是工整，化是自然。流水对就是一气呵成，所以，它能使俪语显得自然。

"病中吾见弟，书到汝为人"（杜甫），这是一个宽对，也是一个流水对，上句省略"书"字，于下句见之；"可怜闺里月，长在汉家营"（沈佺期），首二字为动词，后八字为宾语；"欲穷千里目，更上一层楼"（王之涣），出句为对句的动机；"请看石上藤萝月，已映洲前芦荻花"（杜甫），前二字为动词，后十二字为其宾语；"竹叶于人既无

---

① 王力. 汉语诗律学 [M]. 北京：新知识出版社，1958：284.

138

分，菊花从此不须开"（同上），出句为对句的前提；"尚想旧情怜婢仆，也曾因梦送钱财"（元稹），下句"送钱财"的对象即上句的"婢仆"（或释为梦中送钱，误，是因梦送钱）；"惟将终夜长开眼，报答平生未展眉"（同上），出句首字为副词，后六字为报答方式（忧思不眠）；"岂意青州六从事，化为乌有一先生"（苏轼），前二字为动词，后十二字为其宾语；"但使雕戈销杀气，未妨白发老边才"（戚继光），出句为对句的条件；"得女他时翻是累，今生何事更如人"（江湜），这也是宽对，下句就上句抒发感慨。凡此种种，皆应视为流水对。

有了流水对，凡属非流水对，均可称为呼应对。律诗中有流水对，可以化板滞为生动。然"律诗不难于凝重，亦不难于流动，难在又凝重又流动耳"（刘熙载）。所以，一首诗中有一联流水对，则另一联宜为呼应对，可使对仗在形式上富于变化。沈佺期《杂诗》在流水对"可怜闺里月，长在汉家营"后，即有呼应对"少妇今春意，良人昨夜情"，最为得体。不妨杂取古今之作，以供揣摩：

戍鼓断人行，边秋一雁声。

露从今夜白，月是故乡明。（呼应对）

有弟皆分散，无家问死生。（流水对，出句为问的宾语）

寄书长不达，况乃未休兵。（杜甫《月夜忆舍弟》）

早被婵娟误，欲妆临镜慵。

承恩不在貌，教妾若为容！（流水对，出句为对句的前提）

风暖鸟声碎，日高花影重。（呼应对）

年年越溪女，相忆采芙蓉。（杜荀鹤《春宫怨》）

踏遍江南南岸山，逢山未免更留连。

独携天上小团月，来试人间第二泉。（流水对，出句为对句的前提）

石路萦回九龙脊，水光翻动五湖天。（呼应对）

孙登无语空归去，半岭松声万壑传。（苏轼《惠山谒钱道人烹小龙团》）

拄地撑天笔一支，回澜倒海掣鲸鲵。

风骚已定三唐鼎，影响还开两宋诗。（呼应对）

倘使当时无李白，颉颃千古只湘累。（流水对，条件复句）

萧条异代苍茫感，掩卷长吟有所思。（杨启宇《读杜工部集》）

六　《声律启蒙》与《笠翁对韵》

传统语文教育中，习对是一项基本内容。旧时蒙学皆有对课，习对的方法，在字数上遵循由少到多的原则，可从一二字对起，逐步增加字数。学作诗，作对仗也用增字法。如咏鹅，可能先想到的是"白毛"对"红掌"，再想到"绿水"对"清波"，再添上动词，成为"白毛浮绿水，红掌拨清波"。私塾先生教学生对课，大致就教这样的技巧。旧有《声律启蒙》一书为习对教材。

《声律启蒙》是清康熙年间车万育（号鹤田）编著的。此书按韵分部，内容和《千字文》一样，天文、地理、花木、鸟兽、人物、器物等，无所不包。却不用齐言韵语，而是按一字对、二字对、三字对、五字对、七字对、十字（或十一字）对的顺序编写，句式长短错综，声调朗朗上口，目的是让儿童掌握声律、押韵和对仗的技巧。寓教于乐，颇有情趣，确是奇书。通过诵读，还可以使人体会到汉语的美妙。

与车万育同时的戏曲家李渔（字笠翁）见而羡之，技痒难熬，不欲令其专美，也照其体例编写了一本韵文写作指南，世称《笠翁对韵》。虽不能取代原创，却也旗鼓相当，加之李渔名头大，两书遂并行于世。古人云："尝一脔肉而知一鼎之味一镬之调"（《吕览》），因节录"一东"如下：

> 云对雨，雪对风，晚照对晴空。来鸿对去燕，宿鸟对鸣虫。三尺剑，六钧弓，岭北对江东。人间清暑殿，天上广寒宫。两岸晓烟杨柳绿，一园春雨杏花红。两鬓风霜、途次早行之客，一蓑烟雨、溪边晚钓之翁。（车万育《声律启蒙》）

> 天对地，雨对风。大陆对长空。山花对海树，赤日对苍穹。雷隐隐，雾蒙蒙。日下对天中。风高秋月白，雨霁晚霞红。牛女二星河左右，参商两曜斗西东。十月塞边、飒飒寒霜惊戍旅，三冬江上、漫漫朔雪冷渔翁。（李渔《笠翁对韵》）

第五谈　五七言　古近体

（诗体）

诗有源流，体有正变。汉魏六朝，体有未备，而境有未臻，于法宜广。自唐以后，体无弗备，而境无弗臻，于法宜守。论者谓「汉魏不能为三百，唐人不能为汉魏」，既不识通变之道，谓我明诸公「多法古人，不能自创自立」，此又论高而见浅，志远而识疏耳。今观夫百卉之荣也，华萼有常，而观者无厌，然今之华萼非昔之华萼也。（许学夷《诗源辩体》）

一　五七言　古近体

传统诗歌体裁至唐代而大备。不同诗体有不同的做派，有不同的适用范围和风格。在谈论这个话题之前，先得盘点一下，唐代有多少诗体。

明代胡应麟论唐诗之盛，劈头就说："甚矣，诗之盛于唐也！其体则三四五言、六七杂言、乐府歌行、近体绝句靡弗备矣。"[①] 他本想用一句话把唐诗中存在过的所有诗体都网罗在内，但最后连到底有多少种诗体，都没有说清楚。

稍后，胡震亨罗列宋元人开出的诗体名目，有四言古诗、五言古诗、七言古诗、长短句、五言律诗、五言排律、七言律诗、七言排律、五言绝句、七言绝句，此外还有三字诗、六字诗、三五七言诗、一字至七字诗、骚体杂言诗、五言小律、七言小律、六言律诗、六言绝句；诸体外又有诗与乐府之别，乐府内又有往题、新题之别，等等，而民间之歌谣尚不在其数。[②]

五花八门，种类繁多。然而偶尔一用的诗体和长盛不衰的诗体，到底不可同日而语。高棅《唐诗品汇》仅列七种诗体——五言古诗、七言古诗、五言律诗、七言律诗、五言长律、五言绝句、七言绝句，最为扼要。清代沈德潜《唐诗别裁集》沿用这一分类，遂为不刊之

---

① 胡应麟《诗薮》外编三。
② 胡震亨《唐音癸签·体凡》。

论。由于律诗、绝句合称近体，所以这七种诗体可统称为五七言古近体诗。除五言长律一种在外，其余六种诗体因尽揽古典诗歌之风流，实为唐代以后最流行的诗体——所谓"百代不易之体"(胡应麟)。

五七言的大体差别是：五言诗较质朴，七言诗较华缛；五言诗较安恬，七言诗较挥斥；"七言以浩歌，五言以穆诵"(刘熙载)；五言诗偏重自然、亲情等题材，七言诗则纵横捭阖、无施而不可。古近体的大体差别是：古体相对自由，较为适合叙事议论；近体则是严格意义上的格律诗，较为适合写景抒情。近体诗中，"七律难于五律，五绝难于七绝"(严羽)。长篇与短篇的大体差别是："长篇以叙事，短篇以写意"(刘熙载)、"大篇约为短章，涵蓄有味；短章化为大篇，敷衍露骨"(杨慎)。

以下在逐项介绍五七言古近体诗之前，先捎带谈谈三言、四言。至于骚体，由于唐代以后鲜有作者，就不在本书话题以内了。

二　三言体与四言诗

《诗经》以前的原始歌谣，由于记录不易和口头传播，最初以二言或二言为主的句式构成，隔句押韵，首句可入韵。如："断竹，续竹。飞土，逐宍"(《弹歌》)、"屯如，邅如。乘马，班如。匪寇，婚媾""乘马，班如。泣血，涟如"(《易·屯卦》)。每句一个节拍，实在太单调。当记录工具有了进步和诗歌配乐传播，每句由一个节拍发展成两个节拍，即四言句式，就是一种自然的趋势。

三言句在古歌谣中也很习见，如："不克讼，归而逋。其邑人，三百户。"(《易经·讼卦》)三言比二言多出一个单音的节拍，显得活泼。三言体隔句押韵，读来朗朗上口。但文人更倾向句格稳重的四言诗，对三言体很少染指，故三言体多见于民谣、歌诀。宋代王应麟编蒙学教材《三字经》用此体，就是取其上口、易记。近人所作，如毛泽东《好八连》、启功《自撰墓志铭》，亦能得体。

> 中学生，副教授。博不精，专不透。名虽扬，实不够。高不成，低不就。瘫趋左，派曾右。面微圆，皮欠厚。妻已亡，并无后。丧犹新，病照旧。六十六，非不寿。八宝山，渐相凑。计平生，谥曰陋。身与名，一齐臭。（启功《自撰墓志铭》）

看来，决定一种体裁的做派的因素，一是它的句调（如活泼、稳重等），二是它的经历（被谁采用），三是经典文本（如谣谚之于三言、风雅之于四言）。三言的句调适于口传，未登大雅之堂，谣谚为之垂范，就形成其通俗的做派。若一定要抬杠，一定要婢学夫人，不是不可以，是感觉不像。文体做派，道理大致如此。

在中国诗史上，四言诗是最早的主流诗体。《诗经》是以四言句式为主的一部诗集，它收集范围很广，句式这样统一，有人认为是太师（周代乐官）动过手脚的，换言之，经过文人染指。

四言句由两个节拍构成，音调浑厚安定；偶句用韵，自成唱叹。文人又做过加工，造就了典范文本，因此四言就倾向于古雅。李白说："寄兴深微，五言不如四言，七言又其靡也，况使出于声调俳优哉。"[1] 说归说，李白诗歌的造诣依次却是七言、五言、四言。可见一到运用层面，诗人还是要与时俱进的。

《诗经》中最古雅的作品当属雅颂。我将不谈雅颂。因为"有一些杰作，所有最好的批评家都已予以定评，它们在文学史上也已有

---

[1] 孟棨《本事诗》高逸第三。

了不朽的地位，可是，除了文学专业者仍将它们视为经典之作外，今天大多数的人已无法再以享受的心情来阅读这些作品。时光流逝，鉴赏不同，夺去了它们原有的馥郁"①。雅（主要指大雅）颂就属于这样的杰作。

《诗经》最值得注意的部分是风雅（这个雅指小雅），其生命力最强的东西，乃是重章叠咏的结构方式。因为其中诗篇大体配乐歌唱，可以视为歌词。风雅诗中，两章、三章的歌词，其基本内容见于首章，以后逐章换韵，易辞申义，这就构成以章为单位的重叠歌咏。最规范的叠咏如《秦风·蒹葭》：

> 蒹葭苍苍，白露为霜。所谓伊人，在水一方。溯洄从之，道阻且长。溯游从之，宛在水中央。
>
> 蒹葭凄凄，白露未晞。所谓伊人，在水之湄。（副歌部分同上，末字为坻）
>
> 蒹葭采采，白露未已。所谓伊人，在水之涘。（副歌部分同上，末字为沚）

诗共三章，基本内容已见于首章，以后各章只是易辞申义。再者，每章前四句是歌词的主体部分，易辞申义；后四句除韵字外基本相同，是歌词的附加部分，即是副歌。副歌或放在歌词的前面——如《豳风·东山》四章前四句都是"我徂东山，慆慆不归。我来自东，零雨其蒙"，四句以后才是主歌；或放在歌词的末尾，除此诗外，如《周南·汉广》《王风·黍离》，等等。

重章叠咏的结构，与乐曲的反复演奏相关，是纯歌曲的表现方

---

① 毛姆. 书与你［M］. 广州：花城出版社，1981：16.

式，至今活跃在流行歌曲中。琼瑶的电视剧《在水一方》主题歌，歌词作两章叠咏，可看作是《秦风·蒹葭》的现代版：

> 绿草苍苍，白雾茫茫，有位佳人，在水一方。我愿逆流而上，依偎在她身旁，无奈前有险滩，道路又远又长。我愿顺流而下，找寻她的方向，却见依稀仿佛，她在水的中央。
>
> 绿草萋萋，白雾迷离，有位佳人，靠水而居。我愿逆流而上，与她轻言细语，无奈前有险滩，道路曲折无已。我愿顺流而下，找寻她的踪迹，却见依稀仿佛，她在水中伫立。

重章叠咏表明，《诗经》中的歌词原是写来唱的，而不是写来看的。当诗写来看（不歌而诵）时，叠咏的形式就自然消失了。

《诗经》后四言诗的大诗人是曹操。一个伟人不必是一个诗人。而一个伟人如果具有诗人的禀赋，就可能成就一个大诗人。曹操就是如此。"汉自东京大乱……乐章亡绝，不可复知。及魏武平荆州，获汉雅乐郎河南杜夔能识旧法，以为军谋祭酒，使创定雅乐。"（《晋书·乐志》）曹操用乐府旧题，作政治抒怀，改造了风雅之诗，他虽然也会信手拈来《诗经》的词句，但《诗经》中就不曾有过他那样的作品。

> 东临碣石，以观沧海。水何澹澹，山岛竦峙。树木丛生，百草丰茂。秋风萧瑟，洪波涌起。日月之行，若出其中。星汉灿烂，若出其里。幸甚至哉，歌以咏志。（曹操《步出夏门行·观沧海》）

比如这首诗，很短、很精粹，虽然是四言，重章叠咏消失了，行文纯依内在韵律。它是诗史上第一首完整的山水诗，却是写海的。

而海，又最不好写。此诗用韵极疏，正文（除结尾二句）四句一韵，与《诗经》和作者的其他四言诗相比，做法迥然不同。用隔句用韵的惯例看，这是当作八言诗在写，颇有闲庭信步之致。

四言天然的局限，是句子太短，一句话分两句说，如"关关雎鸠，在河之洲"（《周南·关雎》）、"忧从中来，不可断绝""日月之行，若出其中"，等等，"每苦文繁而意少"（钟嵘）。一旦五言据文辞之要，一方面更凝练（将四言两句收为一句），一方面更闲畅（也可作十字句），遂为众作之有滋味者，诗人趋之若鹜。对于古雅的四言，大家都敬而远之。到了南朝，四言已是"世所罕习"。嵇康、陶渊明之作，已是和者盖寡了。

但在唐代，司空图将四言体派作另外的用场，用它来描述诗歌的各种风格境界，是对这种体裁的一种成功的创用，也是四言诗给人印象深刻的谢场。

　　大用外腓，真体内充。反虚入浑，积健为雄。具备万物，横绝太空。荒荒油云，寥寥长风。超以象外，得其环中。持之非强，来之无穷。（司空图《诗品·雄浑》）

　　俯拾即是，不取诸邻。俱道适往，着手成春。如逢花开，如瞻岁新。真与不夺，强得易贫。幽人空山，过雨采蘋。薄言情悟，悠悠天钧。（同上《诗品·自然》）

在古逸诗、汉乐府和南朝乐府中有一种短小的四言四句诗体，我把它称为四言绝句，值得一谈。

　　公无渡河，公竟渡河。

堕河而死，当奈公何！（汉乐府《箜篌引》）

茕茕白兔，东走西顾。
衣不如新，人不如故。（汉乐府《古艳歌》）

积石如玉，列松如翠。
郎艳独绝，世无其二。（南朝乐府《白石郎曲》）

开门白水，侧近桥梁。
小姑所居，独处无郎。（南朝乐府《清溪小姑曲》）

这些都是很纯粹的诗，梁启超甚至说《箜篌引》"十六字千古绝唱！"由于短小易为，可以一挥而就，又因为字数有限，必须惜墨如金。对于题词者，实在是一种很好的选择。皖南事变发生后，周恩来为《新华日报》紧急题词，即用此体。

千古奇冤，江南一叶。
同室操戈，相煎何急！（周恩来《为江南死难者志哀》）

四言诗时代虽然结束了，但四言句仍活跃在各种文体中，骈文称"四六"，就是因为它的句式主要为四字句和六字句。在词体中，四言句以对句方式存在者，如《一剪梅》《满庭芳》《永遇乐》《沁园春》等。以三句一群方式存在者，如《柳梢青》《水龙吟》等。三句一群时，意思往往贯穿句末，即三句如一句。初学不可不知。

铁马蒙毡，银花洒泪，春入愁城。笛里番腔，街头戏鼓，

不是歌声。 那堪独坐青灯，想故国高台云明！辇下风光，山中岁月，海上心情。（刘辰翁《柳梢青·春感》）

三 五言古诗（古风）

五言诗是汉诗新兴的重要的体裁，它的兴起，迫使四言诗最终退出诗坛，而它自己却成为百代不易之体和最正统的古体诗。在近体诗兴起后，它被称为五言古诗（简称五古、古风①），与五言近体、七言古近体诗同行。重要的唐诗选本，皆列此体为第一。

五古由五言句组成，每篇的句数不定，隔句用韵。汉魏五古不转韵，至晋之后渐多转韵，唐时五古（除杜甫外），大都转韵。五古起点很高，《古诗十九首》②以其简质浑厚，厘定了五古千古范式：

涉江采芙蓉，兰泽多芳草。采之欲遗谁？所思在远道。还顾望旧乡，长路漫浩浩。同心而离居，忧伤以终老。（《涉江采芙蓉》）

迢迢牵牛星，皎皎河汉女。纤纤擢素手，札札弄机杼。终日不成章，泣涕零如雨。河汉清且浅，相去复几许？盈盈一水间，脉脉不得语。（《迢迢牵牛星》）

---

① 唐人以"古风"命题者有三例，分别为李白、韩愈、李绅作，皆为五言古诗，意为效仿古人之诗。七言古诗在唐实为新兴诗体，后人亦将"古风"沿称七古，本书不取这种说法。

② 《古诗十九首》最初载于梁太子萧统《文选》，因其作者佚名，时代莫辨，泛题为"古诗"，近世学界较统一的看法是它们产生于东汉顺帝至献帝之间，非一人一时一地之作。

客从远方来，遗我一端绮。相去万余里，故人心尚尔。文彩双鸳鸯，裁为合欢被。著以长相思，缘以结不解。以胶投漆中，谁能别离此。(《客从远方来》)

十九首的做派可以概括为：（1）抒情。诗的本质应以抒情为主，十九首皆以抒情为本。对自然景物和环境的描写，皆为抒情的必要衬托和渲染，即间接抒情，如"四顾何茫茫，东风摇百草"。也有直接抒情，如"同心而离居，忧伤以终老"。广义的抒情，包含议论，往往达到哲理的高度，如"去者日以疏，来者日以亲"。十九首很少叙事，"客从远方来，遗我一端绮"像是叙事，其实是描述一段情境。"昔我同门友，高举振六翮"涉及事实背景，点到为止，接下来便以比兴作唱叹，如是而已。

（2）贵真。前人对十九首有很多很高的评价，如"五言之冠冕"（刘勰）呀，"一字千金"（钟嵘）呀，都不如谢榛说得好——"平平道出，且无用工字面，若秀才对朋友说家常话，略不作意"①，所谓家常话，就不是官话、套话、门面话，也就是真挚。"昔为娼家女，今为荡子妇。荡子行不归，空床难独守。"王国维评点道："无视为淫词、鄙词者，以其真也。"②

"秀才对朋友说家常话"，与庄稼人不同，自有读书受用的成分，不读《诗经》《楚辞》人，何能写出"南箕北有斗，牵牛不负轭""涉江采芙蓉，兰泽多芳草"的诗来，只是作者不抛文（掉书袋）、不作头巾语，只是用家常话款款道来，所以虽文雅，却通俗，绝无酸馅气。

---

①　谢榛《四溟诗话》卷三。
②　王国维《人间词话》。

（3）尚短。"诗尚短。我的意见就是向来无长诗之存在。"这是美国诗人兼小说家爱伦坡《诗的原理》一书中的话，他解释说：一切的感动全是由于心理的作用，而且是一时的，绝不会持久。郭沫若说，好的诗是短的诗。好的长诗大率是短诗的汇集，或则只有其中的某某章节为好。[①] 像杜甫《咏怀五百字》《北征》那样的长篇，或认为"有韵古文"[②]，不无道理。我在援引当代五古时，曾多次想到沈祖棻《早早诗》，后来放弃了，就因为太长，不便节录，久读还觉散缓。如果叙事节制，并以情韵驾驭，未尝不能写出惊心动魄的至文。在这方面，杜甫堪称圣手。

> 人生不相见，动如参与商。今夕复何夕，共此灯烛光。少壮能几时，鬓发各已苍。访旧半为鬼，惊呼热中肠。焉知二十载，重上君子堂。昔别君未婚，儿女忽成行。怡然敬父执，问我来何方。问答乃未已，儿女罗酒浆。夜雨翦春韭，新炊间黄粱。主称会面难，一举累十觞。十觞亦不醉，感子故意长。明日隔山岳，世事两茫茫。（杜甫《赠卫八处士》）

> 峥嵘赤云西，日脚下平地。柴门鸟雀噪，归客千里至。妻孥怪我在，惊定还拭泪。世乱遭飘荡，生还偶然遂。邻人满墙头，感叹亦歔欷。夜阑更秉烛，相对如梦寐。（同上《羌村三首》其一）

十九首之后，曹植、阮籍最称高手。曹植已着意于炼字造句，由散趋整，大开声色，这个方向是朝着新体诗的。开篇能以大的笼

---

① 吴奔星辑. 沫若诗话 ［M］. 成都：四川人民出版社，1984：113.

② 施补华《岘佣说诗》四四条。

罩，先声夺人，如"明月照高楼，流光正徘徊""八方各异气，千里殊风雨"等。

　　高树多悲风，海水扬其波。利剑不在掌，结友何须多？不见篱间雀，见鹞自投罗。罗家得雀喜，少年见雀悲。拔剑捎罗网，黄雀得飞飞。飞飞摩苍天，来下谢少年。（曹植《野田黄雀行》）

　　诗一开头就是树大招风的感觉，接下来两句或是有感于亲友之蒙难，心伤莫救。以下部分编织了一个少年救援黄雀的童话，是诗人的憧憬、愿景，是前四句的反面文章，好像说故事，但短得好。

　　陶渊明的人生哲学不出自然二字。他继承了十九首的简质浑厚，但从内容到手法上都有突破。他开创了田园诗——这类诗从自然和农村汲取创作的素材和灵感，表达对耕读的热爱和信心，赞美人与自然、人与人的和谐关系，是绿色的诗。陶诗手法是冲淡——就是将诗意分散在全篇中，而理趣盎然。

　　少无适俗韵，性本爱丘山。误落尘网中，一去三十年。羁鸟恋旧林，池鱼思故渊。开荒南野际，守拙归园田。方宅十余亩，草屋八九间。榆柳荫后檐，桃李罗堂前。暧暧远人村，依依墟里烟。狗吠深巷中，鸡鸣桑树巅。户庭无尘杂，虚室有余闲。久在樊笼里，复得返自然。（陶渊明《归园田居》其一）

　　结庐在人境，而无车马喧。问君何能尔，心远地自偏。采菊东篱下，悠然见南山。山气日夕佳，飞鸟相与还。此中有真意，欲辩已忘言。（同上《饮酒》其五）

　　五古在用韵上较五律自由，它可用平韵，可用上去韵（上去声可以通押），可以用入声韵；以一韵到底为常，也可以转韵。在南朝乐府中，出现了大量四句体古风，后人称五绝，详见下文。五言四句体的风靡，影响到五古，就是出现了四句一解、令人耳目一新的长篇。

忆梅下西洲，折梅寄江北。单衫杏子红，双鬓鸦雏色。西洲在何处，两桨桥头渡。日暮伯劳飞，风吹乌臼树。树下即门前，门中露翠钿。开门郎不至，出门采红莲。采莲南塘秋，莲花过人头。低头弄莲子，莲子清如水。置莲怀袖中，莲心彻底红。忆郎郎不至，仰首望飞鸿。鸿飞满西洲，望郎上青楼。楼高望不见，尽日栏杆头。栏杆十二曲，垂手明如玉。卷帘天自高，海水摇空绿。海水梦悠悠，君愁我亦愁。南风知我意，吹梦到西洲。(南朝乐府《西洲曲》)

四句一解的体制，顶针、复叠、排比等修辞，使这首诗"续续相生，连跗接萼，摇曳无穷，情味愈出，似绝句数首，攒簇而成，乐府中又生一体。初唐张若虚、刘希夷七言古，发源于此"(沈德潜)。

李白有《古风》五十九首，全是五古。所谓"古风"，就是在近体诗出现后，诗人所写的仿汉魏的五古。李白五古颇得力于陶诗，但自然中见飘逸，遂成一家面目。

明月出天山，苍茫云海间。长风几万里，吹度玉门关。汉下白登道，胡窥青海湾。由来征战地，不见有人还。戍客望边邑，思归多苦颜。高楼当此夜，叹息未应闲。(李白《关山月》)

花间一壶酒，独酌无相亲。举杯邀明月，对影成三人。月既不解饮，影徒随我身。暂伴月将影，行乐须及春。我歌月徘

徊，我舞影零乱。醒时同交欢，醉后各分散。永结无情游，相期邈云汉。（同上《月下独酌》）

"明月出天山"四句，虽隐含"可怜闺里月，长在汉家营"的意思，雄浑而飘逸。"花间一壶酒"写渴望分享，写及时行乐，写貌似无情的真情，极富人生哲理，挥霍而自然，遂成李白面目。

魏正始诗人阮籍开创咏怀一体，初唐陈子昂题为"感遇"，这类诗在唐诗中成为重要的品类。《唐诗三百首》第一篇就是这样的作品。

江南有丹橘，经冬犹绿林。岂伊地气暖，自有岁寒心。可以荐嘉客，奈何阻重深！运命惟所遇，循环不可寻。徒言树桃李，此木岂无阴？（张九龄《感遇》其四）

这首诗依然延续着秀才说家常话的风度，尽管唐宋诗中有各种变调①，但这一脉却是五古的正脉，堪为初学之门径。

六朝以来五言诗向声律化方向走，最后形成的五言近体，吸引了更多的作者。元明以后迄于近世，五古的成就不如近体。以下是当代人五古一首。

修竹有幽姿，猗猗满山谷。……我亦爱此君，其趣不相复。忆昔髫龄时，家无隔夜蓄。时斫两三竿，换米填饥腹。或避风

---

① 王力《汉语诗律学》第二十三节："唐宋以后的'古风'毕竟大多数不能和六朝以前的古诗相比，因为诗人们受近体诗的影响既深，做起古风来，总不免潜意识地参杂着多少近体诗的平仄、对仗，或语法；恰像现在许多文人受语体文的影响既深，勉强做起文言文来，至多也只能得一个'形似'。"

雨侵，以之补破屋。或避炎蒸苦，织席资偃伏。织笼以养禽，织篓以晒谷。日与此君亲，夜共此君宿。……人生天地间，万事徒碌碌。养儿或不孝，父子犹反目。不如拓荒园，广种千竿绿。（郭定乾《修竹》）

这首咏竹诗不说坚节虚心一类套话，只说家常话，实在话，甚至是庄稼话。既传承了五古之正脉，又有时代生活的气息，堪称得体。由此可见，五古有开拓的空间。

四　七言古诗（歌行）

七言古诗简称七古。七古由七言句组成，或以七字句为主，每篇句数不定，或句句用韵，而以隔句用韵为常。汉魏乐府中多以歌、行命篇，或间以杂言，后世或称歌行。[①] 七言有四个节拍，节奏结构最为流畅，民间口头韵文（顺口溜）多用此体，所以七言句调较五言为俗。

按照文学史的说法，七言诗也可追溯很远。南朝宋诗人鲍照《拟行路难》变以前七言诗句句押韵为隔句押韵、变一韵到底为灵活转韵，[②] 成为第一个拓展了七古的诗人。但在唐代以前，成熟的七言诗是屈指可数的。所以，七古在唐诗算得上是新兴的诗体。有人干脆说，七古是唐人的拿手好戏——"及乎三唐，而七言歌行大盛。

[①]　汉乐府五言体虽偶有《长歌行》的题目，但后人称歌行，概指七言。

[②]　相传《柏梁台联句诗》是汉武帝和群臣联句，诗共二十五句，句句押韵，一韵到底。

其意境之妙，真前所未有，后所莫及，信可以发天地元气之奥也"
（陈延杰）。

由于因袭的负担较少，初唐的七古就注意汲取近体的平仄、对
仗和语法，并学习《西洲曲》格调，打造出一种既一气贯注又回环
往复的歌行体：

> 春江潮水连海平，海上明月共潮生。滟滟随波千万里，何
> 处春江无月明。江流宛转绕芳甸，月照花林皆似霰。空里流霜
> 不觉飞，汀上白沙看不见。江天一色无纤尘，皎皎空中孤月轮。
> 江畔何人初见月，江月何年初照人。人生代代无穷已，江月年
> 年望相似。不知江月待何人，但见长江送流水。……（张若虚《春
> 江花月夜》）

这完全是一种新式的七古：每句七言，基本上四句一转韵（偶有
两句一转韵），仿佛是把几首绝句合成一首；每转一韵，第一句（奇句）
即入韵；平仄韵往往交互使用，与句中平仄相间是一个道理。它分
分总总，反反复复，题面"春江花月夜"五字在诗中不断重现，运
用顶针、回文、复叠、排比、对偶、反诘、设问等多种修辞，抒写
人生的迷惘、执着、哀怨和缠绵。同时刘希夷所作的《代悲白头
翁》："今年花开颜色改，明年花开复谁在""年年岁岁花相似，岁岁
年年人不同"，如出一辙，前人谓其"风调可歌"（沈德潜）。

七古没有篇幅限制，最忌下笔不休，最重阅读快感。盛唐边塞
诗多用此体，王、李（颀）、高、岑，极有节制，继承了四句一转、
平仄韵交替等做法，而洗削藻饰和排句，所以更矫健，更简练，更
通脱，更悲凉，更崇高，也更成熟。

七国雄雌犹未分，攻城杀将何纷纷。秦兵益围邯郸急，魏王不救平原君。公子为嬴停驷马，执辔愈恭意愈下。亥为屠肆鼓刀人，嬴乃夷门抱关者。非但慷慨献奇谋，意气兼将身命酬。向风刎颈送公子，七十老翁何所求。（王维《夷门歌》）

白日登山望烽火，黄昏饮马傍交河。行人刁斗风沙暗，公主琵琶幽怨多。野云万里无城郭，雨雪纷纷连大漠。胡雁哀鸣夜夜飞，胡儿眼泪双双落。闻道玉门犹被遮，应将性命逐轻车。年年战骨埋荒外，空见葡萄入汉家。（李颀《古从军行》）

君不见走马川行雪海边，平沙莽莽黄入天。轮台九月风夜吼，一川碎石大如斗，随风满地石乱走。匈奴草黄马正肥，金山西见烟尘飞，汉家大将西出师。将军金甲夜不脱，半夜军行戈相拨，风头如刀面如割。马毛带雪汗气蒸，五花连钱旋作冰，幕中草檄砚水凝。虏骑闻之应胆慑，料知短兵不敢接，车师西门伫献捷。（岑参《走马川行奉送出师西征》）

岑参之作尤富奇情壮采，如《走马川行奉送出师西征》一诗，首句加乐府常用的呼告语"君不见"开头，句句用韵，大体三句一转，平仄韵互换，形成强烈声势和急促音调，是"用语言音响传达生活音响的成功范例"（程千帆）。

李白才气纵横，人称其七古是"大江无风，涛浪自涌，白云从空，随风变灭"，"于雄快之中，得幽深宕逸之神"（沈德潜）。《蜀道难》《将进酒》《宣州谢朓楼饯别校书叔云》等是其杰作：

君不见黄河之水天上来，奔流到海不复回！君不见高堂明镜悲白发，朝如青丝暮成雪！人生得意须尽欢，莫使金樽空对月。天生我材必有用，千金散尽还复来。烹羊宰牛且为乐，会须一饮三百杯。岑夫子，丹丘生，将进酒，杯莫停。与君歌一曲，请君为我倾耳听：钟鼓馔玉不足贵，但愿长醉不愿醒。古来圣贤皆寂寞，惟有饮者留其名。陈王昔时宴平乐，斗酒十千恣欢谑。主人何为言少钱，径须沽取对君酌。五花马，千金裘，呼儿将出换美酒，与尔同销万古愁。(李白《将进酒》)

弃我去者昨日之日不可留，乱我心者今日之日多烦忧。长风万里送秋雁，对此可以酣高楼。蓬莱文章建安骨，中间小谢又清发。俱怀逸兴壮思飞，欲上青天揽明月。抽刀断水水更流，举杯销愁愁更愁。人生在世不称意，明朝散发弄扁舟。(同上《宣州谢朓楼饯别校书叔云》)

篇幅不长，却笔酣墨饱，五音繁会，通篇以七言为主，而以长句（十言、十一言）排比开篇，以散行为主，又以短小的（三言）对仗语点染，节奏疾徐尽变，奔放而不流易。真是才华横溢。

七言相对于五言，有潜在的优势。"五言尚安恬，七言尚挥霍"（刘熙载），在司空图所列的二十四诗品中，主要与五言相联系的诗品有冲淡、高古、自然，主要与七言相联系的诗品有雄浑、纤秾、劲健、绮丽、豪放、疏野、流动，甚至荒诞（司空图未列此品），七言较五言对不同风格的适应性显然要多得多。杜甫七古题材既广，造诣甚高，挥洒自如，如万宝杂陈，与李白等人的歌行一样富于阅读快感。

十日画一水，五日画一石。能事不受相促迫，王宰始肯留真迹。壮哉昆仑方壶图，挂君高堂之素壁。巴陵洞庭日本东，赤岸水与银河通，中有云气随飞龙。舟人渔子入浦溆，山木尽亚洪涛风。尤工远势古莫比，咫尺应须论万里。焉得并州快剪刀，剪取吴淞半江水。(杜甫《戏题王宰画山水图歌》)

八月秋高风怒号，卷我屋上三重茅。茅飞渡江洒江郊，高者挂胃长林梢，下者飘转沉塘坳。南村群童欺我老无力，忍能对面为盗贼。公然抱茅入竹去，唇焦口燥呼不得。归来倚杖自叹息。俄顷风定云墨色，秋天漠漠向昏黑。布衾多年冷似铁，娇儿恶卧踏里裂。床头屋漏无干处，雨脚如麻未断绝。自经丧乱少睡眠，长夜沾湿何由彻！安得广厦千万间，大庇天下寒士俱欢颜，风雨不动安如山？呜呼，何时眼前突兀见此屋，吾庐独破受冻死亦足。(同上《茅屋为秋风所破歌》)

尔后，韩愈七古反骈复散，以文为诗，粗枝大叶，以丑为美，为一创体。

山石荦确行径微，黄昏到寺蝙蝠飞。升堂坐阶新雨足，芭蕉叶大栀子肥。僧言古壁佛画好，以火来照所见稀。铺床拂席置羹饭，粗粝亦足饱我饥。夜深静卧百虫绝，清月出岭光入扉。天明独去无道路，出入高下穷烟霏。山红涧碧纷烂漫，时见松枥皆十围。当流赤足踏涧石，水声激激风生衣。人生如此自可乐，岂必局束为人靰？嗟哉吾党二三子，安得至老不更归？(韩愈《山石》)

白居易以《长恨歌》创元和体，前人谓其"以易传之事，为绝妙之词，有声有色，可歌可泣"(赵翼)，为又一创体。

汉皇重色思倾国，御宇多年求不得。杨家有女初长成，养在深闺人未识。天生丽质难自弃，一朝选在君王侧。回眸一笑百媚生，六宫粉黛无颜色。春寒赐浴华清池，温泉水滑洗凝脂。侍儿扶起娇无力，始是新承恩泽时。……归来池苑皆依旧，太液芙蓉未央柳。芙蓉如面柳如眉，对此如何不泪垂？春风桃李花开日，秋雨梧桐叶落时。西宫南内多秋草，落叶满阶红不扫。梨园弟子白发新，椒房阿监青娥老。夕殿萤飞思悄然，孤灯挑尽未成眠。迟迟钟鼓初长夜，耿耿星河欲曙天。……惟将旧物表深情，钿盒金钗寄将去。钗留一股盒一扇，钗擘黄金盒分钿。但令心似金钿坚，天上人间会相见。临别殷勤重寄词，词中有誓两心知。七月七日长生殿，夜半无人私语时。在天愿作比翼鸟，在地愿为连理枝。天长地久有时尽，此恨绵绵无绝期。(白居易《长恨歌》)

李贺大大拓宽七古的题材，又从楚辞、乐府挹取芳润，多用陌生化的表现手法，令人耳目一新。前人谓其诗"时花美女，不足为其色也""牛鬼蛇神，不足为其勇也""鲸吸鳌掷，不足为其虚荒诞幻也"(杜牧)，为又一创体。

茂陵刘郎秋风客，夜闻马嘶晓无迹。画栏桂树悬秋香，三十六宫土花碧。魏官牵车指千里，东关酸风射眸子。空将汉月出宫门，忆君清泪如铅水。衰兰送客咸阳道，天若有情天亦老。携盘独出月荒凉，渭城已远波声小。(李贺《金铜仙人辞汉歌》)

七言歌行的范式，大体已备。宋代苏东坡最长此体，题材甚广，妙语连珠。"人所不能比喻者，东坡能之，人所不能形容者，东坡能形容。""沈雄不如杜而奔放过之，秀逸不如李而超旷过之，又有文学以济其才，有宋三百年无敌手也。"① 宜多读多揣摩。

　　　　山苍苍，水茫茫，大孤小孤江中央。崖崩路绝猿鸟去，惟有乔木搀天长。客舟何处来，棹歌中流声抑扬。沙平风软望不到，孤山久与船低昂。峨峨两烟鬟，晓镜开新妆。舟中贾客莫漫狂，小姑前年嫁彭郎。（苏轼《李思训画长江绝岛图》）

　　近人致力七律，对歌行不免有所忽略，毛泽东、散宜生几无此体（最有一首，不佳）。近世非无高手，然生不逢辰，不甚为世所知。此体对题材的适应面广，散整随意，收放自如，可以活蹦乱跳，前景甚为广阔。所幸迩来颇有作者。

　　歌行为体恣肆，易流于冗长散缓，令读者丧失耐性。唯冗句之务去，力求应无尽无。闲中生色之笔（这可不是冗句）亦不可少。一张一弛，形成节奏。要铺叙，要开合，要风度，要波澜起伏，姿态横生，方称得体。李白、苏轼、岑参之歌行，天姿高妙，笔力雄健，音节铿锵，最为可法。

五　五言律诗

　　五言律诗是新体诗运动的产物，"阴铿、何逊、庾信、徐陵已开其体，唐初人研揣声音，稳顺体势，其制大备"（沈德潜）。由于它（含五言排律）是唐代科举考试指定的诗体，所以，唐人于古近诸体，虽遗

---

① 施补华《岘佣说诗》一四二、一三八。

其所短，各有所长（如李贺无七律），但对五律，却是人人不敢忽略的。

五言律诗简称五律，它由五言律句按黏对规律组成，每篇八句（四联），中两联属对，隔句用韵（首句可入韵），以平韵为常。五律的四联，在篇法上天然形成起承转合的程式。① 怎样起承转合呢？先看一首唐代五律杰作。

> 风劲角弓鸣，将军猎渭城。（起）
> 草枯鹰眼疾，雪尽马蹄轻。（承）
> 忽过新丰市，还归细柳营。（转）
> 回看射雕处，千里暮云平。（合）（王维《观猎》）

"风劲角弓鸣"二句倒装以起，便突兀有张力，如将一二交换，由平平无气势。"鹰眼疾""马蹄轻"承前"猎"字，意脉连贯。"忽过新丰市"二句转得灵活，用流水对与上一联的呼应对有变化有调剂。结尾"回看射雕处"二句作回顾之笔，兜得住全篇。全篇一气浑成，神完气足，所以好。

格律诗讲求字句的研炼，五律每句字少，尤其如此。研炼精切的字称炼字（诗眼），如"气蒸云梦泽，波撼岳阳城"（孟浩然），"蒸""撼"二字写洞庭湖之声气之影响；"泉声咽危石，日色冷青松"（王维），"咽""冷"二字形容声音的幽细，传达色调的温度；"古墙犹竹色，虚阁自松声"（杜甫），"犹""自"二字表现景物依旧、人事变迁的意味，都准确生动，都是研炼的结果。研炼精切的诗句及有炼字

---

① 对律诗起承转合的理解，意见并不一致，一种以四联为起承转合，《红楼梦》中黛玉论诗"不过是起承转合，当中承、转是两副对子"，就是如此；一种以首联上句起、下句承，尾联上句转、下句合，中间二联或点染，或叙事，或议论，皆为深化题目，详见徐晋如《大学诗词写作教程》第六章。

的诗句，便称炼句。

> 国破山河在，城春草木深。
> 感时花溅泪，恨别鸟惊心。
> 烽火连三月，家书抵万金。
> 白头搔更短，浑欲不胜簪。（杜甫《春望》）

"国破山河在"二句各由意义相对的两个分句组成，很密致很耐味。后句的意思是"风景不殊，正自有山河之异"。前句的意思是城虽沦陷，希望还在。"感时花溅泪"二句，嵌入了"花""鸟"二字，既照应题面，又有加一倍的意味，都是炼句。如果兴之所至，一气呵成，其妙则在炼字炼句之外。

> 挂席几千里，名山都未逢。
> 泊舟浔阳郭，始见香炉峰。
> 尝读远公传，永怀尘外踪。
> 东林精舍近，日暮但闻钟。（孟浩然《晚泊浔阳望香炉峰》）

> 牛渚西江夜，青天无片云。
> 登舟望秋月，空忆谢将军。
> 余亦能高咏，斯人不可闻。
> 明朝挂帆席，枫叶落纷纷。（李白《夜泊牛渚怀古》）

这两首诗出口成章，一气呵成，平仄黏对上合乎要求，在对仗上却不甚考究或纯属意对，前人不但未予苛求，反而赞美有加，这样的化境不可一蹴而就，初学者还是要讲究对仗的。王维、杜甫、李商隐五律是诵读揣摩的首选。律诗易工难化，杜甫五律能说家常，最臻化境。

> 巫峡千山暗，终南万里春。
>
> 病中吾见弟，书到汝为人。
>
> 意答儿童问，来经战伐新。
>
> 泊船悲喜后，款款话归秦。（杜甫《喜观即到复题短篇二首》其一）

> 深居俯夹城，春去夏犹清。
>
> 天意怜幽草，人间重晚晴。
>
> 并添高阁迥，微注小窗明。
>
> 越鸟巢干后，归飞体更轻。（李商隐《晚晴》）

上文对五律格式介绍较详，熟练掌握了律句和平仄黏对规律，诵得相当数量的经典文本，要作五律，亦不难。写旅次观感、途中况味，绝句之外，五律是一种很好的选择。

几年前因拍片，我随摄制组同赴广元（武则天生于此）。汽车飞驰于高速公路，双道左右低昂，异于平野。天气晴好，一路看山不厌。至广元，见嘉陵江穿过城市，水面开阔清澈，出乎想象。盖从成都到绵阳，人口密度减少，遂觉清爽。至广元，更是地广人稀，清爽之感倍增。接待人员说："早上见到的人，下午还能见到。"晚饭后散步，在城中邂逅故人，竟如其言。就凭这几个感受，足成一篇。

> 飞车过蜀北，一路饱看山。
>
> 长风吹白日，大道出雄关。
>
> 雌帝作今古，边城堕碧澜。

故人忽邂逅，惊定复开颜。（欣托居《广元作》）

此诗次联以下，方合五律黏对规律。前四句是车上一气呵成，以其浑成，虽失黏，竟不能改。

六　七言律诗

七言律诗简称七律，它由七言律句按黏对规律组成，每篇八句（四联），中两联属对，隔句用韵（首句多入韵），以平韵为常。律诗堪称中国诗体的代表（松浦友久），七律尤其如此。胡震亨说："近体之难，莫难于七言律。五十六字之中，意若贯珠，言如合璧。"风格"庄严则清庙明堂，沉着则万钧九鼎，高华则朗月繁星，雄大则泰山乔岳，圆畅则流水行云，变幻则凄风急雨"①。

中唐以后，诗人皆求工于七律，而古体不甚精诣，历宋元明清及近代，多以七律为能事者，可谓薪火相传，一体独大。

七律定型于初盛唐，由杜甫集其大成。杜甫七律存诗百首以上，大大超过初盛唐七律总和。其才宏识卓、气盛言宜、细于诗律，造诣空前绝后。初盛唐七律，敲金戛玉，研炼精切，多写景之作。杜甫七律更兼言怀使典，创造出沉雄悲壮、慷慨激昂的风格，七律之蹊径，至是大开。

杜甫大量创作七律，在漂泊西南期间，分为成都、夔府两个时期。成都所作风调清深为一种：

---

① 胡震亨《唐音癸签》。

舍南舍北皆春水，但见群鸥日日来。

花径不曾缘客扫，蓬门今始为君开。

盘飧市远无兼味，樽酒家贫只旧醅。

肯与邻翁相对饮，隔篱呼取尽余杯。（杜甫《客至》）

幽栖地僻经过少，老病人扶再拜难。

岂有文章惊海内？漫劳车马驻江干。

竟日淹留佳客坐，百年粗粝腐儒餐。

不嫌野外无供给，乘兴还来看药栏。（同上《宾至》）

同一来访，客至、宾至，一字之差。一则亲亲热热、平起平坐，一则客客气气、悉心叨陪。身份不同，交情不同，官大官小不同，作者态度也不同。所同者，真真实实，曲尽人情。成都诗要学这种。至于《登楼》《闻官军收河南河北》等名作，心关天下、百感交集，不是这个人进不了这家门，此处可以免谈。

夔府所作波澜老成为一种：

群山万壑赴荆门，生长明妃尚有村。

一去紫台连朔漠，独留青冢向黄昏。

画图省识春风面，环佩空归月夜魂。

千载琵琶作胡语，分明怨恨曲中论。（杜甫《咏怀古迹五首》其三）

杜甫夔州七律得高江急峡助，风格为之一变——"庾信平生最萧瑟，暮年诗赋动江关"，正是夫子自道。多读常读，可医肤浅滑易之病。晚唐研习七律的诗人渐多，甚至有专工律体如许浑、方干等。李商隐得力于杜甫，典丽之中时带沉郁，评价最高。

迢递高城百尺楼，绿杨枝外尽汀洲。

贾生年少虚垂泪，王粲春来更远游。

永忆江湖归白发，欲回天地入扁舟。

不知腐鼠成滋味，猜意鹓雏竟未休。(李商隐《安定城楼》)

李商隐七律以典丽精工著称。近世鲁迅《无题》(惯于长夜过春时)、《亥年残秋偶作》等作清词丽句，意象老成，较为神似。

曾惊秋肃临天下，敢遣春温上笔端。

尘海茫茫沉百感，金风萧瑟走千官。

老归大泽菰蒲尽，梦坠空云齿发寒。

竦听荒鸡偏阒寂，起看星斗正阑干。(鲁迅《辛亥残秋偶作》)

宋代陆游专工此体，使事熨帖，措辞天成，体裁既富，变境亦多，前人谓是杜、李后集其成者 (舒位)，初学尤宜多读。

早岁那知世事艰，中原北望气如山。

楼船夜雪瓜洲渡，铁马秋风大散关。

塞上长城空自许，镜中衰鬓已先斑。

出师一表真名世，千载谁堪伯仲间！(陆游《书愤》)

世味年来薄似纱，谁令骑马客京华。

小楼一夜听春雨，深巷明朝卖杏花。

矫纸斜行闲作草，晴窗细乳戏分茶。

素衣莫起风尘叹，犹及清明可到家。(同上《临安春雨初霁》)

七律四联亦天然形成起承转合之法，一般情况下首联为起，引起下文（如《书愤》"早岁那知世事艰"二句）；次联为承，承上展开（如"楼船夜雪瓜洲渡"二句）；第三联为转，宕开一笔，有跳跃性（如"塞上长城空自许"二句）；末联为合，为之总结（如"出师一表真名世"二句）。因此，七律的转笔（第五句）自然将全篇分成前后两个部分，大致三四须跟一二，五六须起七八。金圣叹分解唐诗，即将七律分作前解和后解来讲，就是这个道理。

> 天人千手妙回春，族类同痫泪不禁。
> 失语时分存至辩，无声国度走雷音。
> 花光的历飘香久，法相庄严蕴意深。
> 引领慈航成普度，神州除夕降甘霖！（欣托居《聋哑人舞千手观音》）

拙作前四句扣"千手"扣"聋哑"，后四句扣"观音"扣"除夕"，第五句（"花光的历飘香久"）写舞台美工效果为诗中转折之句。写作时本是随兴而为，结果却暗合上述程式。

突破惯例的情况也是有的，如杜甫《江村》就以首联（"清江一曲抱村流，长夏江村事事幽"）为起，中二联（"自去自来堂上燕，相亲相近水中鸥；老妻画纸为棋局，稚子敲针作钓钩"）为承，第七句（"多病所须唯药物"）为转，第八句（"微躯此外更何求"）为合。这算是一种变格。

七　五言绝句

中国各体诗中最短小的是绝句。撇开四言不论，最短小的诗体就是五言绝句。五言绝句每句五个字，全诗四句，共二十字，简称五绝。前人论及绝句起源，多追溯到五七言短古①，这比较符合五绝的实际。七绝与近体诗的关系较大，应当别论。五绝的雏形是五言四句的小乐府（市井流行小曲），这种诗体大量出现在南朝，有民歌，也有文人之作：

> 春林花多媚，春鸟意多哀。
> 春风复多情，吹我罗裳开。（《子夜四时歌》）

> 秋风入窗里，罗帐起飘扬。
> 仰头看明月，寄情千里光。（同上）

> 新买五尺刀，悬著中梁柱。
> 一日三摩娑，剧于十五女。（《琅琊王歌辞》）

> 夕殿下珠帘，流萤飞复息。
> 长夜缝罗衣，思君此何极。（谢朓《玉阶怨》）

　　小乐府已形成了一韵到底、偶句押韵的基本格局，用韵可平可仄。首句可入韵，而以不入韵为常。南朝文人有联句的习惯，参与者每人写五言四句，基本格局相仿，合起来称联句，分开来就称绝句——绝句的名称即来源于此，后来无论五七言，只要是齐言四句、偶句用韵、一韵到底，都称绝句。

---

　　① 胡应麟《诗薮》内编卷六云："五七言绝句，盖五言短古、七言短歌之变也。五言短古，杂见汉魏诗中，不可胜数。七言短歌，始自《垓下》，梁陈以降，作者坌然。"

近体诗定型后，一部分作者在写作时，仍然延续小乐府的路数（尤其是涉及儿女、相思题材）。一部分作者则讲求平仄黏对，作出的五绝像是截得半首五律的样子。"终南阴岭秀，积雪浮云端。林表明霁色，城中增暮寒。"（祖咏）后二对仗，就像是截五律前四句。"日暮苍山远，天寒白屋贫。柴门闻犬吠，风雪夜归人。"（刘长卿）前二对仗，就像是截五律后四句。"白日依山尽，黄河入海流。欲穷千里目，更上一层楼。"（王之涣）前二、后二均对仗，就像是截五律中四句。"山中相送罢，日暮掩柴扉。春草年年绿，王孙归不归。"（王维）前二、后二皆散行，就像是截前后四句。

好诗不在字多，故有古诗删作绝句，更加精彩者。汉诗"步出城东门，遥望江南路。前日风雪中，故人从此去。我欲渡河水，河水深无梁。愿为双黄鹄，高飞还故乡。"或截其前四句以为绝句：

　　步出城东门，遥望江南路。

　　前日风雪中，故人从此去。

诗的意象就集中到一条路，通过前日的目送和此日的张望，十分深刻地表达了游子思乡之情。眼前景、口头语，有弦外音、味外味。再看原诗结尾——"愿为双黄鹄，高飞还故乡"，则过于尽露。

五绝是小诗，重在行气，著不得力，《子夜歌》的经验是"别无妙巧，取其天然二十字，如弹丸脱手为妙"（李重华）。主要作法有四：

（1）一气蝉联，结构圆紧，虽分四句，实系一事，增一字不得，著一意不得，脱口而成，纯乎天籁，此种在五绝为最上。

　　山中何所有，岭上多白云。

　　只可自怡悦，不堪持赠君。（陶弘景《诏问山中何所有赋诗以答》）

打起黄莺儿，莫教枝上啼。

啼时惊妾梦，不得到辽西。（金昌绪《春怨》）

更多的诗例——孟浩然"春眠不觉晓"、王维"红豆生南国""君自故乡来"、李白"床前明月光"、崔颢"君家何处住"、刘长卿"泠泠七弦上"、李益"嫁得瞿塘贾"、李端"开帘见新月"、王建"三日入厨下"、施肩吾"幼女才六岁"、贾岛"松下问童子"、李商隐"向晚意不适"，等等，莫不如此。此种五绝以代言体即第一人称手法为多，因为作倾诉口气，较为自然。

自君之出矣，不复理残机。

思君如满月，夜夜减清辉。（张九龄《自君之出矣》）

最早以"自君之出矣"开篇为五绝，是刘宋孝武帝首创，拟作极多，皆在譬喻上动脑筋，张九龄这首最为出色。一气蝉联不仅适用于小古风，而且适用于近体、对仗的五绝。有人说："五绝全对者，王之涣《登鹳雀楼》、司空曙《送卢秦卿》、柳宗元《江雪》、张祜《宫词》，数诗皆语平意侧，一气贯注，凡作排偶文字，解用此笔，自无板滞杂凑之病。"（许印芳）在这里，学富五车不如天机清妙，韩愈不如孟浩然。无怪潘德舆望洋兴叹："五言绝句古隽尤难，搦管半生，望之生畏。"[1]

我曾作桂林杂诗数首，咏象鼻山的一首是："古时有大象，渴饮漓江水。漓江饮不尽，化作一山美。"纯粹是杜撰神话，表达这座山给我的神奇之感。又为毕业生留言簿题词云："与君同窗久，三载见

---

[1] 潘德舆《养一斋诗话》。

174

情亲。临行数行字，平生一片心。"（借孟浩然一句）做法仍是眼前景，口头语，一气呵成，如是而已。

（2）前三句层层加码，末句突然升华，颇具奇趣。如"百金买骏马，千金买美人，万金买高爵，何处买青春！"（屈复）、"昨夜洞庭月，今宵汉口风。明朝何处去？豪唱大江东"（熊亨瀚）、"一切机械化，一切电气化，一切自动化，总要按一下"（陈毅），等等，前三句的复叠是强调、是递进、是渲染、是铺垫、是酝酿，末句是升华，是出彩，是抖包袱，包袱要响。

> 一滩复一滩，一滩高十丈。
>
> 三百六十滩，新安在天上。（黄景仁《新安滩》）

江西民谣："一滩高一丈，南安在天上"，一经运用，精彩何止十倍。南朝乐府《懊侬歌》"江陵去扬州，三千三百里。已行一千三，所有二千在"做减法，末句即说差多少。黄景仁用乘法，末句不说积多少，却说"新安在天上"，妙于想象。

按这种做法亦可施之七绝，如咏雪诗"一片一片又一片，两片三片四五片，六片七片八九片，飞入芦花都不见"（佚名），较为含蓄的如"烽火城西百尺楼，黄昏独坐海风秋。更吹羌笛关山月，无那金闺万里愁"（王昌龄），就是前三句层层加码，末句突然从对面生情，极有张力。

（3）一句一绝，概括精辟，一般施于写景，用途较窄。

> 春水满四泽，夏云多奇峰。
>
> 秋月扬明辉，冬岭秀孤松。（顾恺之《神情诗》）

山际见来烟，竹中窥落日。

鸟向檐上飞，云从窗里出。（吴均《山中杂诗》）

顾恺之是四时物候，吴均是一时四景。杜甫"迟日江山丽"、王安石"日净山如染"，均属吴均一路。

（4）五绝虽小却好，虽好却小，一首不能尽意时，古人往往继续作一首至数首，合称连章体。连章体五绝与一般五古的区别是——几段歌词，每段有一定独立性，可以单独成诗。

侬欢各天涯，莫道别离苦。

虽云不相见，朝朝贴耳语。

思欢隔欢面，情不绝如线。

侬唇贴欢耳，闻声不相见。（夏敬观《今子夜歌》）

原作共四首，这是前两首，用传统诗体写新事物——打电话，虽然内容有关联，但每首仍相对独立，与崔颢《长干曲》（四首）的做法是一样的。还有一种情况：

才可十五余，双辫长及膝。发波共绿波，荡漾来何急。
相约昆明湖，打桨桥头候。迟迟君不来，发长人益瘦。
白首双鸳鸯，冷眼时相觑。枉集知春亭，不识怀春意。
欢持摄影机，惊喜忽相遇。两桨疾如飞，共载湖中去。

（宛敏灏《与老伴小憩颐和园知春亭戏咏所见》）

一章由发辫写人起，二章以情节相承，三章闲中生色作铺垫，

176

四章急转直下，洋溢着当代生活情趣。四首浑然一体，不能拆分，又与《子夜歌》等异趣。从内容上看只是一首诗，从韵度上看却是四首——每首押一个韵（均属仄韵），首句不入韵，这与转韵的古诗不同。古诗通常一韵到底，如果转韵，通常起句（奇句）即入韵。这四首情况不同，仍应视为连章体小乐府。

八　七言绝句

南北朝时期的歌词主要是五绝，唐代的歌词主要是七绝——"唐三百年以绝句擅场，即唐三百年之乐府也。"（王士禛）唐人名作家弦户诵者，以七绝为多。

七绝每句七个字，全诗四句，共二十八字，隔句用韵（首句多入韵），以平韵为常。七绝本从七言四句体短歌发展而来，但是在唐代以前，此体或句中夹有"兮"字，是楚歌体，或二韵换押，或句句入韵，是短古，皆非七绝。经过南北朝鲍照、汤惠休、魏收等，到初唐律诗定型，此体才具备了隔句用韵（平韵为常）、一韵到底、稳顺声势，成为真正的七绝。七绝在黏对、对仗上较律诗自由，或散起散结、对起散结、散起对结、对起对结，亦如近体的五绝。

七绝是唐代以后最基本的诗体，不写不行——"自唐以后，不能作七言绝句，直是不当作诗。"（王夫之）"要看一个诗人的好坏，要先看他写的（七言）绝句。绝句写好了，别的诗或能写得好。绝句写不好，别的一定写不好。"（胡适）七绝又是一种最难藏拙的诗体，写好不易——"律诗难于古诗，绝句难于八句。"（严羽）"五七字绝，字最少而最难工，虽作者亦难得四句全好者。"（杨万里）总之是易作难工。易作，故能普及；难工，故能穷诗之极诣。

因此，七绝可称为诗中之诗。诗尚短，七绝的优长是——以小见大，深入浅出，"语半于近体，而意味深长过之；节促于歌行，而咏叹悠永倍之"（胡应麟）。七绝起忌矜持，最重风神，要随口便来，李白开篇多直抒旨畅，两句后用溢思作波澜，唱叹有余响，最得体。但又不能太露，太露则伤含蓄。

七绝有六种主要做法。

（1）融情入景（以景结情），意在言外。如送别诗以目送之景色结尾、览胜诗以望中景色结尾。

　　故人西辞黄鹤楼，烟花三月下扬州。
　　孤帆远影碧空尽，唯见长江天际流。（李白《黄鹤楼送孟浩然之广陵》）

　　琵琶起舞换新声，总是关山旧别情。
　　缭乱边愁听不尽，高高秋月照长城。（王昌龄《从军行》）

　　往哲辛勤迹未消，流传佳话水迢迢。
　　曾经玉垒关前望，父子河渠夫妇桥。（于右任《汶川纪行》）

（2）意象集中，以小见大，立处虽窄，眼界自宽，如李商隐《齐宫词》"意只寻常，妙从小物（九子铃）寄慨，倍觉唱叹有情"（纪昀），刘大白用《眼波》写爱情，正是画人画眼睛，都是这样的做法。

　　永寿兵来夜不扃，金莲无复印中庭。
　　梁台歌管三更罢，犹自风摇九子铃。（李商隐《齐宫词》）

178

眼波脉脉乍惺忪，一笑回眸恰恰逢。

秋水双瞳中有我，不须明镜照夫容。（刘大白《眼波》）

（3）借端托喻，偏师取胜。"绝句取径深曲，盖意不可尽，以不尽尽之。正面不写写反面，本面不写写背面、旁面，须如睹影知竿乃妙。"（刘熙载）

昨夜风开露井桃，未央前殿月轮高。

平阳歌舞初承宠，帘外春寒赐锦袍。（王昌龄《春宫曲》）

九月天山风似刀，城南猎马缩寒毛。

将军纵博场场胜，赌得单于貂鼠袍。（岑参《赵将军歌》）

前一例"只说他人之承宠，而己之失宠悠然可思"（沈德潜）；后一例通过"纵博场场胜"和"单于貂鼠袍"来暗示百战百胜，都是这种手法。而李白《送外甥郑灌从军》"六博争雄好彩来，金盘一掷万人开。丈夫赌命报天子，当斩胡头衣锦归"，作明喻，较暗喻略逊一筹。

（4）时空映带，对比生情。就同一时间写不同空间，即地域对比；就同一空间（或对象）写不同时间，即今昔对比，反差强烈，感慨无端，无形中扩大了绝句容量。

学剑学书无一可，摩挲两鬓渐成丝。

爷娘欢喜亲朋贺，三十年前堕地时。（黄遵宪《三十初度》）

铁马金戈百战余，苍凉晚节月同孤。

冢上已深三宿草，人间始重万言书。（杨启宇《挽彭德怀元帅》）

（5）绝处生姿，唱叹有情。七绝多在第三句转折，第四句生发，形成唱叹。通常有两种办法，一是使用否定或限制性词语，用否定词语（不）可强化语气，双重否定则形成强调的肯定。用限制性词语（唯、但）可以强化感情色彩，使人从对面会意。

　　　　黄沙百战穿金甲，不破楼兰终不还。（王昌龄）
　　　　莫愁前路无知己，天下谁人不识君。（高适）
　　　　只今唯有西江月，曾照吴王宫里人。（李白）
　　　　但使主人能醉客，不知何处是他乡。（同上）
　　　　唯有门前镜湖水，春风不改旧时波。（贺知章）

　　二是使用问句和祈使语作结，常相应用第二人称作对话语气，以增加感染力，能沟通作者与读者的感情交流，容易取得动人效果。

　　　　醉卧沙场君莫笑，古来征战几人回？（王翰）
　　　　日暮征帆何处泊，天涯一望断人肠。（孟浩然）
　　　　惊波一起三山动，公无渡河归去来。（李白）
　　　　劝君更尽一杯酒，西出阳关无故人。（王维）

　　（6）组诗体制，可分可合。与五绝连章体同，如王维《少年行》四首，分别写长安少年的风流生活、抱负雄心、立功边塞的壮举和赏功不及的遭遇，从几个角度刻画出一个完整的艺术形象，组诗的有序性很强，选家却不妨只录其一，或兼录其二、其三。绝句本难表现重大主题，连章体不失为一种权宜之计。

第六谈　写诗就是写语言

（语言）

自作语最难。老杜作诗，退之作文，无一字无来处。盖后人读书少，故谓韩、杜自作此语耳。古之能为文章者，真能陶冶万物，虽取古人之陈言入于翰墨，如灵丹一粒，点铁成金也。（黄庭坚《答洪驹父书》）

一　诗始于喜悦

这一谈主要讲语言。欲讲语言，先说兴会——因为兴会是驾驭语言的状态，所谓兴到笔随，事关写作之成败。宋诗人潘大临九月九日遇风雨大作，刚有了一句"满城风雨近重阳"，突然催债人敲门，顿时败兴，即失去状态，其后果是永远地留下了一个残句。可见兴会对作诗是多么的重要。

诗，不能硬写。诗可以兴，而且始于兴。

兴即兴会，兴会又称兴致、兴趣，西人称为创造性情绪（灵感）——"若无创造性情绪，才气和技巧不会有多大用处。但这三者加在一起，你可以创作出震动世界的小说。"（戴安娜）小说如此，诗尤如此。有人把作诗当作例行公事，无病呻吟，有枣没枣打三竿，龙年则咏龙，蛇年则咏蛇，指物作诗立就，硬着头皮写诗，则其诗可知——也就是说已落入第二义，则无望第一流。

"诗始于喜悦，止于智慧。"（弗罗斯特）诗思袭来的喜悦，可以是狂喜、是火山喷发式的高峰体验，如郭沫若之写《女神》；也可以是感动、是"在沉静中回味过往的情绪"（华兹华斯），如艾青之写《大堰河》。不管是哪一种，都会有触电的感觉，那就是兴会。兴会是诗词创作的原动力。

> 雨洗东坡月色清，市人行尽野人行。
> 莫嫌荦确坡头路，自爱铿然曳杖声。（苏轼《东坡》）

陈衍说："东坡兴趣佳，不论何题，必有一二佳句，此类是也。"① 难得东坡的好心情和好词句，而好词句永远是和好心情做伴的。

更多的例子——"竹外桃花三两枝，春江水暖鸭先知""桥下龟鱼晚无数，识君拄杖过桥声""日啖荔枝三百颗，不辞长作岭南人""一年好景君须记，正是橙黄橘绿时""从今潮上君须上，更看银山二十回""寄语重门休上钥，夜潮留向月中看""欲把西湖比西子，淡妆浓抹总相宜""水枕能令山俯仰，风船解与月徘徊""此生此夜不长好，明月明年何处看""惆怅东栏一株雪，人生看得几清明""只恐夜深花睡去，故烧高烛照红妆"，等等。没那种好心情，能够写出这样的好词句吗？

李白诗最迷人的，不正是这个东西吗——"俱怀逸兴壮思飞，欲上青天揽明月。抽刀断水水更流，举杯销愁愁更愁！"不仅仅是李白，就连杜甫也是这样的："清夜沉沉动春酌，灯前细雨檐花落。但觉高歌有鬼神，焉知饿死填沟壑！"但觉高歌有鬼神，不正因为心怀逸兴壮思飞吗？当兴致（灵感）来时，妙语便如万斛泉流不择地而出，直令人应接不暇，要两手抓，要上下安排——这才是作诗的佳境。所谓行气，就是兴会淋漓，精神充沛。古风如此，歌行如此，绝句亦复如此，律诗如此则最为可贵：

> 剑外忽传收蓟北，初闻涕泪满衣裳。
>
> 却看妻子愁何在，漫卷诗书喜欲狂。
>
> 白日放歌须纵酒，青春作伴好还乡。
>
> 即从巴峡穿巫峡，便下襄阳向洛阳。（杜甫《闻官军收河南河北》）

---

① 陈衍. 宋诗精华录 [M]. 四川：巴蜀书社，1992：248.

浦起龙说，这是杜甫"平生第一首快诗"（《读杜心解》）——忽闻天大喜讯，不禁怆然出涕，不禁破涕为笑，不禁要与家人分享（却看妻子），不禁想起家乡（漫卷诗书），不禁设想还家路线（巴峡—巫峡—襄阳—洛阳）……真是兴不可遏，真是奔迸而出，真是手之舞之，足之蹈之，左右抓拿，上下安排。声律对仗对诗人来说，只是熟能生巧。所谓"兴来如宿构，未始用雕镌"（邵雍《谈诗吟》），就是说，兴会到时，写出来的东西就好像事先推敲过的一样，虽然它并没有经过太多的推敲。毛泽东云"诗人兴会更无前"，其诗词小序云：

> 这些词是在 1929 年至 1931 年在马背上哼成的。年深日久，通忘记了。《人民文学》编辑部搜集起来，要求发表，因以付之。（《词六首引言》）
>
> 读 6 月 30 日《人民日报》，余江县消灭了血吸虫。浮想联翩，夜不能寐。微风拂煦，旭日临窗。遥望南天，欣然命笔。（《送瘟神诗序》）

"在马背上哼成的""浮想联翩，夜不能寐""遥望南天，欣然命笔"——这是何等兴会！郭沫若说只有在最高潮时候的生命感是最够味的，情兴来时一挥而就的诗是比较动人的。"词六首"即其例。哼成就是发表，是第一义的发表。正因为如此，所以"通忘记了"。你们这些人喜欢，"搜集起来，要求发表"——这已是第二义的发表。也好，要发表就拿去发表吧（因以付之）——这是什么态度？这就是诗人的态度。

有时虽有情兴，却须搁置数月而成，这种诗则偏于技巧。至于命题作诗，搜索枯肠，勉强凑合，以变成铅字为作诗目的，即落下乘。宋谋玚曾经感喟，有些人写了一辈子诗词，却不知道诗味是什么。周作人则说，没有兴会而作诗，就像没有性欲而做爱。那结果必然不在状态，十分扫兴。不幸的是，这种不在状态的诗词写作，并不少见。

兴会并非空穴来风，兴会来自对新鲜事物的敏感。严羽说："唐人好诗，多是征戍、迁谪、行旅、离别之作，往往能感动激发人意。"[①] 何以言之？因为空间开阔，思绪活跃，万象新奇，提供诗材。唐相国郑綮自谓诗思在灞桥风雪中驴子背上，还是这个道理。

因此，有出息的诗人，应想方设法到广阔天地去，接触新鲜事物，开拓题材，增加兴趣。要写就写最够味的感觉、最有把握的东西。宁肯写得少些，但要写得好些。"只有那种能向人们叙述新的、有意义的、有趣味的事情的人，只有那能够看见许多别人觉察不到的东西的人才能够做一个作家。"（康·巴乌斯托夫斯基《金蔷薇》）不要守株待兔，候着年年有的节日、纪念日闭门作诗。

2004 年中秋前夕，因出差从成都飞合肥。上飞机时，暮色苍茫，并没有想到要作什么诗。我的座位正好靠近窗口，上天后，不经意往窗外一望，竟然是平生所未曾见过的一幅图景：湛蓝天空上悬着一轮银盘似的明月，万里无云。云全在飞机下面很深的地方。全新的体验让我兴奋起来，怎么办呢，作一首诗吧。

　　　　驭气轻辞濯锦城，云间赏月更分明。

　　　　嫦娥乃肯作空姐？为我青天碧海行。（欣托居《江淮行》）

这首诗的内容可以说只是一片兴会，主题句为"云间赏月更分明"，由"驭气轻辞濯锦城"引起，后二句则以溢思作波澜，拿嫦

---

　　① 严羽《沧浪诗话·诗评》。

娥、空姐和自己开涮——人在快乐的时候就会拿自己或别人开涮，当然是善意的。待到飞机着陆，掏出手机，以短信方式，发给一位最先想到的朋友，一分钟后，便收到反馈。

网络时代诗歌的发表，应该是这个样子吧。

二　写诗就是写语言

没有好的兴会，难以写出好的诗词。有了兴会，还得有词儿。没有词儿，就像茶壶里装汤圆——肚子里有，却倒不出。

不少人动辄侈谈意境，却很少注意到语汇。

"意境"之说，初见于王昌龄《诗格》，而总结于王国维《人间词话》："文学之事，其内足以摅己，而外足以感人者，意与境二者而已。上焉者意与境浑。其次或以境胜，或以意胜。苟缺其一，不足以言文学。"可见意、境，本为二事。流沙河说诗是"说一说"加"画一画"（大意如此），最为简明。说一说就是"意"，画一画就是"境"。且说且画、且画且说，是"意与境浑"。只画不说，是"以境胜"①。只说不画，是"以意胜"。而诗中之画，不是架上之画，到底还是靠说。所以意境妙与不妙，全凭语言。语言有味，意境大好。语言无味，意境能好，那是天方夜谭。

故曰：不有语汇，成何意境！"红雨随心翻作浪，青山着意化为

---

①　按，曾少立论诗重"画"，自云诗词修改的一个重要原则，是将原来议论和抒情的句子，改成写景和叙事。如"那时真好，黄土生青草。跑有牛羊飞有鸟，花朵见谁都笑"。觉得"那时真好"乃价值判断，没必要，改成"一村老小"。又如"百岭森罗山抱日，一溪轻快水流天。这般风物并童年"。觉得"这般风物并童年"感叹多余，改成了"阿婆讲古有神仙"，为的是让情节更丰富。此二例改得好不好，其实大可商榷。无论如何，"说"是诗的一大长处，不能尽废。

桥"（毛泽东），与"红雨无心翻作浪，青山有意化为桥"（初稿），实词（红雨、青山、浪、桥）没有变，变的是两个虚字（无→随、有→着），而意境相差不可以道里计，措语使然也。

不妨杂取古今人七绝数首，看看意境与语言的关系。

无限蟾光下九天，千山明到一窗前。

痴心但爱家乡月，不管西方圆不圆。（林崇增《中秋月》）

这是先画后说。妙不在画，而在说。看他针对"月亮是西方的圆"一念，反驳得多么有意思——作者承认爱国（家乡）心痴，所以偏爱家乡之月，也就"不管西方圆不圆"了。这意思别人也许有，这话别人没有说过。

两小无猜大有猜，不伤风化便伤怀。

山花似解情滋味，竟向僧尼顶上开。（熊东遨《僧尼峰》）

这是先说后画。仍是妙不在画，而在说。作者只从相对二峰的名称着想，但是诗中包含平时对生活的感受琢磨，以及《思凡》《尼姑下山》一类曲文的影响。"两小无猜大有猜，不伤风化便伤怀"，并列的当句对，是多么曲尽人情，多么富于人文关怀，多么有唱叹之音啊。后二句的画，只是余思作波而已。

远处雪山摊碎光，高原六月野茫茫。

一方花色头巾里，三五牦牛啃夕阳。（刘庆霖《西藏杂感》）

这是四句皆画，而且是油画的感觉。妙在画，亦在语言——用

"花色头巾"借代藏区的草地，多么形象，多么鲜明，多么富于地域特征。"啃"字特别带劲——本是三五牦牛在夕阳下啃草，写作"啃夕阳"，不合文法，却是诗家健语。

> 青狮白象各兴灾，惹得高僧斗几回。
> 谁料人间添魍魉，竟从菩萨脚边来！（杨逸明《看〈西游记〉电视剧戏作》）

这是四句皆说。妙在意。明眼人一看就知道是个什么意思——作者并不说破，故令人忍俊不禁。菩萨身边之物下凡兴灾，你我都作童话看了，但谁想到这是社会现实的折射呢！作者还有一首《戊子咏鼠》："饱食无忧枕自高，官场鼠辈正闲聊。商量成立基金会，救助人间流浪猫。"一样的耐人寻味。邓小平论写作说"首先是要意思好"，其次是语言好、语言到位。

> 行年三十已衰翁，满眼忧伤只自攻。
> 今夜扁舟来诀汝，死生从此各西东。（王安石《别鄞女》）

这首诗也是只说不画。对一个夭折的稚女，诗中的笔墨分量够重，反映出王安石温情脉脉的一面。诗的措语平淡、无奈、锥心，写出一个父亲的忧伤和自责、难以割舍又必须了断之情，以及生死异路之感，读之心紧——显现出语言的张力。

> 若言琴上有琴声，放在匣中何不鸣？
> 若言声在指头上，何不于君指上听？（苏轼《琴诗》）

这首诗全发议论,自然也是只说不画。纪昀认为这是随手写的四句,本不是诗。今人陈迩冬批曰:"所见甚陋,实是好诗。"这首诗的意思抵得上一篇美学论文,我赞同陈先生的意见。

> 绕篱芬馥尽兰荪,大道所存师所存。
>
> 每恨江南无积雪,不教孺子立中门。(钟振振《悼念程千帆先生》)

这首诗的内容,一言以蔽之——遗憾未能成为您老的学生。但把"程"姓和"立雪程门"的成语联系起来,无端迁怨于江南天气,是无理而妙。作者颇有造语之才,另一首《中秋对月》云:"环肥燕瘦各娟妍,甲乙每随心境迁。不为人间有离别,问谁独爱此宵圆。""环肥燕瘦"之类倒也罢了,看次句的"甲乙"二字,拿捏到位,所以为妙。语感真如按摩,稍失轻重即无趣。运用之妙,存乎一心。

"当代诗词在意境上突破,相对要容易一些,除非你不食人间烟火。当代诗词要在语言上突破,则要困难得多。"此言甚合我意,是会家之言,等闲不能道也。出此言者诗人滕伟明也,请看他的词:

> 当年执教,小书案、曾与先生吴楚。圈点批评声乍乍,笑骂辄挥长麈。天上神仙,人间圣哲,谬误条条数。一言不合,摘头拼作豪赌。 深怪吾子今来,心平如井,讷讷殊和煦。余及卿言皆大好,想见先生城府。如我颓唐,似君才气,焉得无冤苦?何时醉酒,再听肝肺倾吐?(滕伟明《念奴娇·老友傅力来访宛如再世人》)

开头忆及傅与"我"当年执教同桌,一个在这头,一个在那头,"吴楚"二字用得何等好也,又形象又幽默又省净。"余及卿言皆大好，想见先生城府"两句画龙点睛，对比上文"圈点批评声乍乍，笑骂辄挥长麈"，确实是换了一个人。作者就这样活生生地写出了岁月是如何磨平一个书生的棱角，抵一篇小小说。其他的话好，是想得到的好。我圈点的几句，是想不到的好。

"如我颓唐，似君才气"是互文，将"颓唐"属我，"才气"属君，颇有分寸。作者另一首七绝《席上留别蒲健夫旷翁，翁为同乡》云："长江主簿①是前缘，落魄巴渝有后先。一个诗囚分两半，君宜分浪我分仙。"末句亦互文，却是派"浪"于人，将"仙"属我，直见性灵，也是想不到的好。拈得诗句如此，何须示人，自己先一蹦三尺高。

写出几句"想不到的好"，诗准成。我作《成龙歌》，想见东洋女迷之欲死、追星族一见即晕、成龙手足无措的样子，忍俊不禁，得句云"古来闻有倾人城，成龙唯能倾倾城"二语，"倾倾城"三字，如有神助，为之一爽。俄而又得"一息化了薛蘅芜，再息倒了林颦颦"二语，又得"取次花丛每屏息，成龙唯有护花心"二语，便知此诗成矣。当你将一种蠢蠢在胸的感觉，写出来、写到位，真是有钱也买不到的快乐，无须别人的赞美呀。当然，如果有人抉出，另有一种分享的快乐。

又，一个好朋友叫张孟，今年春上殁了，我写了首诗吊他。杨牧亦孟之友，阅诗道："默读再三，心怦怦然。'若非佳士不握手，必逢清景始写真'、'书成半夜闻号唰，画罢投笔自逡巡'，活脱一个性情张孟！"李亮伟则拈出另外几句："纷纷讣告谀苟活，损失于人未必多。如君又非老不死，吾侪焉能鼓盆歌"，道"造语极奇。"作者之患在不能冷暖自知，不患人之不知己也。

---

① "长江主簿"指唐朝苦吟诗人贾岛，曾任长江主簿，字浪仙，亦写作阆仙。

诗词写作的过程，说穿了就是一个作者同自己商略语言的过程，就是玩味推字佳还是敲字佳的过程。——"敲"字搞定，一个意境成了。或如朱光潜说，"推"字佳（表明寺内无人），一个意境也成了。总之，要"不断试用各种字眼，看哪些字的组合，在脑海中形成的画面和情节最生动。画面和情节高于一切，无论如何强调都不过分。我要的是将字死死地摁在地上，不让它漂浮起来，不让它形而上"（曾少立）。

没有脱离语言的思维（包括形象思维），也没有脱离语言的意境。

> 京口瓜洲一水间，钟山只隔数重山。
>
> 春风又绿江南岸，明月何时照我还。（王安石《泊船瓜洲》）

吴中人士藏有作者原稿，"初云'又到江南岸'，圈去'到'字，注曰'不好'，改为'过'，复圈去而改为'入'，旋改为'满'，凡如是十许字，始定为'绿'"①。或曰"吟安一个字，捻断数茎须"（卢延让），就是同自己商略语言。"没有最好，只有更好"这句话并不适合炼字，炼字是相信有一个字最到位。到、过、入、满等字之所以"不好"，就是因为没到位，一个"绿"字才成铁板钉钉，不可动摇。

各民族作家，对于本民族语言无不持敬畏态度，俄罗斯作家尤其如此。高尔基说，文学的第一个要素是语言，俄国民间有一个最聪明的谜语确定了语言（词儿）的意义——"不是蜜，能黏住一切"。又说，语言是一切事物和思想的衣裳，必须运用明确的语言和精选

---

① 洪迈《容斋续笔》卷八。

的字眼。①

汪曾祺讲得也妙——"有人说这篇小说不错，就是语言差点，这话是不能成立的。就好像说这幅画画得不错，就是色彩和线条差一点；这个曲还可以，就是旋律和节奏差一点这种话不能成立一样。语言不好，这个小说肯定不好"。又说，"一般说语言是表现的工具或者手段。不止于此，语言就是内容——写小说就是写语言"②。汪曾祺说着小说，却爱举诗中的例子——某试子试后作绝句，第三句为"日长奏罢长杨赋"，王安石移了两字，变成"日长奏赋长杨罢"，且说："诗家语必此等乃健。"③ 王安石所谓的"健"，相当于今人所谓"张力"。

准此，如果有人说这首诗的意境不错，就是语言差点，也是不能成立的。语言不好，意境怎么好得起来！——写诗就是写语言。

语汇丰富与否，永远是衡量创作水准的重要尺度。研究莎士比亚得有《莎士比亚词典》，研究《世说新语》得有《〈世说新语〉辞典》，研究唐诗得有《全唐诗大辞典》，是顺理成章的事。杨沫《青春之歌》出版时，老作家茅盾作评论，讲了许多优点，说到缺点，只有一句——语汇不够丰富。

而大作家的语汇必须是丰富的，前人谓之"腹笥甚广"。要准确表达一个意思，有时只有一个名词，只有一个动词，只有一个副词，只有一个形容词，如此等等。在你的腹笥中，永不要缺少那一个词。

这已是老生常谈了。

---

① 高尔基. 和青年作家谈话［A］. 论写作［C］. 北京：人民文学出版社，1955：3.

② 汪曾祺. 晚翠文谈新编［M］. 北京：生活·读书·新知三联书店，2002：43.

③ 魏庆之. 诗人玉屑［M］. 上海：上海古籍出版社，1978：143.

三　无一字无来处

文学语言可以是口语化的，但绝不是口语。文学语言与口语的不同之处，在于它的精练。诗歌尤其如此。"自作语最难。老杜作诗，退之作文，无一字无来处。"（黄庭坚）这段话过去被误解得很厉害，好像是要诗语全部来自书本似的——其实他开头就说了有"自作语"，只不过"最难"。

"无一字无来处"是个过情的、极端的说法。恩格斯说，任何新的学说，必须从已有的思想材料出发。而一切新的作品，也必须从已有的语言材料出发。语汇的积累是个吐故纳新的过程，大体吸纳比淘汰的速度更快，因而，后人诗词的语汇大量还是前人积累起来的语言材料。诗人习惯运用前人用过的语汇，在中外诗歌中都很常见——这才是"无一字无来处"的本意。

在英语诗歌中，这甚至是诗与散文的一大区别。如散文用"peasant"（农夫），在诗则用"swain"（乡下情郎）；散文用"wife"（妻），在诗则用"spouse"（配偶）；散文用"lonely"（寂寞的），在诗则用"lone"；散文用"unlucky"（不幸的），在诗却用"hapless"；散文用"foolish"（愚蠢的），在诗却用"fond"；散文用"said"（说），在诗却用"quoth"，等等，这些同义词，在诗文中语感不一样。

前举宛老《病中杂咏》中以"沧江"称长江，以"昼永"写日长，以"朱颜"指少年；拙诗《江淮行》中，以"驭气"写坐飞机，以"濯锦城"指成都，以"青天碧海"指夜空，都是语出有因的。用这样的语汇，没有别的原因，只是因为它们与诗词的文体相匹配。

语汇有来历，通过联想，可丰富诗句的含义。"落花时节读华章"（毛泽东），看字面，"落花时节"就是花朵凋零飘落的时候。知道它来自杜甫《江南逢李龟年》的"落花时节又逢君"，就能体会到诗句还包含久别重逢的意思。

"关山月"这个语汇出自乐府旧题，边塞诗中多用，如"关山三五月，客子忆秦川"（徐陵）、"关山万里不可越，谁能坐对芳菲月"（卢思道）、"秦时明月汉时关，万里长征人未还"（王昌龄）、"陇头明月夜临关，陇上行人夜吹笛"（王维）。《乐府解题》云："关山月，伤离别也。"——这个月、这个关、这个山，从秦汉一直到唐代，其中积累了多少人们的生活史，"且不说一首完整的诗，就仅仅关、山、月三个字连在一起，就会产生相当形象的联想"（林庚）。

　　台城六代竞豪华，结绮临春事最奢。
　　万户千门成野草，只缘一曲后庭花。（刘禹锡《台城》）

"台城"是六朝故都建业的旧址，这首诗也用到"万户千门"一词，"结绮""临春"（省去一个"望仙"）是陈宫楼阁名，"后庭花"是陈宫艳曲，知道了这些语汇的来历，才能充分体会句中对世事沧桑、朝代兴亡的感喟。

周作人《唐诗易解》一文说，有些唐诗字面平易，意思却不好懂，因为某些语汇在沿用过程中，会积淀下特定的、字面以外的含义。运用这种语汇，会形成某种现成思路。

"浮云"一词出自汉诗"仰视浮云驰，奄忽互相逾。风波一失所，各在天一隅"（苏李诗），游子诗中多用，含有漂泊无依之意。如"浮云游子意，落日故人情"（李白）、"浮云终日行，游子久不至"（杜甫）、"浮云一别后，流水十年间"（韦应物）。

"见秋风"一词出《晋书·张翰传》"因见秋风起，乃思吴中菰

195

菜、莼羹、鲈鱼脍，曰，人生贵得适志，何能羁宦数千里以要名爵乎"。倦宦诗中多用，含有思归之意。如"洛阳城里见秋风，欲作家书意万重"（张籍）、"行人无限秋风思，隔水青山似故乡"（戴叔伦）、"夜半见月多秋思，自起开笼放白鹇"（雍陶）。

如此等等。

有一本《鸟与文学》（贾祖璋著）的小册子，专谈诗词中各种鸟类所包含的特定含义，极有意思。"绿树听鹈鴂。更那堪、鹧鸪声住，杜鹃声切"（辛弃疾），几句就提到三种鸟名，一是鹈鴂，来历是《离骚》"恐鹈鴂之先鸣兮，使夫百草为之不芳"成句，明寓时机蹉跎，众芳衰歇意。二是鹧鸪，文献说这种鸟"多对啼，志常南向，不思北徂"（《埤雅》），鸣声或说是"行不得也哥哥"，或说是"但南不北"（《北户录》引《广志》）。三是杜鹃，传说为蜀国望帝失国后魂魄所化，"夜鸣达旦，血渍草木，凡鸣皆北向也"（《禽经》）。鸣声为"不如归去"。词人用三种鸟及其鸣声，抒写中原沦丧及靖康之耻，达到了含蓄的效果，丰富了词句的含义。

诗词语汇主要有两种，一是经过提炼的口语，一是书语。口语是直说，书语是用典。"有时两两密合，假如当作直说看，那简直接近白话；假如当作用典看，那又大半都是典故，所谓无一字无来历。"（俞平伯）如"山长不见秋城色，日暮蒹葭空水云"（王昌龄）、"水国蒹葭夜有霜，月寒山色共苍苍"（薛涛），都像是直说，然而其来历都是《秦风·蒹葭》，都含有"所谓伊人，在水一方"的意思。

某些常用的诗词语汇，会成为一个现成思路。明白这个道理，读诗就可以求得甚解。当然，今人作诗，应尽可能避免前人的现成思路——如不必以"折杨柳"咏离别、不必以"萋萋芳草"咏怀人，等等，以免陈陈相因。但书语的运用却是必不可少的，前人的语言方法是应该学习和借鉴的。

毛泽东和柳亚子1950年国庆观剧之作《浣溪沙》"一唱雄鸡天下白"，出自李贺《致酒行》"雄鸡一声天下白"，将古句变成律句，而且赋予它全新的意义。鲁迅《自嘲》"俯首甘为孺子牛"，出自《左传》齐景公故事及清人钱季重《柱帖》"饭饱甘为孺子牛"①，也很独到，令人耳目一新。

书语可以是不自觉的运用，平素沉浸秾郁、含英咀华，兴会到时，"笔端驱使李商隐、温庭筠奔命不暇"（贺铸）——"读书破万卷，下笔如有神"（杜甫），说的是一样道理。书语用得好，是读书受用，读书得间，有所发现，有所发明的结果，而不可能是临时抱佛脚的摭拾。有一个普遍的误会，认为陶渊明、李白那样的诗人，在语言上纯然"清水出芙蓉，天然去雕饰"，而不了解他们在读书上花的工夫。

前人说得好，"读太白乐府有三难：不先明古题辞义源委，不知夺换所自；不参按白身世遭遇之概，不知其因事傅题、借题抒情之本指；不读尽古人书，精熟离骚、选赋及历代诸家诗集，无繇得其所伐之材与巧铸灵运之作略。今人第谓太白天才，不知其留意乐府，自有如许功力在，非草草任笔性悬合者"②。

因此，"凡作诗平居须收拾诗材以备用，退之作《范阳卢殷墓铭》云：'于书无所不读，然正用资以为诗'，《诗疏》不可不阅，诗材最多，其载谚语如'络纬鸣，懒妇惊'之类，尤宜入诗用。《乐府诗题》须熟读，大有诗材"③。

---

① 洪亮吉《北江诗话》卷一。
② 胡震亨《唐音癸签》卷八引逋叟。
③ 胡仔. 苕溪渔隐丛话前集［M］. 北京：人民文学出版社，1980：238.

棠梨树下鸟呼风，桃李溪边白复红。

一百里间香似海，孤城掩映万花中。（谭嗣同《邠州》）

诗人兴致佳，好句联翩而至，首句写鸟在棠梨枝头啼叫，"鸟呼风"三字从杜诗（龙媒去尽鸟呼风）来，三句"一百里间香似海"从陆游诗（二十里中香不断）来，令人不觉，作者亦不必自觉。曩读《聊斋志异·黄英》，爱其"贩花为业不为俗"一语，后于教师节作诗突然想到，派上用场，易"贩花"为"艺花"，改一字而已。

书语使诗词显得雅致（因为有文化内涵）——而雅致对诗词来说，乃是一种富于文体特征的美感。

　　七雄雄雌犹未分，攻城杀将日纷纷。秦兵益围邯郸急，魏王不救平原君。公子为嬴停驷马，执辔愈恭意愈下。亥为屠肆鼓刀人，嬴乃夷门抱关者。非但慷慨献奇谋，意气兼将生命酬。向风刎颈送公子，七十老翁何所求！（王维《夷门歌》）

这是一首布衣之士的颂歌，取材于《史记·魏公子列传》即信陵君窃符救赵的历史故事，重点刻画夷门侠士侯嬴，并无藻绘。但几处运语即出自传文——"公子执辔愈恭"在诗中被拆用，文中"嬴乃夷门抱关者也""臣乃市井鼓刀屠者"在诗中被作对句："亥为屠肆鼓刀人，嬴乃夷门抱关者"——"点化二豪之语，对仗天成"（赵殿成），唱名的方式，使人物情态活现。结尾又用《后汉书》杨乔语"侯生为意气刎颈"、《晋书·段灼传》语"七十老公复何所求哉！"皆有典有据有味。

　　杯汝来前！老子今朝，点检形骸。甚长年抱渴，咽如焦釜；

于今喜睡，气似奔雷。汝说刘伶，古今达者，醉后何妨死便埋。浑如此，叹汝于知己，真少恩哉！　更凭歌舞为媒，算合作人间鸩毒猜。况怨无大小，生于所爱；物无美恶，过则为灾。与汝成言，勿留亟退，吾力犹能肆汝杯。杯再拜道，麾之即去，招则须来。（辛弃疾《沁园春·将止酒戒酒杯使勿近》）

辛弃疾是运用书语的好手，他博闻强记，大量运用包括《论语》《孟子》《左传》《庄子》《史记》《汉书》《世说新语》《文选》等散文著作的语言材料，无斧凿痕迹，故笔力健拔。这首词中"点检形骸"出韩愈《赠刘师服》（谁能检点形骸外），"醉后何妨死便埋"出《晋书·刘伶传》（死便埋我），"真少恩哉！"出韩愈《毛颖传》（秦真少恩哉），"吾力犹能肆汝杯"出《论语·宪问》（吾力犹能肆诸市朝），"麾之即去，招则须来"出《史记·汲黯传》（招之不来，麾之不去），均能活用，其语言诙谐风趣，带有浓厚散文色彩，无怪前人称其为词中之《毛颖传》。

书语最忌堆垛，前人讥为"獭祭"（或称"掉书袋"）。贵乎信手拈来，为我所用，惬心贵当，自然入妙。今人诗云：

中华自古擅风流，岂让欧洲更美洲？
碧海青天凭寄语，嫦娥灵药不宜偷。（陶先淮《赠何诗嫦赴美留学》）

劝人学成归国，后二句语出李商隐诗，用得很活。又以"嫦娥"切对方名字，尤臻语妙。

四　装点字面

刘宋以来的新体诗运动改变了汉语古朴的面貌，其特点是声色大开，即有意识地追求好听和好看。在传统诗词有一种专为好听和好看而造的语汇，或称之华丽辞藻，或称之装点字面。

李敖大陆行在复旦大学演讲时曾说："当我们说这是女孩子，这是老头子，这不是最好的中文，当我们说这是红颜，这是白发，这才是最好的中文。"这段话其实很成问题，因为语汇的好不好，不能脱离语境来判断。比如说一位父亲对人讲家里有几个女孩子，就只能讲女孩子，而不能用"红颜"来代替；他自称老头子，就只能说老头子，而不能说"白发"。"红颜今日虽欺我，白发他年不放君"（白居易），"红颜""白发"放在诗词中就很好听很好看，这就是辞藻，或装点字面。李敖讲的实际上就是这个东西。

> 金井梧桐秋叶黄，珠帘不卷夜来霜。（王昌龄）
> 奉帚平明金殿开，且将团扇共徘徊。（同上）
> 更吹羌笛关山月，无那金闺万里愁。（同上）
> 人生得意须尽欢，莫使金樽空对月。（李白）

"金井"不就是井吗、"珠帘"不就是帘吗、"金殿"不就是宫殿吗、"金闺"不就是闺中（妻子）吗、"金樽"不就是酒器吗，干吗往词汇上贴"金"呢？前三例是为了显示后宫、宫中的华丽，后两例则完全是为了好看。三唐诗人都不讨厌金玉锦绣的字面，李贺诗、李商隐诗、温庭筠词尤其如此。

琉璃钟，琥珀浓，小槽酒滴真珠红。烹龙炮凤玉脂泣，罗帏绣幕围香风。吹龙笛，击鼍鼓；皓齿歌，细腰舞。况是青春日将暮，桃花乱落如红雨。劝君终日酩酊醉，酒不到刘伶坟上土！（李贺《将进酒》）

水精帘里颇黎枕，暖香惹梦鸳鸯锦。江上柳如烟，雁飞残月天。　藕丝秋色浅，人胜参差剪。双鬓隔香红，玉钗头上风。

（温庭筠《菩萨蛮》）

李贺写的是对生之眷念和对幻灭的伤感，温庭筠写的是男女离情别绪，那些色彩那些声音那些物象，在你还没有弄明白诗意之前，就已经为他的语言陶醉了。"你永远诧异于我国语言的珍贵：每一个声音都是一件馈赠；都是大粒珍珠，真的，有的名称比东西本身还要珍贵。"（果戈理）这话就好像对你我说的一样。

有些辞藻包含典故，即有来历，宋人沈义父《乐府指迷》说："炼句下语，最是要紧。如说桃，不可直说破桃，须用'红雨''刘郎'等字；说柳，不可直说破柳，须用'章台''灞岸'等字。又用事，如曰'银钩空满'，便是书字了，不必更说书字。'玉箸双垂'，便是泪了，不必更说泪。如'绿云缭绕'，隐然鬌发。'困便湘竹'，分明是簟。"

还有以"金波"代月亮，以"银海"代雪景，以"芙蓉"代羽帐，以"玉箸"代眼泪，以"菱花"代铜镜，等等。周汝昌在《〈宋百家词选注〉序》讲过一段话，大意是，咏梅的"红萼"，"萼"不必是植物学上定义的部分，而是因为平仄缘故，以"萼"代"花"。"庭莎"，不必是莎草，也是因为平仄的缘故，以"莎"代"草"。同理，由于"地"是仄声，所以有时必须考虑运用平声字，平川、平

201

沙，其实就是说平地而已。这种借代，本来是音律所致，然一经改换，马上会生出新的色彩和意味来。王国维说好的词都是不隔的，这道理基本上对，但不可执一论百。周邦彦以"桂华流瓦"写元宵，以桂花代月似隔，然而，"桂"字能引起"广寒桂树"的美丽想象，"华"字能引起"月华"的境界联想，等等。

号称唐诗压卷之作的《春江花月夜》有两句"鸿雁长飞光不度，鱼龙潜跃水成文"，诗句很美，意思却很朦胧，其实，它所表达的意念只是没法传递书信而已。古代传说中，鱼雁均能传书，而那个"龙"字，完全是由鱼带出的装点字面。王实甫《西厢记》二本一折《混江龙》"香消了六朝金粉，清减了三楚精神"，不过是说金粉香消，精神清减。"六朝""三楚"，亦不过装点字面，好看而已，没有实际意义。

辞藻、装点字面，确实能产生美感。但是，再好的语汇，用的人多了也会感觉迟钝。康·巴乌斯托夫斯基说，诗歌具有一种惊人的特质，它能使一个字恢复它那原始的处女般的清新。一个损坏得最厉害、说俗了的词，即使对我们丧尽了形象性，一经放到诗歌里，便会和所有其他的词和谐地响起来，发出光彩、声音和芳香来。[1] 陌生化——古人谓之求生，永远是激活语汇的有效手段。"玉屑""冰姿"这样华丽的辞藻，一旦和冻菜发生关系——"千朵锄刨飞玉屑，一兜手捧吻冰姿"（聂绀弩），便觉熠熠生辉，即是一例。

再好的辞藻，也不能堆砌。用得适当，就是万绿丛中红一点。用得不适当，就成浓朱衍丹唇、狼藉画眉阔，还不如粗服乱头不掩国色，还不如一洗绮罗香泽之态。而粗服乱头、一洗绮罗香泽之态，纯乎白描，也是一种美——本色的美。

---

① 康·巴乌斯托夫斯基. 金蔷薇 [M]. 上海：上海译文出版社，1980：232.

多少恨，昨夜梦魂中。还似旧时游上苑，车如流水马如龙。花月正春风。（李煜《望江南》）

寻寻觅觅，冷冷清清，凄凄惨惨戚戚。乍暖还寒时候，最难将息。三杯两盏淡酒，怎敌他，晚来风急！雁过也，正伤心，却是旧时相识。　满地黄花堆积，憔悴损，如今有谁堪摘？守着窗儿，独自怎生得黑！梧桐更兼细雨，到黄昏，点点滴滴。这次第，怎一个愁字了得！（李清照《声声慢》）

五　自作语难吗

黄庭坚说，自作语最难。自作语难吗？

说难也难。钟振振说："现代社会日新月异，前进的节奏实在太快，新事物、新思维、新观念层出不穷，新名词、新概念、新语汇批量涌现。不分青红皂白，一股脑儿往诗词里搬，与诗词中旧有的传统语汇搅和在一块，这样'整'出来的作品，不古不今，亦土亦洋，就像唐明皇与杨贵妃跳'迪斯科'，克林顿和莱温斯基唱'二人转'，让人怎么看了怎么别扭。不是说绝对不可以用，而是说对此类新语汇的使用要慎之又慎……在使用新语汇时，要特别注意与传统语汇的磨合，力争做到水乳交融，相得益彰；千万不能冰炭同器，两败俱伤。"[1] 因此，他主张尽可能用传统语汇来表达当下内容，喻之为以"常规武器"打"现代战争"。

可是，"常规武器"又不等于冷兵器，也包含着现代武器。唐明

---

① 钟振振. 用"常规武器"打"现代战争"[J]. 文史知识，2007年，11.

皇与杨贵妃跳迪斯科固然不伦不类，要是新编歌剧《长恨歌》呢，则又当别论了。诗词新变，不但应体现在艺术构思，也应体现在语言上。而诗词语言的创新，就有赖于自作语的支撑。

自作语难吗？说不难也不难。钟嵘说："至于咏吟情性，亦何贵于用事？'思君如流水'（徐干），即是即目；'高台多悲风'（曹植），亦惟所见；'清晨登陇首'（张华），羌无故实；'明月照积雪'（谢灵运），讵出经史？观古今胜语，多非补假，皆由直寻。"①"直寻"语，就是自作语。

既曰"直寻"，可见仍有来处，只不过来处不是书本而已，只不过来自日常生活而已。自作语常常表现为对口语美的一种发现——"说盟说誓，说情说意，动便春愁满纸。多应念得脱空经，是那个先生教底？"（蜀妓《鹊桥仙》）"难道天公，还钳恨口，不许长吁一两声？"（郑板桥《沁园春》）为什么这些诗语至今仍有语言感应力呢？不正是因其"多非补假，皆由直寻"，对口语美有所发现么！

领略音乐之美，有赖于音乐的耳。领略口语之美，有赖于语言感受的能力。语感是一种极其微妙，类乎神情的东西，可意会而不可言传。苏东坡听夫人谈春月，大喜道"此真诗家语也"。袁枚《随园诗话》说"叫船船不应，水应两三声"，人称天籁。又说，有一个小贩，不甚识字而强学词曲，其哭母词道："叫一声，哭一声，儿的声音娘惯听，如何娘不应？"闻者动色。领会之妙，存乎一心。对语感反应生而敏锐的人，人们则称其有语言天赋。对于更多的人来说，语言感受的能力，主要靠后天的琢磨（包括阅读）。

一夜天涯动客思，嘉陵江月照空池。

想来兄弟应忘我，我亦三年未梦之。（杜斌《在外打工偶感》）

---

① 钟嵘. 诗品注 [M]. 北京：人民文学出版社，1961：4.

题目是现代的，三句虽为王维"遥知兄弟登高处"之转语，却颠转从相忘的角度说，其语自作，与王维诗"遥知兄弟登高处，遍插茱萸少一人"，在语感上拉开了距离，便令人耳目一新。

刘熙载说："常语易，奇语难，此诗之初关也；奇语易，常语难，此诗之重关也。香山用常得奇，此境良非易到。"① 张献忠大西政权瓦解后，一支残部逃向青城后山，火烧泰安寺，白云万佛洞无名和尚闻讯将逃，留诗洞壁云：

> 忙忙收拾破袈裟，整顿行装日已斜。
>
> 袖拂白云出洞府，肩挑明月过山崖。
>
> 可怜枝上新啼鸟，难舍篱边旧种花。
>
> 吩咐犬猫随我去，不须流落俗人家。

流沙河说："这也算是诗吗，典故都不用一个？这不是那些陈腔滥调的诗，也不是那些典故搪塞的诗，更不是那些东拼西凑的诗。这是一首说迫切事、写眼前景、抒心中忧的自然感人之作。……这样的好诗，不必用笔记，只三诵便可终身不忘了。"② 一个典故不用，即其语自作，也令人耳目一新。

同乡作家王甜博客留言照录："张爱玲写上海人，也用市井人物的原话，甚至是没有'翻译'过来的上海土话，可是你觉得她把至俗写到大雅的地步。四川话，更明确一点是渠县话，在我个人的观念里是只宜存在民间而上不得书面的，所以我一直不敢用乡音作文。

---

① 刘熙载. 艺概 [M]. 上海：上海古籍出版社，1978：65.

② 流沙河. 两个无名和尚 [A]. 流沙河近作 [C]. 合肥：安徽教育出版社，2006：120.

但你有一种言语上的潇洒气派，在两种境界里来去自如。一方面作品在总的风格上倾向于文白相间的雅致，另一方面，方言俗语的运用如'打马马肩'、'（吃虱子也要）乜个脚脚'之类又使语言生动鲜活到可亲的地步。难能可贵的融合。"

"有一种语言上的潇洒气派，在两种境界里来去自如"，实不敢当。但这话倒让人想起另外一些作品。

空肠得酒芒角出，肝肺槎牙生竹石。森然欲作不可回，吐向君家雪色壁。平生好诗仍好画，书墙涴壁长遭骂。不嗔不骂喜有余，世间谁复如君者。一双铜剑秋水光，两首新诗争剑铓。剑在床头诗在手，不知谁作蛟龙吼！（苏轼《郭祥正家醉画竹石壁上，郭作诗为谢，且遗古铜剑》）

采用方言（芒角、槎牙），杂取书语（秋水光、蛟龙吼）。诗要写活蹦乱跳，鱼最怕奄奄一息。这首诗就活蹦乱跳，姿态横生，是醉中画壁的感觉。其语言流畅，来自兴会的酣畅淋漓，最具阅读快感。这是潇洒，这是来去自如。

回想几年前，随李商隐年会与会诸君同往黟县屯溪，夜逛老街，在店中见一砚，镂空浮雕，作太白醉月图，标价四千元。我爱其刻琢之工，布局设色之巧，爱不释手，经过一番讨价还价，以四百余元成交。询其石材，产于吾蜀攀枝花。兴奋之余，便作了一首《太白醉月歙砚歌》。因途中听到张明非女士说"天下女人对珠宝没有不动心的"，诗中遂有"天下女人爱珠宝，我生恋石也成癖"之语。又因余恕诚老师对我讲起一事——有人购物前脚才踏出店门、店主就高兴得在店里跳舞，诗中遂有"交易既成店主舞，我亦归来矜所获"——好言语在书中，也在道听途说中。王甜"难能可贵的融合"

云云，是说我不论书语、口语，专拣好的用吧。

口语是活的语言，民间语言，草根语言。口语之美是朴素的、本色的、原生态、生气勃勃的。菜市上一个小贩问："这张票子找不找得烂？"一个家庭主妇对着嫌小的衣橱叹息："捡到银子没纸包！"一位母亲对一位懒得不想动弹的孩子抱怨："你就受在那里吧！"几兄弟把家产分光时说："树子砍了免得老鸹叫。"一个人得到发泄后说："吃颗胡椒顺口气。"一个一毛不拔的人被别人讥为："叫花子的米是有颗数的。"等等，在生活中听到这样的语言，应立刻掏出手机用短信记录下来——这是有滋味的语言。

诗词汲取新语，不仅古已有之，而且代代如此。元稹诗云："杜甫天材颇绝伦，每寻诗卷似情亲。怜渠直道当时语，不着心源傍古人。"什么是"直道当时语"？或释为"在诗中说了当时应该说的话"①，有增字解诗之嫌。"当时语"指语汇，非指内容。明人批评杜诗"不成语者多"②，举例为"无食无儿一妇人""举家闻若骇"等句。清人批评杜诗有俳优语如"家家养乌鬼，顿顿食黄鱼"、粗俗语如"仰面贪看鸟，回头错应人"、村朴语如"南村群童欺我老无力"四句、"娇儿恶卧踏里裂"，说此种"殊不可学"。③都是针对杜诗中的"当时语"即自作语而言的。

时光流逝，鉴赏不同，我们今天读这些用"当时语"写成的诗句，只觉亲切，只觉"每寻诗卷似情亲"，虽村朴有何不好！既是书写当下，怎能禁得住不使用"当时语"呢。我在诗中就曾使用过"失语""臭美""大款""签单""双规"等新名词、新语汇，为了表

---

① 羊春秋等．历代论诗绝句选 [M]．长沙：湖南人民出版社，1981：26．

② 王世贞《艺苑卮言》卷四。

③ 施补华《岘佣说诗》一九、一一九。

达得到位。

> 尝记樱花树底逢，雨苔轻覆旧游踪。欲知蝴蝶双栖处，须到蜻蜓复眼中。……（曾峥《鹧鸪天·W大学老图书馆——五月四日的叙事》）

这首词写约会处的僻静，却用了"蜻蜓复眼"的新名词，使约会者无所遁形。本是个冷冰冰的动物学名词，拈来诗中，何其妙也，有诚斋之风。新名词用于对仗，尤具落花流水之趣，令人可爱——"青眼高歌望吾子，红心大干管他妈"（聂绀弩）、"革新你饮拉罐水，守旧我喝盖碗茶"（流沙河）、"平日未栽皂角刺，此身忽变蜂窝煤"（黄宗壤）、"杨柳数行青涩，桃花一树绯闻"（曾少立）、"大款签单既得趣，小姐收入颇不俗"（欣托居），等等。

网络时代的新词层出不穷，良莠互见，不可照单全收。这里有一个分寸问题，运用之妙存乎一心，过犹不及（像广告语中双关的滥用即其显例），贵在恰到好处。至于维护母语的纯洁性，则是另一个话题，这里就不谈了。

六　因病致妍及其他

词汇最忌生造，诗与散文皆然。在本书开头，就讲生造词汇之弊。当然，诗人也可以创造一些，要做到生而不涩，运铸之妙存乎一心。李商隐《无题》："隔座送钩春酒暖，分曹射覆蜡灯红。"诗中的"蜡灯"，一般只说"蜡烛"，这里说成"蜡灯"是为了适合平仄，读者接收，并不觉得生涩。

还有一种情况，是为了押韵。"不善押韵的人，往往为韵所困，有时不免凑韵。善于押韵的人正相反，他能出奇制胜，不但韵用得很自然，而且因利乘便，就借这个韵脚来显示立意的清新。……李商隐《锦瑟》诗用了蓝田种玉的典故，如果直说种玉，句子该多么平庸呵。由于诗是先押韵的，他忽然悟出一个'玉生烟'来，不但韵脚问题解决了，不平凡的诗句也造成了。"[①] 黄巢《菊花》诗，劈头一句"待到秋来九月八"，就不寻常。明明重阳节是"九月九"，而这句又可以不押韵，就写成"九月九"也没关系。然而，为了定下一个入声韵，与"我花开后百花杀"的"杀""满城尽带黄金甲"的"甲"押韵，以造成一种斩截、激越、凌厉的声势，作者愣是将"九月九"写成"九月八"，不但韵脚解决了，不平凡的诗句也造成了。

这种情况犹如西子捧心，因病致妍。范成大《田园四时杂兴》"无力耕田聊种水，近来湖面亦收租"，"种水"实是"种菱"，是比照"种田"生造的词，它合于平仄，又很形象，读来很爽。戚继光《盘山绝顶》"但使雕戈销杀气，未妨白发老边才"，边塞诗称将士，一般只说边人，这个"边才"是押韵造就的，却极有新意——它兼有自负（相对于"边人"）与自嘲（相对于"全才"）的意味。

语汇的创新，是诗词创新的内容之一。李贺是一个突出代表——《雁门太守行》的"提携玉龙为君死"，以"玉龙"代"剑"——古有龙剑之说。《北中寒》的"百石强车上河水"，其实是"上河冰"，然而用"水"字代"冰"字，就创造出令人惊异的效果。这一类借代，绝不同于以往的熟套，而是避熟就生，自铸新词。《南园》的"长腰健妇偷攀摘"不说"细腰"，而说"长腰"，才见得是

---

① 王力. 略论语言形式美 [A]. 龙虫并雕斋文集 [C]. 北京：中华书局，1980：483.

农妇（健妇）。《秦王饮酒》的"羲和敲日玻璃声"，这"玻璃声"三字真是匪夷所思。凡此，皆为句中之眼。

为了追求表达的具体生动，同时为了方便配合声律，诗词的同义词较散文远为宽泛。"客舍并州已十霜，归心日夜忆咸阳"（刘皂），"世事一场大梦，人生几度新凉"（苏轼），"霜""凉"用作"年"的同义词，这是只见于诗词而不见于散文的。用"十霜"是为了押韵，但这个词所包含的辛苦遭逢意味，是"十年""十载"所没有的。本来是为了押韵，却丰富了诗词的意蕴，这就是因病致妍。

古人有很多描绘水和船的词汇，就拿船来说吧——"此地一为别，孤蓬万里征"（李白），"潮平两岸阔，风正一帆悬"（王湾），"唱桡欲过平阳戍，守吏相呼问姓名"（元结），"横塘双桨去如飞，何处豪家强载归"（吴伟业），等等，这里的"孤蓬""一帆""唱桡""双桨"，均为舟（船）的同义词。但每一个词给人的感觉都有微妙的差异——"孤蓬"使人体会到游子的心情，"一帆"使人感到顺风，"唱桡"使人如闻船工的号子，"双桨"使人如闻击水的声音。

什么语言是好的语言？在我看来，流畅的、富于张力的、有感觉的语言是好的语言。有一条经验值得注意，"假如作家写作的时候，看不见在语言的后面他所写的东西，那么不管作家选了怎样恰当的词，读者什么也看不见。但假如作家清清楚楚看到他所写的东西，那么最平常、有时甚至是陈腐的词，都能获得新颖的意义，而显著地影响着读者……显然这里也包含着弦外之音的秘密"①。关于前一种情况，鲁迅在《人生识字糊涂始》一文举例到，有一些形容词是从旧书上抄来的，作者向来没有弄明白，假如有精细的读者问："您老的文章里，说过这山是'崚嶒'的，那山是'巉岩'的，那究

---

① 康·巴乌斯托夫斯基. 金蔷薇 [M]. 上海：上海译文出版社，1980：91.

竟是怎么一副样子呀？您不会画画儿也不要紧，就勾出一点轮廓来给我看看罢。……"这时作者就会腋下出汗，恨无地洞可钻，因为他自己也不知道"峻嶒"和"巉岩"究竟是什么样子。这种语言，就是没有感觉的语言。

要之，只有作者自己有感觉的语言，才能将感觉传达到读者，才能成为富有感觉的语言。古代诗人在选择"孤蓬""一帆""唱桡""双桨"一类词的时候，同时也是在选择感觉，他们是清清楚楚看到了词语背后的东西的。然而，时移世易，古人很有感觉的词语，今人不一定同样有。所以在书面语言沿用上，必须遵循"察今"的原则。对传统诗词习用的语言必须重新审视，择其常新者而用之，其过时者而舍之。诗人曾少立说，"湘帘"一类字眼，他一般不用的，因为"帘"在现代虽然还存在，但"帘幕无重数"的情景已不存在，不再具备足够的审美意义；"湘"字是一个浮字、废字、"雅"字，与帘的产地和材质无关；而在诗词中，任何帘都可以说成"湘帘"。这样的字，并不能给人画面感。又如"登楼"，如今楼顶不容易上去，与思乡怀人已扯不到一起；"貂裘"，太贵了点，况且动物保护组织会说三道四；"击唾壶"，有点不讲卫生，唾壶也早已更新换代了，等等。他主张扬弃这类道具化、符号化的陈旧语汇，代之以更加感性的语汇。这个意见值得重视。

附带谈谈语辞。

汉字最初刻在甲骨上，工具材料不方便，务求简净，这使文与言一开始就走上分离的道儿。诗歌一旦脱离口头创作，其语言也日趋书面化。然而，由于传神写照的需要，或诗人一时兴之所至，仍有不少口头语言被采用于笔端。由于"古今言殊，四方谈异"[①]，读

---

① 王充《论衡》。

者望文生义，容易导致隔膜和产生误解。这类语汇，张相称其为诗词曲语辞。

"姊妹弟兄皆列土，可怜光彩生门户"（白居易）的"可怜"，意为可喜、可爱，与现代汉语中的"可怜"不是一个意思。"昼号夜哭兼幽显，早晚星关雪涕收"（李商隐）的"早晚"，意为何时，与现代汉语中的"早晚"也不是一个意思。"泥盆浅小讵成池，夜半青蛙圣得知"（韩愈），"圣得知"即先知，现代汉语似无对应语。

与文言常用词比较，语辞的运用显得更为灵活，如"谁家"，张相说，犹如今日苏杭语之啥个，亦犹云什么也。杜甫《少年行》："马上谁家白面郎，临阶下马坐人床。不通姓字粗豪甚，指点银瓶索酒尝。"此"谁家"字语气激切，乃是訾辞，犹今人说"什么东西"，若解为某家郎或某家孺子，语气未免不合。《牡丹亭·惊梦》："良辰美景奈何天，赏心乐事谁家院！"此"谁家"语气沉重，乃是悲语。"谁家院"犹说"什么院落"，意言尚成什么院落也，故与"奈何天"相对，若解为某一家之院，则迂缓而不切实际。

这类语辞大量散见于唐诗宋词尤其元曲之中，前人注诗重在典实，不多涉及。《西厢记》各注本，始重方言，然尚非专书。近人张相有意汇集解说，积十余年心力，成《诗词曲语辞汇释》一书，为读者索解提供了方便。他所下功夫，是将诗词曲相同语辞，加以汇集，综合各证，运用"体会声韵""辨认字形""玩绎章法""揣摩情节""比照意义"等训诂方法，予以释义，一义不足概括时，则设别义，多义。这是一部材料翔实，持说严谨，价值很高的工具书，足资参考。

七　作诗原是读书人

诗词写作难过的一关，并非声律、骈偶。声律、骈偶问题通过短期学习，借助工具书就可以解决。诗词写作难过的一关，还是诗词语汇问题。诗词语汇含有丰富的意象和意蕴。这些意象、意蕴，不是从辞书上翻检得到的，全靠平时阅读、会心、储存。

近人李叔同歌词《送别》："长亭外，古道边，芳草碧连天；晚风拂柳笛声残，夕阳山外山……"并没有写到具体的人和事，长亭、古道、芳草、杨柳、笛声、夕阳、山外山……一溜一溜的全是与离别相关的诗词语汇，无不勾起读者对于离别情事的联想，从而引起共鸣。一些新诗人如戴望舒、徐志摩等，在新诗中融入古典诗词的意象、意蕴；一些流行歌曲如《涛声依旧》，运用古典诗词的语汇、意蕴，都取得不同程度的成功，都可见作者平时的学养。

新诗、流行歌曲尚且如此，诗词作者更须多读书、多储语。昔人称饱学者"腹笥甚广"，老百姓说"肚子里墨水多"，那意思都是：谁读书多，谁有词儿，谁的语言能力就强。一般说来，写小说、写新诗应少用成语，传统诗词则不然。明人王骥德说：

> 词曲虽小道，然非多读书，以博其见闻，发其旨趣，终非大雅。须自《国风》《离骚》古乐府及汉魏三唐诸诗，下迨《花间》《草堂》诸词，金元杂剧诸曲，又至古今诸部类书，俱博蒐精采，蓄之胸中，于抽毫时，摄取其神情标韵，写之律吕，令声乐自肥肠满脑中流出，自然纵横该洽，与剿袭口耳者不同。……至于卖弄学问，堆垛陈腐，以吓三家村人，又是种种

恶道。古云："作诗原是读书人，不用书中一个字。"吾于词曲亦云。①

　　这段话虽然是针对词曲的，但适用于整个传统诗词。"令声乐自肥肠满脑中流出"三句以上讲读书受用——腹笥广者，肚子里墨水多，兴会一到，平素积累的语汇便会活跃起来，奔辏而至，为我所用，"百家稗官，都作雅音，马渤牛溲，咸成郁致"（王世懋）。以下，讲了另一方面，不能为卖弄而堆砌书语。"作诗原是读书人，不用书中一个字"看似一句大话，实际上是标榜语言创新，妙哉斯言！

　　① 王骥德. 曲律［A］. 中国古典戏曲论著集成［C］. 北京：中国戏剧出版社，1959：121.

第七谈　词别是一家

（词体）

要了解词的特殊艺术形式，简略地说来，该从每个调子的声韵组织上去加以分析，该从每个句子的平仄四声和整体的平仄四声的配合上去加以分析，是该从长短参差的句法和轻重疏密的韵位上去加以分析。……掌握某一个调子的不同节奏，巧妙地结合作者所要表达的各种喜怒哀乐的不同情感，这样，就能够填出感染力异常强烈的好词。古人填词，特别重视选调、选韵，它的一些关键是要善于掌握的。（龙榆生《谈谈词的艺术特征》）

一　词别是一家

鲁迅说："诗歌虽有眼看的和嘴唱的两种，究以后一种为好。"①艾青同意"歌是比诗更属于听觉的"，却不认为歌更好——"诗比歌容量更大，也更深沉。"② 这两种看法各有道理，这里不予讨论。

词又称曲子词、曲子、乐府、乐章、新乐府、近体乐府、寓声乐府，等等，质言之即歌词。词与音乐（燕乐）密切相关。词在体制上留下了许多音乐的标记——（1）词牌，又称词调。（2）片或遍，是乐曲分段，一段的词称单调，两段的词称双调，三段的词称三叠，等等，双调词的两段称为上片、下片。（3）阕，一支全整的乐曲称为一阕，双调词的两段又称前阕、后阕，或上半阕、下半阕。（4）词牌命名令、引、近、慢，皆为曲调概念。

今之歌曲作者大都通晓音乐，或词曲同时创作，或依词谱曲，曲名即词题（如《小草》《乡恋》等）。别人写的歌曲，是不能随便拿来填词的，除非恶搞。古代像姜夔那样能自度曲的文人不多，又无版权观念，凡流行曲调都可以拿来填词，曲名与词题不是一回事。因此，词体又称填词、倚声、倚声填词。此外，词又称长短句。

词"别是一家"，是李清照首倡的命题。主要表现在，（1）词是

---

①　吴奔星辑. 鲁迅诗话 ［M］. 天津：天津人民出版社，1981：79.
②　艾青. 诗论 ［M］. 北京：人民文学出版社，1983：191.

歌词，是"嘴唱的"，而诗是"眼看的"①。（2）诗的律句（除尾字外）是两平两仄相间，而以逢双的字为板眼，以联为单位隔句押韵，句尾字（亦为板眼）平仄相间，"这样的安排，是只有'和谐'而不会发生'拗怒'"（龙榆生）②。而词句为了配合音乐，最终大大突破了这些定律。

不过，词"别是一家"是北宋末、慢词时代的观念。在唐五代，词与诗犹是一家。

唐五代是小令的时代，现存令词大多产生于这个时代。令词所配合的，是隋唐以来新兴的曲子。最初，乐工多用五、七言近体诗或摘取长篇歌行（如李峤《汾阴行》）中的一段作歌词。《清平调》《欸乃曲》《杨柳枝》《竹枝词》《浪淘沙》等，均为七绝体。《渔歌子》《潇湘神》《捣练子》等，均由七绝减去一字而成。《鹧鸪天》由一首七律破第五句的七言为两个三言偶句，添一韵而成。《采莲子》是在七绝的每句后加两言泛声而成。《玉楼春》为仄韵七律。《瑞鹧鸪》则等于一首七律，如此等等。令词在声律上与近体诗相近，作品或收入《全唐诗》，哪得"别是一家"！

宋词中作品存数居第一的《浣溪沙》，上片、下片均由七言律句组成，亦合黏对规律，只是每片结一个奇句，不同于近体诗。

一曲新词酒一杯，去年天气旧亭台，夕阳西下几时回？

无可奈何花落去，似曾相识燕归来，小园香径独徘徊。（晏殊《浣溪沙》）

---

① 按，汪曾祺有个观点，大意是，汉字非拼音文字，同音字又非常多，宜看不宜诵——"我是不太赞成电台朗诵诗和小说的，尤其是配了乐。我觉得这常常限制了甚至损伤了原作的意境。听这种朗诵总觉得是隔着袜子挠痒痒，很不过瘾，不若直接看书痛快。"（《晚翠文谈新编·揉面》）

② 将与"拗怒""和婉"对举，语出王国维《清真先生遗事》："读其词者，犹觉拗怒之中，自饶和婉。"

218

仄仄平平仄仄平，平平仄仄仄平平，平平仄仄仄平平。 仄仄平平平仄仄，平平仄仄仄平平，平平仄仄仄平平。

柳永《乐章集》是词史上的一个里程碑，由于慢词大量创制，解散了近体诗的整齐形式，以求完全配合新兴曲调，不但五、七言出现上一下四、上三下四等句法，同时大量采用了骈体的四、六言句，并频繁出现与近体诗无关的散文式、口语式长句，词才真正"别是一家"——即从诗的大家庭中分离出来了。

李清照批评苏轼"学际天人，作为小歌词，直如酌蠡水于大海，然皆句读不葺之诗尔，又往往不协音律"，批评王安石、曾巩"文章似西汉，若作一小歌词，则人必绝倒，不可读也"①。意思是——这些古文家的词眼看还可以，嘴唱却不行。

"有唐已降，率土之滨，家家之香径春风，宁寻越艳；处处之红楼夜月，自锁嫦娥。""则有绮筵公子，绣幌佳人，递叶叶之香笺，文抽丽锦；举纤纤之玉指，拍按香檀。不无清绝之词，用助娇娆之态。"② 词既是为歌女写的，交付给歌女唱的，从内容到表达的女性化，便成为一种自然的倾向。

> 玉炉香，红蜡泪，偏照画堂秋思。眉翠薄，鬓云残，夜长衾枕寒。 梧桐树，三更雨，不道离情正苦。一叶叶，一声声，空阶滴到明。（温庭筠《更漏子》）

---

① 李清照. 论词 [A]. 郭绍虞. 中国历代文论选二 [C]. 上海：上海古籍出版社，1979：350.

② 欧阳炯《〈花间集〉序》。

春山烟欲收，天淡稀星小。残月脸边明，别泪临清晓。语已多，情未了，回首犹重道：记得绿罗裙，处处怜芳草。（牛希济《生查子》）

永夜抛人何处去？绝来音。香阁掩，眉敛，月将沉，争忍不相寻？怨孤衾。换我心，为你心，始知相忆深。（顾夐《诉衷情》）

花间派（自温庭筠始）把词体创作引上了一条狭深的道路。所谓狭，是指内容而言——偏重于抒发人的内心情感，尤其是孤独女性的心境。所谓深，或称细密，乃是指艺术而言——"词境宛如蕉心，层层剥进，又层层翻出，谓之细；篇无赘句，句无赘字，格调词意相当相对，如天成然不加斧削，谓之密。"（俞平伯）有人以花间词为陋，吴世昌说："余谓《花间》不陋，陋人见之曰'陋'。若论词而以《花间》为陋，是数典骂祖。作词不宗《花间》，更何所宗？北宋词人，舍《花间》又何所据？"[1] 快哉斯言！

于是，词的语感较诗为哆——"燕燕轻盈，莺莺娇软"（吴文英）。王士禛曾举晏殊"无可奈何花落去，似曾相识燕归来"一联，认为这是典型的词句，"定非香奁诗"。其原因就在于这一联情致缠绵，音调谐婉，"的是倚声家语"（张宗橚）。

俞文豹《吹剑录》载："东坡在玉堂，有幕士善讴。因问，我词比柳词何如？对曰，柳郎中词，只合十七八女孩儿，执红牙拍板，唱'杨柳岸、晓风残月'。学士词，须关西大汉，执铁板，唱'大江东去'。"而在歌筵上，倚声填词，多是交给十七八女儿手执红牙板唱的，词的语言风格，自然就倒向了软性的一面。

---

① 吴世昌. 词学新论［M］. 北京：北京出版社，1988：4.

一片春愁待酒浇，江上舟摇，楼上帘招。秋娘渡与泰娘桥，风又飘飘，雨又萧萧。　何日归家洗客袍？银字笙调，心字香烧。流光容易把人抛，红了樱桃，绿了芭蕉。（蒋捷《一剪梅·舟过吴江》）

这是词中杰作，一读终生不忘，最适合邓丽君来演唱。对照多作于山程水驿之间的唐诗，如王湾的《次北固山下》："客路青山外，行舟绿水前。潮平两岸阔，风正一帆悬。"——是何等声情，何等气象，交邓丽君唱就不大合适，须由濮存昕来朗诵。

不纠缠于具体作品，从文体审美倾向上看，诗庄词媚的区别确实是存在的。词体以婉约为正宗，豪放为对立词风，是无可争辩的事实。陈师道说："子瞻以诗为词，如教坊雷大使之舞，虽极天下之工，要非本色。"[①] 陈是苏门学士，说法与李清照却不谋而合。

不过，即使是豪放如东坡，也不是一味关西大汉。东坡乐府仍以婉约词居多。就算是豪放之作，也适当地加入了婉约的因子："遥想公瑾当年，小乔初嫁了，雄姿英发。"有这几句和没有这几句是不一样的。有这几句，豪放之中就寓有风流妩媚之姿，不失词体本色。毛泽东《沁园春·雪》与《念奴娇·赤壁怀古》如出一辙，一笔勾掉五个皇帝，另一笔加入婉约的因子："须晴日，看红妆素裹，分外妖娆""江山如此多娇"——亦有妩媚之姿，亦不失词体本色。

一首好词，应该是语语可歌。《沁园春·雪》谱曲演唱，感觉很好。《念奴娇·赤壁怀古》入乐如何？想来也是不错的。评价一首词好不好，只要琢磨一下唱起来如何。如果唱起来准不错的，就是好词。再看一首当代婉约词：

---

① 陈师道《后山诗话》。

偶尔临妆镜，青丝到我肩。束成梳起总无言，想起养长时
候，想起在谁边。　　事已如流水，情怀剧可怜。异乡携手已前
年。忘了相逢，只记好花天；忘了那时言语，只记好容颜。(陆
蓓容《喝火令》)

这首词可以接轨花间。若配合流行歌曲，真是好歌词。

二　悬一帆风正

有人向夏敬观(剑丞)请教词体特征，先生说"风正一帆悬"是
诗，"悬一帆风正"是词。这才叫一纸真传，一把钥匙开一扇门，让
人窥见了词中奥秘。

诗的律句，音节为二二一(五言)或二二二一(七言)，特点是偶
(双音节)起奇(单音节)收，"风正/一帆/悬"，给人以声势稳顺的感
觉①。而"悬/一帆/风正"，在音节上为一二二，变成奇(单音节)起
偶(双音节)收，给人以声势逆入的感觉。这两类句式，为词所兼容。
而后一类句式，是诗无词有，是一种创新。

中学语文老师讲标点符号，举例说——一首七绝，如杜牧《清
明》，因为标点的不同，可能变成一首词：

清明时节雨，纷纷路上行人。欲断魂。借问酒家何处？有
牧童遥指杏花村。

---

① 元稹《唐检校工部员外郎杜君墓係铭并序》："沈宋之流，研练精切。稳顺声
势，谓之为律诗。"

这个例子说明了诗词在句式上的差异。《清明》诗的句式整齐划一，均为七言。重新标点，成为"词"后，则有三言、五言、六言、八言等多种句式。值得注意的是最后的那个八言句，在七言句上多出了一个单音节的"有"字。这个逆入的"有"字，通常称为领字。"悬一帆风正"的"悬"，也有领字的意味。

词的领字是从赋体演化而来的。以庾信《哀江南赋》为例，"逢/赴洛（之）/陆机，见/离家（之）/王粲"，和"悬/一帆/风正"，正是一样的句法。"于时瓦解冰泮，风飞电散""况复君在交河，妾在清波""别有飘摇武威，羁旅金微"，则是在对句或句群前加上领字（常用二字领），以表转折、提顿、引首等意味。首先将领字引进词中的，是南唐后主李煜。李煜词常用二字领，主要见于令词中的九言句。

　　恰似——一江春水向东流（李煜《虞美人》）

　　无奈——朝来寒雨晚来风（同上《相见欢》）

　　自是——人生长恨水长东（同上）

　　别是——一般滋味在心头（同上）

柳永是告别唐五代词的第一人，也是有意识地将领字、尤其是一字领大量运用于慢词的第一人。从二字领到一字领，从形式上迈了一小步，在词体上却迈了一大步。慢词以五七言句（来自诗）、四六言句（来自赋）为肌体，而以一领字作为筋节将其关联起来，使之姿态横生。

　　对潇潇暮雨洒江天，一番洗清秋。渐霜风凄紧，关河冷落，残照当楼。是处红衰翠减，苒苒物华休。唯有长江水，无语东流。　不忍登高临远，望故乡渺邈，归思难收。叹年来踪迹，何事苦淹留？想佳人妆楼颙望，误几回天际识归舟？争知我、倚栏干处，正恁凝愁。(柳永《八声甘州》)

对这首词，龙榆生的分析极为经典，大略云：开首放上一个去声"对"字，就近领下两句，接着又放上一个去声"渐"字，作为上面两个参差句子，下面三个整齐句子的关纽，把它换一换气，使"对"字一直贯到"无语东流"为止，这个声情是十分凄壮的。换头用一个不押韵的句子拓开局势，紧接一个去声"望"字顶住上句，领起下面，这"望"字作为又一个关纽，和上面的"对"字取得呼应。下面又用一个去声的"叹"字顶住上文，转出两个参差的句子，又是一个错综变化，显得非常有力。接着又是一个上声"想"字，顶上两句，转出两个参差变化、摇曳生姿的句子来，而在两句中间又加上一个去声"误"字，作为换气的环节。如此等等。① 完全是从歌唱的角度予以剖析的。

领字可以一字领 (如对、渐)，也可以二字领 (如恰似、唯有) 甚至三字领 (如更那堪、便纵有)。宋词中最常见的是一字领。一字领又称一字逗。"一字句虽则少见，一字逗却是常见。它往往是附于四字之上，凑成五字句，如蒋子云《好事近》'任——杨花飘泊'。尤其常见者，是附于八字的两句之上，而这八字两句又可以是用对仗的。"② 在有些词调中，一字逗甚至是附在五言对句、六言对句、八言 (四加四) 对句之上，像头雁一样，领起整整齐齐两联对句。

①　龙榆生. 谈谈词的艺术特征 (A). 词学十讲 (C). 北京：北京出版社，2005：213.

②　王力. 汉语诗律学 [M]. 北京：新知识出版社，1958：585.

叹——门外楼头，悲恨相续。（王安石《桂枝香》）

渐——酒空金榼，花困蓬瀛。（秦观《满庭芳》）

爱——贴地争飞，竞夸轻俊。（史达祖《双双燕》）

仗——酒祓清愁，花消英气。（姜夔《翠楼吟》）

但——荒烟衰草，乱鸦寒日。（萨都剌《满江红》）

观——露湿缕金衣，叶映如簧语。（柳永《黄莺儿》）

有——翩若惊鸿体态，暮为行雨标格。（聂冠卿《多丽》）

美——金屋去来，旧时巢燕；土花缭绕，前度莓墙。（周邦彦
《风流子》）

念——取酒东垆，尊罍虽近；采花南圃，蜂蝶须知。（周邦彦
《红罗袄》）

正——惊湍直下，跳珠倒溅；小桥横截，缺月如弓。（辛弃疾
《沁园春》）

《儒林外史》中诸葛天申拿"桃花何苦红如此，杨柳忽然青可
怜"的诗句请教杜慎卿，杜说："这上句加一'问'字，'问桃花何
苦红如此'正是好一句词，在诗却不见佳。"杜慎卿的意思除了说那
个句子比较软媚，适于词外，要加一个"问"字，才是"好一句
词"，也等于说一字领是词句之特色。

一字领字或是倒置的虚词（如渐、正），或是省词（如但为但见之省、甚
为为甚之省）。一字提纲，多字张目的句法，别具擒纵之致——这种韵味
来于曲调的悠扬。慢词的韵脚之间，有时字句很长，在句读上，声
音节奏远远超过意义节奏——也就是说，韵脚之间的句读，大部分不
过是呼吸上的停顿（换气）而非文意上的断句。而领字在其间，就起到
了关纽的作用，它使句群保持着一气贯注到押韵处的语气。辛弃疾词
更是将这一点发挥到极致，如《水龙吟·登建康赏心亭》：

落日楼头，断鸿声里，江南游子，把吴钩看了，栏杆拍遍，无人会，登临意。

依律"江南游子"处是韵，标点本应作句号。然而，从语法上看这才是一个主语，此处韵脚只是歌唱时在呼吸上的停顿。再用一个"把"字作为筋节，领起一长串的谓语。所以，这个句群是一气贯注，连闯两韵，直到"登临意"押韵处才煞脚。这是一种纯歌词的写法，是对音乐旋律的一种神会，读时可以想见唱时那种余音绕梁的感觉。

一字领例用去声，万树《词律·发凡》云："更有一要诀曰，'名（家）词转折跌宕处多用去声。'何也？三声之中，上、入二者可以作平，去则独异。故余尝窃谓，论声虽以一平对三仄，论歌则当以去对平、上、入也。当用去者，非去则激不起，用入且不可，断断勿用平、上也。"龙榆生认为这是万树的一个重大发明。"不但按之宋词名作，十九皆合；直到现在民间的北方曲艺和南方评弹，以至扬州评话等，都很重视这去声字的作用，是值得每一个歌词工作者特别考究的。"[1] 万树说"名（家）词转折跌宕处多用去声"，他所指的，就是一字领。

三　小令慢词及声律

词和近体诗一样，声律不可不讲。万树《词律》和《白香词谱》等书，对词的每一个字的平仄都有规定，除注明可平可仄而外，都

---

① 龙榆生. 词学十讲 [M]. 北京：北京出版社，2005：144.

是必须依律的。宛老戏云："写《西江月》如不合律，不如改题《东江月》。"填词固然是依照词谱，但要在必然中获得相对自由，须在了解律句和拗句概念的基础上，借助所选词调的典范之作，把握词调的平仄格式。最重要的是仍是领悟律的精神。

词句以五、七言和四、六言为基本形式。五、七言句一般来自近体诗，四、六言句一般来自骈体，此外，还有二言、三言、八言、九言、十言、十一言等形式。词的五、七言律句，或就是近体的五七言律句，或是在五七言律句的基础上做加减法而来——三言句可视为七言律句的末三字，四言句可视为五言律句的前四字，五言或由四言句加一领字，六言句可视为七言律句的前六字，七言或由三言加四言，八言以上的句子可视为两个较短律句的相加——如三加五为八言律句，四加五（或二加七、三加六、五加四）为九言律句，三加七为十言律句，四加七（或六加五）为十一言律句，等等。

词调有小令、中调、长调之分。又有令、引、近、慢之分。"词导源于酒令舞曲""又多为歌女行酒令时所写，小令之'令'字原意如此"①。"引""近"之名始于宋人，具体含义难于求证，不像"令""慢"那样有确切的定义。吴曾《能改斋漫录》云："词自南唐以来，但有小令。其慢词起自仁宗朝。"与李清照《论词》之说相合："逮至本朝，礼乐文武大备，又涵养百余年，始有柳屯田永者，变旧声作新声，出《乐章集》，大得声称于世。"这里说的"新声"，就是慢词（长调）。慢词的特征是字多，部分慢词是从小令繁衍而来，如浪淘沙五十四字→浪淘沙慢一百三十三字，木兰花五十二字→木兰花慢一百零一字，同一词牌的小令和慢词的句式可能相去甚远，不一定找得到嬗变的痕迹，内在的联系必是乐曲。

---

① 吴世昌. 词学新论［M］. 北京：北京出版社，1988：19.

旧说五十八字以内为小令，则小令的上限比一首七律（两首七绝）的字数只多两字。而最初的词，在七绝基础上增减而成的情况较多，一般少于五十八字，个别多于五十八字。

东城渐觉风光好，縠绉波纹迎客棹。绿杨烟外晓寒轻，红杏枝头春意闹。　浮生长恨欢娱少，肯爱千金轻一笑？为君持酒劝斜阳，且向花间留晚照。（宋祁《玉楼春》）

候馆梅残，溪桥柳细，草薰风暖摇征辔。离愁渐远渐无穷，迢迢不断如春水。　寸寸柔肠，盈盈粉泪，楼高莫近危栏倚。平芜尽处是春山，行人更在春山外。（欧阳修《踏莎行》）

谁道闲情抛掷久？每到春来，惆怅还依旧。日日花前常病酒，不辞镜里朱颜瘦。　河畔青芜堤上柳。为问新愁，何事年年有？独立小桥风满袖，平林新月人归后。（冯延巳《鹊踏枝》）

莫听穿林打叶声，何妨吟啸且徐行。竹杖芒鞋轻胜马，谁怕？一蓑烟雨任平生。　料峭春风吹酒醒，微冷，山头斜照却相迎。回首向来萧瑟处，归去，也无风雨也无晴。（苏轼《定风波》）

《玉楼春》全词由两首折腰格（失黏）的仄韵七绝构成，共五十六字。《踏莎行》是在两首仄韵七绝的基础上，每首首句添一字、破为两句而成，共五十八字。《鹊踏枝》是在两首仄韵七绝的基础上，每首第二句添两字、破为两句，又在第三句押韵，共六十字。《定风波》是两首失黏的七绝，加上三个两言韵句而成，共六十二字。

按旧说，《玉楼春》《踏莎行》为小令，《鹊踏枝》《定风波》属中调，这显然不尽合理。王力《汉语诗律学》认为："凡是和律绝字数相差不远的词，都可以认为是小令。"同时提出一个新说——词只需分为两类，一类是六十二字以内的小令，一类是六十三字以外的慢词。① 这一新说的通达、高明之处在于，它合乎词体发展的实际，断案明白——小令实际上是唐五代的流行歌曲，而慢词则是宋代新的流行歌曲。

因此，小令犹是唐音，慢词可称宋调。

会作近体诗的人填写令词，由于在平仄思维上没有本质的不同，所以比较易行。不过要注意到，词的律句较诗的律句更为严格。

（1）五七言句律句的末三字即三言律句，有平平仄、平仄仄、仄仄平、仄平平四式。在五七言律句中，这末三字的平仄，字字须论。

（2）四言句除 平 平 仄 仄、仄 仄平平两种句型而外，有一种特定句型为仄平平仄，这种句型比 平 平 仄 仄要多得多，如《忆秦娥》"灞陵伤别""汉家陵阙"（李白）、《桂枝香》"翠峰如簇""画图难足""谩嗟荣辱""后庭遗曲"（王安石）、《贺新郎》"月流烟渚""气吞骄虏"（张元幹）、《点绛唇》"露浓花瘦""倚门回首"（李清照）等。这个句型的首字可平，如《念奴娇》"江山如画"（苏轼），但少见。按，四言音节作上一下三者，声律例为仄平平仄，如《水龙吟》末句——"也参差是""是离人泪"（苏轼）、"为先生寿""揾英雄泪""系斜阳缆"（辛弃疾），《六州歌头》过片首句——"似黄粱梦"（贺铸）、"念腰间箭"（张孝祥）等。总之，仄平平仄是适应歌曲的、对词体来说带有标志性的句式。

---

① 王力. 汉语诗律学 [M]. 北京：新知识出版社，1958：520.

（3）六言句除 仄 仄平平仄仄、 平 平 仄 仄平平两种句型而外，有一种特定句型为 仄 仄 仄 平平仄，如《念奴娇》"千古风流人物""樯橹灰飞烟灭"（苏轼），《扬州慢》"二十四桥仍在"（姜夔），《摸鱼儿》"何况落红无数""脉脉此情谁诉"（辛弃疾）等。这种六言的句式，是在四言的仄平平仄上加了一个两仄的音节，是仄平平仄的延长。

（4）有些五言句音节奇起，作上一下四，则上一字例用仄声，下四字协律，或作 平 平 仄 仄，如《望海潮》"有三秋桂子"（柳永）、《扬州慢》"过春风十里"（姜夔）、《六州歌头》"使行人到此"（张孝祥）等；或作仄平平仄，如《扬州慢》"念桥边红药"（姜夔）、《六州歌头》"看名王宵猎"（张孝祥）；或作 仄 仄平平，如《齐天乐》"怪瑶佩流空""甚独抱清商"（王沂孙）。这种句式，当二、四字皆平的时候，不要误以为是拗句，因为这不是偶起的五言律句。今人填词，或昧于句法，如《沁园春》上下片倒数第二句，音节为上一下四，或作二二一处理，填作"奠基千秋业""紫气从东来""大地春常在"等，腔调就不对。

（5）有些七言句奇起，作上三下四，词律往往在第三字后注一"豆"字，表明是两句合成一句。一般为三言律句加四言律句，如《桂枝香》"背西风、酒旗斜矗"（王安石）为仄平平、仄平平仄，《贺新郎》"倚高寒、愁生故国"（张元幹）为仄平平、平平仄仄；或三言拗句加四言律句，如《风入松》"一丝柳、一寸柔情"（吴文英）为仄平仄、仄仄平平，《祝英台近》"乱红碎、一庭风月"（刘过）为仄平仄、仄平平仄；或三言律句加四言拗句，如《东风第一枝》"香梦醒、几花暗吐"（高观国）为平仄仄、仄平仄仄，《锁窗寒》"想闲窗、针线倦拈"（杨无咎）为仄平平、平仄仄平，等等。

230

词句虽然大多数是律句，但某些词谱又规定了一些拗句，要求遵从。大体而言，唐五代词差不多全是律句，宋词则是律拗相参。词与近体诗不同之处在于——近体诗的拗句是随机的，不得已而用之。而词中拗句，即古风式的句子（以仄脚句而论，如三言的仄平仄、仄仄仄，四言的平仄平仄、仄仄仄仄，六言的仄平平仄仄、平平仄平仄，平脚句以此类推），是具有规定性的，刻意安排的。

词的对仗不同于近体诗，并无硬性规定，只要前后两句字数相等，就可以用对仗，也可以不用对仗。只有少数词谱习惯上是要用对仗的，如《相见欢》下片一二句"剪不断，理还乱"（李煜），《念奴娇》上片五六句"乱石穿空，惊涛拍岸"（苏轼），《生查子》上片末二句"月上柳梢头，人约黄昏后"，《西江月》上下片一二句"明月别枝惊鹊，清风半夜鸣蝉""七八个星天外，两三点雨山前"（辛弃疾），《浣溪沙》四五句"细雨梦回鸡塞远，小楼吹彻玉笙寒"（李璟）。唐五代词的对仗，小令的对仗，与近体诗是一致的，即以声调和谐、铢两悉称为准则。

宋词的对仗、慢词的对仗，与近体诗容有不同。（1）音情或和谐或拗怒，或于和谐中见拗怒——如仄韵对句尾字皆仄，便"显示出一种凛然不可侵犯的颜色"（龙榆生）。《满江红》中的七言一联就是如此，如"君是南山遗爱守，我为剑外思归客"（苏轼）、"三十功名尘与土，八千里路云和月"（岳飞），等等。

（2）带领字的对仗，如《六州歌头》"念腰间箭，匣中剑"（张孝祥），《望海潮》"有三秋桂子，十里荷花"（柳永）。或一联之后束以单句，如《八声甘州》"渐霜风凄紧，关河冷落，残照当楼"（柳永）。或以两句作上联，两句作下联，四句构成扇面对，或和谐，如《风流子》"羡金屋去来，旧时巢燕；土花缭绕，前度莓墙"（周邦彦），尾字平仄互异；或拗怒，如《一寸金》"念渚浦汀柳，空归闲梦；风轮雨

231

楫，终孤前约"(周邦彦)，尾字皆仄；或半和谐半拗怒，如《沁园春》
"似谢家子弟，衣冠磊落；相如庭户，车骑雍容"(辛弃疾)，尾字半同
半异。

（3）不避同字的对仗，如古体诗中的对仗，如《一剪梅》"江上
舟摇，楼上帘招""风又飘飘，雨又潇潇""银字笙调，心字香烧"
"红了樱桃，绿了芭蕉"(蒋捷)。

词的分片，以双调为最普遍，单调次之，三叠又次之，四叠只
有《莺啼序》一谱。

四　常用词调举隅

依声填词，在古人是配合着曲调进行的，"惟境有悲欢，词亦有
哀乐。大抵商调、南吕诸词，皆近悲怨，正宫、高宫之词，皆宜雄
大，越调冷隽，小石风流，各视题旨之若何，以为择调张本"(吴梅)。
后来曲调虽然不传，但受曲调影响形成的句式、节奏、平仄、用韵
等词谱的元素，对词情的抒发仍会起作用。今人依据词谱和始词玩
味揣摩，犹能仿佛曲调声情。依样画葫芦，一样能画好。

因此，作词必须审音选调。词调的音乐旋律有苍凉激楚、缠绵
哀婉的不同，用韵有平韵体、仄韵体、平仄通叶体、平仄转叶体、
平仄错叶体的不同，篇幅有小令、慢词的不同，不同旋律和体式决
定了具体词调在声情、容量等方面的差异，作者要根据始词或本意
词(咏其调名者)揣度具体词调的声情，根据情感、内容表达的需要，
自由地予以选用——题意宽大，宜抒写胸襟者，可选慢词；题意纤
仄，模山范水者，则可以选择小令(吴梅说)。写豪情壮怀，宜用《满
江红》《念奴娇》《贺新郎》《沁园春》等一类慷慨激昂的曲调；写绵

邈深婉之情，则用《满庭芳》《木兰花慢》等一类和谐婉约的曲调（*龙榆生说*）。

若不管三七二十一，只按一定的格式任意"填"写，尽管平仄声韵一点儿不差，也可能全不搭调。

因此，作者选调时，"该从每个调子的声韵组织上去加以分析，该从每个句子的平仄四声和整体的平仄四声的配合上去加以分析，是该从长短参差的句法和轻重疏密的韵位上去加以分析"。"首先就得注意哪些调子是最接近近体诗的形式，哪些是掺杂了其他不同句式，它的落脚字的平仄又是怎样安排的。就可以推测到每一音节和婉的曲调，哪种比较适宜抒写缠绵凄艳的感情，哪种比较适宜抒写雍容华贵的风度，哪种比较适宜抒写波澜壮阔的怀抱，哪种比较适宜抒写跌宕开阔的胸怀"（*龙榆生*）。[1]

以下选常用词调二十例，略加分析。读者举隅反三、触类旁通可也。

(1)《十六字令》（*单调 16 字*）

山，快马加鞭未下鞍。惊回首，离天三尺三。（*毛泽东*）
平韵 仄 仄平平仄仄平韵 平平仄句 仄 仄仄平平韵

由一、三、五、七言律句组成，一字入韵，紧接一个七言韵句，然后三言一顿，再接一个韵句，三言虽不入韵，却短，故觉韵密，有风雨骤至的声容。毛泽东词末句直取民歌，作平平 仄 仄平，是另一平脚律句，未依词谱。黛玉说，有了奇句，连平仄虚实不对都使

---

① 龙榆生. 词学十讲 [M]. 北京：北京出版社，2005：208、48.

233

得的。此即一例。

（2）《忆江南》<small>（单调 27 字，又名望江南、江南好）</small>

多少恨，昨夜梦魂中。还似旧时游上苑，车如流水马如龙。花月正春风。（李煜）

平 仄 仄 句 仄 仄 仄 平 平 韵 仄 仄 平 平 平 仄 仄 句 平 平 仄 仄 仄
平 平 韵 仄 仄 仄 平 平 韵

由三、五、七言律句组成，声容和婉。中间两个七言偶句与近体同，可对仗可不对仗，是全词的支撑。

（3）《如梦令》<small>（单调 33 字）</small>

昨夜雨疏风骤，浓睡不消残酒。试问卷帘人，却道海棠依旧。知否，知否，应是绿肥红瘦。（李清照）

仄 仄 仄 平 平 仄 韵 仄 仄 仄 平 平 仄 韵 仄 仄 平 平 句 仄 仄 仄
平 平 仄 韵 平 平 韵 平 仄 叠 仄 仄 仄 平 平 仄 韵

此调极有特色，同一平仄格式的六言句反复出现，为主旋律，只一个五言句不入韵，末句前安重叠的二言韵句，有和声的性质。上去为韵，韵脚较密，声容凄婉。

（4）《菩萨蛮》<small>（双调 44 字）</small>

平林漠漠烟如织，寒山一带伤心碧。暝色入高楼，有人楼上愁。　玉阶空伫立，宿鸟归飞急。何处是归程，长亭更短亭。
（李白）

234

平 平 仄 仄 平 平 仄（韵） 平 平 仄 仄 平 平 仄（韵） 仄 仄 仄 平 平（换韵）仄

平 平 仄 平（韵）　平 平 仄 仄（换韵）仄 仄 平 平 仄（叶） 仄 仄 仄 平 平（换韵）仄

平 平 仄 平（韵）

由五、七言律句组成，可视为混合五、七言绝句形式而加以错综变化。上下片四换韵，两句一换，平仄递转，如"辘轳交往"。第一联平仄失对，违反近体诗的常规，音律拗怒，表情迫促，以下各联音律和谐，表情舒缓。

（5）《卜算子》（双调44字）

　　缺月挂疏桐，漏断人初静。谁见幽人独往来？缥缈孤鸿影。
　　惊起却回头，有恨无人省。拣尽高枝不肯栖，寂寞沙洲冷。
（苏轼）

仄 仄 仄 平 平（句）仄 仄 平 平 仄（韵） 仄 仄 平 平 仄 仄 平（句）仄 仄 平 平

仄（韵）（下片相同）

由五、七言律句组成，第一联平仄安排违反近体诗的惯例，和婉之中微带拗怒，适宜表达高峭勃郁的特殊情感，宜以上去为韵。

（6）《生查子》（双调44字）

　　屏前何太痴，写得相思巧。巧也转头删，惆怅她知晓。
　　一年还一年，我在天涯老。不说那时真，只说今天好。（曾少立）

平 平 仄 仄 平（句）仄 仄 平 平 仄（韵） 仄 仄 仄 平 平（句）仄 仄 平 平 仄（韵）

（下片相同）

由两首仄韵五绝组成，末句失对，颇具古风。宜上去为韵。此作不亚古人。

（7）《采桑子》（双调44字，又名《丑奴儿》）

　　少年不识愁滋味，爱上层楼。爱上层楼，为赋新词强说愁。
　　而今识得愁滋味，欲说还休。欲说还休，却道天凉好个秋。
（辛弃疾）

平平仄仄平平仄^句 仄仄平平^韵 仄仄平平^叠 仄仄平平仄
仄平^韵（下片相同）

由四、七言律句组成，如删去所有四言句，相当于一首折腰格七绝。重叠的四言韵句，分属前后，在词中起到关纽的作用。

（8）《清平乐》（双调46字）

　　东方欲晓，莫道君行早。踏遍青山人未老，风景这边独好。
　　会昌城外高峰，颠连直接东溟。战士指看南粤，更加郁郁葱
葱。（毛泽东）

仄平平仄^韵 仄仄平平仄^韵 仄仄平平平仄仄^句 仄仄平平
平仄^韵　平平仄仄平平^{换韵} 平平仄仄平平^韵 仄仄平平平
仄^句 平平仄仄平平^韵

主要为六言律句，上片先由四、五言韵语引入，接一个七言律句，然后落到六言。上片变化错综，下片转为整饬，前二句平仄安排与近体异趣，后与近体相同。上片用上去声韵，下片转为平韵，饶有轻重缓急之致。

(9)《西江月》(双调 50 字)

　　明月别枝惊鹊，清风半夜鸣蝉。稻花香里说丰年，听取蛙声一片。　　七八个星天外，两三点雨山前。旧时茅店社林边，路转溪桥忽见。(辛弃疾)

　仄仄平平仄仄句 平平仄仄平平韵 平平仄仄仄平平韵 仄仄平平仄仄换仄韵　(下片相同)

以六言律句为主，一二须对仗，与近体同。接一七言句小作参差，末句虽六言却转相同韵部的仄韵，有跌宕起伏之感。

(10)《浪淘沙》(双调 54 字)

　　帘外雨潺潺，春意阑珊。罗衾不耐五更寒。梦里不知身是客，一晌贪欢。　　独自莫凭栏，无限江山。别时容易见时难。流水落花春去也，天上人间。(李煜)

　仄仄仄平平韵 仄仄平平韵 平平仄仄仄平平韵 仄仄平平平仄仄句 仄仄平平叶　(下片相同)

由四、五、七言律句组成，前三句都是句句押韵，前两句都是仄起平收，表情迫促。至第四句才用仄收，隔句押韵，转为和婉。

(11)《鹧鸪天》(双调 55 字)

　　彩袖殷勤捧玉钟，当年拼却醉颜红。舞低杨柳楼心月，歌尽桃花扇底风。　　从别后，忆相逢，几回魂梦与君同？今宵剩把银釭照，犹恐相逢是梦中。(晏几道)

仄 仄 平 平 仄 仄 平韵 平 平 仄 仄 平 平韵 平 平 仄 仄 平 平

仄句 仄 仄 平 平 仄 仄 平韵　平 仄 仄句 仄 平 平 仄 平 平 仄 仄 平 平韵

平 平 仄 仄 平 平句 仄 仄 平 平 仄 仄 平韵

上片是首句入韵、三四对仗的七绝，下片除了将上片的首句破为两个三字句、三四不必对仗外，其余全同。是典型的由近体绝句演变而来的词调。

（12）《临江仙》（双调60字）

　　梦后楼台高锁，酒醒帘幕低垂。去年春恨却来时。落花人独立，微雨燕双飞。　记得小蘋初见，两重心字罗衣。琵琶弦上说相思。当时明月在，曾照彩云归。（晏几道）

仄 仄 平 平 平 仄 仄句 平 平 仄 仄 平 平韵 平 平 仄 仄 仄 平 平韵 平

平 平 仄 仄句 仄 仄 仄 平 平韵 （下片相同）

由五、六、七言律句组成，七言奇句将六言偶句、五言偶句分开，除七言奇句入韵外，偶句皆隔句押韵，尾字平仄相间，可以对仗（如小晏词上片），也可不对仗。

（13）《一剪梅》（双调60字）

　　红藕香残玉簟秋，轻解罗裳，独上兰舟。云中谁寄锦书来？雁字回时，月满西楼。　花自飘零水自流，一种相思，两处闲愁。此情无计可消除，才下眉头，却上心头。（李清照）

仄 仄 平 平 仄 仄 平韵 仄 仄 平 平韵 仄 仄 平 平韵 平 平 仄 仄 仄 仄

平平^句 仄 仄平平^韵 仄 仄平平^韵（下片相同）

由四、七言律句组成。七言律句一个为仄起平收入韵、一个平起平收可用韵（如蒋捷词）可不用韵。四组四言偶句一般用对仗，平仄的安排失对。尾字全部为平声，声容低沉。

（14）《蝶恋花》（双调60字，又名《鹊踏枝》）

  槛菊愁烟兰泣露。罗幕轻寒、燕子双飞去。明月不谙离恨苦，斜光到晓穿朱户。　昨夜西风凋碧树。独上高楼、望尽天涯路。欲寄彩笺兼尺素，天长水阔知何处？（晏殊）

仄仄平平平仄仄^韵 仄仄平平^豆 仄仄平平仄^韵 仄仄平平平仄仄，平平仄仄平平仄^韵（下片相同）

由七、九（四加五）言律句组成，除那个四言豆外，尾字全为仄声，呈现出一种拗怒的声容，饱含欲吞还吐的情调，宜用上去为韵。

（15）《破阵子》（双调62字）

  醉里挑灯看剑，梦回吹角连营。八百里分麾下炙，五十弦翻塞外声，沙场秋点兵。　马作的卢飞快，弓如霹雳弦惊。了却君王天下事，赢得生前身后名。可怜白发生！（辛弃疾）

仄 仄平平 仄 仄^句 平 平 仄 仄平平^韵 仄仄 平 平平仄仄^句 仄 仄平平仄仄平^韵 仄 平平仄平^韵（下片相同）

由五、六、七言律句组成，上下片的两个六言偶句平仄相对，声容和婉；两个七言偶句则违反近体诗的规律，演出激越的情调，

239

结以五言奇句押韵，变隔句押韵为密韵，更见声情的急促。

（16）《江城子》(双调 70 字)

　　十年生死两茫茫，不思量，自难忘。千里孤坟、无处话凄凉。纵使相逢应不识，尘满面，鬓如霜。　　夜来幽梦忽还乡。小轩窗，正梳妆。相顾无言、唯有泪千行。料得年年肠断处，明月夜，短松冈。(苏轼)

平平仄_韵 仄仄平平_韵 仄平平_韵 仄仄平平_韵 仄仄平平_豆 仄仄仄 平平平_韵 仄仄平平平仄仄_句 仄平平_句 仄平平_韵 (下片相同)

　　由三、七、九言律句组成，上下片俱由七三三、七三三，中间夹一个上四下五的九言句式组成，前三句句句押韵，接下来隔句押韵，再接下来隔两句押韵，上紧促而下沉咽。除一个仄收的七言句，所有的句子尾字均为平声，声容低沉，音节流美。

（17）《满江红》(双调 93 字)

　　怒发冲冠，凭阑处、潇潇雨歇。抬望眼、仰天长啸，壮怀激烈。三十功名尘与土，八千里路云和月。莫等闲、白了少年头，空悲切。　　靖康耻，犹未雪。臣子恨，何时灭？驾长车踏破，贺兰山缺。壮志饥餐胡虏肉，笑谈渴饮匈奴血。待从头、收拾旧山河，朝天阙。(岳飞)

仄仄平平_句 平平仄_豆 平平仄仄_韵 平仄仄_豆 仄平平仄_句 仄平平仄_韵 仄仄平平平仄仄_句 仄平仄仄平平仄_韵 仄平平_豆 仄仄仄平平_句 平平仄_韵　　仄平仄_句 平仄仄_韵 平仄仄_句 平平仄_韵

仄平平仄仄_豆仄平平仄_韵 [仄][平]平平仄仄_句 [平]平[仄]仄平平

仄_韵 仄[平]平_豆 [仄]仄仄平平_句 平平仄_韵

由三、四、七、八言律句组成，句式错综，尾字为仄声的居多。频繁出现三言句（豆）形成繁音促节，上下片中两个七言对仗句，尾字均为仄声，演为激越的情调。故此调一般以入声为韵。

（18）《水调歌头》_{（双调95字）}

　　明月几时有，把酒问青天。不知天上宫阙、今夕是何年？我欲乘风归去，唯恐琼楼玉宇，高处不胜寒。起舞弄清影，何似在人间。　转朱阁，低绮户，照无眠。不应有恨、何事长向别时圆？人有悲欢离合，月有阴晴圆缺，此事古难全。但愿人长久，千里共婵娟。（苏轼）

[仄]仄[平]平仄_句 [仄]仄仄平平_韵 [平]平[仄]仄平仄_豆 [仄]仄仄平

平_韵 [仄]仄[平]平仄_句 [仄]仄平平[仄]_句 [仄]仄仄平平_韵 [仄]仄

[平]平仄_句 [仄]仄仄平平_韵　平平仄_句 平平仄_句 仄平平_韵 [平]平[仄]

仄_豆 [平]仄仄仄平平_韵 [仄]仄[平]平仄_句 [仄]仄平平[仄]_句

[仄]仄仄平平_韵 [仄]仄[平]平仄_句 [仄]仄仄平平_韵

此调应是摘用大曲《水调歌》前五叠的曲拍演成，由三、四、五、六、七言的不同律句组合，而以五言为主，副以两个六言偶句。其五言、六言偶句的平仄安排，违反近体诗的惯例，音节高亢稍带凄音。上下片各有一个十一言句，中间有一"豆"_{（停顿）}，可以处理成六加五，也可以处理成四加七。苏词上下片作不同处理。但也可

作相同的处理如:

　　才饮长沙水，又食武昌鱼。万里长江横渡、极目楚天舒。不管风吹浪打，胜似闲庭信步，今日得宽余。子在川上曰：逝者如斯夫！　风樯动，龟蛇静，起宏图。一桥飞架南北、天堑变通途。更立西江石壁，截断巫山云雨，高峡出平湖。神女应无恙，当惊世界殊。(毛泽东)

(19)《念奴娇》(双调100字，又名《百字令》《酹江月》)

　　大江东去，浪淘尽，千古风流人物。故垒西边，人道是，三国周郎赤壁。乱石穿空，惊涛拍岸，卷起千堆雪。江山如画，一时多少豪杰。　遥想公瑾当年，小乔初嫁了，雄姿英发。羽扇纶巾谈笑处①，樯橹灰飞烟灭。故国神游，多情应笑我，早生华发。人间如梦，一樽还酹江月。(苏轼)

仄平平仄句仄平仄豆平仄平平平仄韵仄仄平平仄句仄平平平仄
仄句仄仄平平仄句仄韵仄仄平平句平平仄仄句仄仄平平仄韵
仄平平仄句仄平平仄平仄韵　平仄平仄平平句仄平平仄仄句
仄平平仄韵仄仄平平平仄仄句仄仄平平仄韵仄仄平平仄平
平平仄仄句仄仄平平仄韵仄平平仄句仄平平平仄平仄韵

由四、五、六、七、九言组成，或三句一韵，或隔句一韵，除

_____

①　一本为"羽扇纶巾，谈笑间"，此依万树《词律》。

242

三句外，句尾字一般为仄，声容偏于激越。此调一般以入声为韵。

(20)《沁园春》（双调114字）

何处相逢，登宝钗楼，访铜雀台。唤厨人斫就，东溟鲸脍；围人呈罢，西极龙媒。天下英雄，使君与操，余子谁堪共酒杯？车千两，载燕南赵北，剑客奇才。　饮酣画鼓如雷，谁信被晨鸡轻唤回？叹年光过尽，功名未立。书生老去，机会方来。使李将军，遇高皇帝，万户侯何足道哉！披衣起，但凄凉感旧，慷慨生哀。（刘克庄）

仄仄平平句 仄仄平平句 仄仄仄平韵 仄平平仄 仄句 平平
仄仄句 平平仄仄句 仄仄平平韵 仄仄平平句 平平仄仄句 仄仄
平平仄仄平韵 平平仄句 平平仄仄句 仄仄平平韵　平平仄仄
平平仄句 仄仄仄平豆 平仄平平韵 平平仄仄句 平平仄仄句 平
平仄仄句 仄仄平平韵 仄仄平平句 平平仄仄句 仄仄平平仄仄
平韵 平平仄句 仄平平仄仄句 仄仄平平韵

由三、四、五（上一下四）、六、八（上三下五）言律句组成，先用三个四言平收律句，声情从容，继以一个仄声领字领起四个四言偶句（扇面对）铺张排比，跟着又有两个四言对句，紧接一个七言奇句，展开格局。接着一个三言短句，再以一个仄声字领起两个四言对句，尾字递换平仄以谐调音节，整齐格局中见参差抑扬之美。过片换头，变三个四言律句为一个六言平句和一个上三下五的八言句，呈现出骈荡生姿的风致。

小结：决定词调的特征的主要因素有三：（1）平仄的讲求。词仍以律句为主，但组合上对近体诗的惯例有遵、有违，偶句尾字的平仄或异、或同，决定着声情或和谐、或拗怒，等等。（2）句式的参差。以三、五、七言律句构成，而又使用平韵的词调，与近体诗相近，音节和谐流美。句式奇偶参互、错综变化，与近体诗异趣，音节刚柔相济、跌宕生姿，等等。（3）韵位的疏密。以隔句或三句押韵，韵位均匀，又多选用平声韵的词调，则呈现出纡徐为妍的姿态。短句多，而韵位较密，仄韵或平仄韵交互的词调，则呈现出卓荦为杰的姿态，等等。这些因素，在选调时应加注意。

五　词韵及其运用

　　词韵在平水韵基础上，将邻近的韵进行合并重组，依戈载《词林正韵》共十九部（平上去声十四部，入声五部）。其中某些韵部如平声的灰、元又作再分（如元部的"魂痕"等字与"真文"合并，元部的"言烦"等字与"寒删"合并），宛老尝有"东冬有别，诗韵似严；灰元再分，词韵更谨"之叹。但从重组后各部的韵字数量看，词韵比诗韵要宽得多。

　　不同的韵部用于歌词，听觉审美特征是不一样的，明人王骥德说："各韵为声，亦各不同。如'东钟'之洪，'江阳'、'皆来'、'萧豪'之响，'歌戈'、'家麻'之和，韵之最美听者。'寒山'、'桓欢'、'先天'之雅，'庚青'之清，'尤侯'之幽，次之。'齐微'之弱，'鱼模'之混，'真文'之缓，'车遮'之用杂入声，又次之。'支思'之萎而不振，听之令人不爽。至'侵寻'、'监咸'、'廉纤'，开之则非其字，闭之则不宜吻，勿多用可也。"① 这原是针对唱曲讲

---

　　①　王骥德《方诸馆曲律》卷三《杂论》第三十九上。

的。但唱词是一个道理。又，清初黄周星《制曲枝语》有"三仄更须分上去，两平还要辨阴阳"之说，原也适用于词。南宋词人张炎举过这样的例子：

> 先人（其父张枢）晓畅音律，有《寄闲集》，旁缀音谱，刊行于世。每作一词，必使歌者按之，稍有不协，随即改正。曾赋《瑞鹤仙》一词……按之歌谱，声字皆协，惟（"粉蝶儿、扑定花心不去"的）"扑"字稍不协，遂改为"守"字乃协。始知雅词协音，虽一字亦不放过。又作《惜花春起早》云："琐窗深。""深"字意不协，改为"幽"字，又不协，再改为"明"字，歌之始协。此三字皆平声，胡为如是？盖五音有唇、齿、喉、舌、鼻，所以有轻清重浊之分。[①]

张枢歌词的改字与王安石《泊船瓜洲》的改字，意义是不同的，王为的是意境，张为的是歌唱——为了歌者唱得字字清晰，又不拗嗓，所以对同为平声的深、幽、明字有一番阴阳的推求。其间壸奥，非唱不能确知，举个切近的例子，如《草原英雄小姐妹》中"天上闪闪的星星多，不如公社的羊儿多"，光看（或读）是没有任何问题的，但配合曲调唱起来，初听这首歌的人怎么听都是"羊耳朵"。从张枢改词的逸事看，宋人对字音的协与不协，要不是通过唱来检验，仅凭看或读，也是心中无数的。

然而，在曲调失传、不能被诸管弦词当作长短的诗来写的今天，在不歌而诵的前提下，除通过词调的经典文本揣度词调的声情仍有必要外，进一步作四声清浊的推求，则意义不大，会成无的放矢，

---

① 张炎《词源》卷下。

就用不着细谈了。^① 有道是：

> 重把流觞酌。看四座、王郎谢弟，衣冠磊落。中有洞箫发清越，酷似云间老鹤。疑大雅、于今重作。无那曲高终和寡，算今人、几个知清浊？五六犯，浑不觉。　吾词岂上凌烟阁，只不过、闷余排遣，醉时自乐。燕燕莺莺安在也，十四烟桥如昨。步韵罢、管弦谁托？见说吴音能吟诵，又周秦魏晋难相若。分韵后，思量着。(贺兰吹雪《金缕曲》)

---

① 读者如要了解相关知识，不妨参阅龙榆生《词学十讲》之八。

第八谈　散曲之蛤蜊味

（曲体）

词曲而曲直，词敛约而曲散，词婉约而曲奔放，词凝重而曲骏，词蕴藉含蓄而曲淋漓尽致。以六义言，则词多用比兴，而曲多用赋。以诗为喻，则词近五七言律绝，而曲近七言歌行；以文为喻，则词近齐梁小赋，曲近两汉京都、田猎诸作，以人为喻，则词如南国佳人，曲如关西莽汉；以山水为喻，则词如秦淮月，钟阜云，曲如雁荡瀑，钱塘潮。（王季思《曲不曲》）

一　散曲的体制

散曲是元代新兴的一种诗体，它与词同源，同出于民间长短句歌辞。民间歌辞向文人诗方向发展即成为词，与北方里巷胡夷之曲结合即成为北曲（北曲与南方里巷之曲结合即成为南曲）。散曲属于北曲的一部分。

散曲分为两大类，一是小令，二是套数。小令在元时一名叶儿，指独立只曲，是散曲中最简单的形式。小令有曲牌，分属不同宫调（记录依律管定出不同音高的语言符号），有固定的调子和唱法，字数、节奏、平仄、用韵都有基本的定式。曲牌大多来自民间，一部分由词牌转变而来。词中亦有小令，但令词在五十八字之内，或有分片。令曲字数不限，且不分片。小令举例：

> 旧酒投，新醅泼，老瓦盆边笑呵呵。共山僧野叟闲吟和。
> 他出一对鸡，我出一个鹅，闲快活。（关汉卿《南吕·四块玉·闲适》）

"南吕"是宫调名。"四块玉"是曲牌。"闲适"是这支小令的题目。

北曲没有入声，入声归入平上去三声。故词韵为诗韵之变通，而曲韵则另立韵部。周德清《中原音韵》分为：东钟、江阳、支思、齐微、鱼模、皆来、真文、寒山、桓欢、先天、萧豪、歌戈、家麻、车遮、庚青、尤侯、侵寻、监咸、廉纤等十九个韵部。令词用韵疏密有致，或可换韵，上去声可以互押，平声、入声独用。令曲用韵很密，一韵到底，平上去声可以互押，但根据歌唱的需要，有时平声要分阴阳、仄声要分上去。

近体诗词句有定字，散曲句中可加衬字，一般说来，衬字往往是些无关紧要的字，一般用于补足语气或描摹情态，在歌唱时是不占重拍、不算节奏的。衬字用在句首为多，有实字有虚字，最不拘，如"大师·一·一·问行藏，小生仔细诉衷肠"（王实甫《西厢记》）。衬字在句中，原则上只能用虚字，如"游·了·洞房，登·了·宝塔"（同上）、"有韦娘般风度，谢女般·才·能"（商政叔《拈花惹草心》），不能用于句末或停顿处，尤其不能用于韵脚。衬字可多可少，并无规定。多者可达十余字，如"我是个蒸不烂煮不熟捶不扁炒不爆响当当一粒铜豌豆"。由于衬字的使用具有一定的随意性，又不标注，作诵诗看时，有时不免正衬难明。

另有一种语法上的衬字，在口语中不必有，其主要作用是凑足字数，或显示一种特殊的风趣，如《叨叨令》的"也么哥"、《醉娘子》的"也么天"，等等。

系列 A 男人女士都宜购，系列 B 太婆抹了额无皱；系列 C 黄脸抹了生白肉，系列 D 胖姑抹了变精瘦。莫误了也·么·哥·，莫误了也·么·哥·！大酬宾美容佳品低廉售。（芦管《正宫·叨叨令·街摊所见》五首录一）

有些小令在音乐上有连带关系（音律衔接），习惯用两三个曲子联唱，故被称为带过曲，曲牌上注明"带过""带""过""兼"等字样。如《中吕》的"十二月过尧民歌"，《双调》的"雁儿落带过得胜令"，《南吕》的"骂玉郎带过感皇恩、采茶歌"，等等。

〔十二月〕自别后遥山隐隐，更那堪远水粼粼。见杨柳飞绵滚滚，对桃花醉脸醺醺。透内阁香风阵阵，掩重门暮雨纷纷。

〔尧民歌〕怕黄昏忽地又黄昏，不销魂怎地不销魂。新啼痕压旧啼痕，断肠人忆断肠人。今春香肌瘦几分？缕带宽三寸。

（王实甫《中吕·十二月过尧民歌·别情》）

再说套数。套数是由两首以上同一宫调（偶有"借宫"即借用宫调相近的曲子）的曲子相联而成的组曲。全套从首至尾须一韵到底，不可换韵（因曲韵平仄通押，每部韵字较多，容易做到这一点）。散曲不忌重韵，同一首曲中可以出现相同的韵字。

〔夜行船〕百岁光阴一梦蝶，重回首往事堪嗟。今日春来，明朝花谢。急罚盏夜阑灯灭。

〔乔木查〕想秦宫汉阙，都做了衰草牛羊野，不恁么渔樵没话说。纵荒坟横断碑，不辨龙蛇。

〔庆宣和〕投至狐踪与兔穴，多少豪杰。鼎足虽坚半腰里折。魏耶？晋耶？

〔落梅风〕天教你富，莫太奢，没多时好天良夜。看钱奴硬将心似铁，空辜负锦堂风月。

〔风入松〕眼前红日又西斜，疾似下坡车。晓来镜里添白雪，上床与鞋履相别。休笑鸠巢计拙，葫芦提一向装呆。

〔拨不断〕利名竭，是非绝。红尘不向门前惹，绿树偏宜屋角遮，青山正补墙头缺，更那堪竹篱茅舍。

〔离亭宴煞〕蛩吟罢一觉才宁贴，鸡鸣时万事无休歇，争名利何年是彻：密匝匝蚁排兵，乱纷纷蜂酿蜜，闹嚷嚷蝇争血。裴公绿野堂，陶令白莲社，爱秋来那些：和露摘黄花，带霜烹

251

紫蟹，煮酒烧红叶。人生有限杯，几个登高节？嘱咐俺顽童记者：便北海探吾来，道东篱醉了也。（马致远《双调·夜行船·秋思》）

套数第一支小令的曲牌（如《夜行船》），通常书作全套的曲牌，故第一支小令的曲牌亦可不书。套数曲牌的排列次序大致一定，又如《仙吕·点绛唇》套曲，大致由《点绛唇》《混江龙》《油葫芦》《天下乐》《哪吒令》《鹊踏枝》《寄生草》《赚煞》组成。

套数一般有《尾声》或《煞尾》，某些宫调还有《煞》曲，置于《尾声》或《煞尾》之前，可只用一曲，或连续使用数曲。《煞》曲并可与其他曲牌结合，以代《尾声》，如《后庭花煞》《离庭宴煞》等。

二 平仄与对仗

在元曲时代，诗词主要成了案头文学，而散曲是需要唱的，因而对平仄的讲求较诗词更严。《中原音韵》将汉字分为阴平、阳平、上声、去声，在实际操作中阴平、阳平习惯上仍看作是一类。

不同的是上声和去声。原来诗词笼统地将上去归为仄声，然而，为使音律协调，散曲对上声和去声的区分却是很严的，曲调的尾字尤其是韵脚，该用上声的不能用去声，反之亦然。如《庆宣和》末句要作去上，《山坡羊》《四块玉》的末句要作平去平，等等。大体规律是，末字规定为上声，其上一字必为去声，反之亦然。相邻的两个以上的平声，与另一些未规定上去要求的相邻仄声，有时也得阴阳交错、上去错落。同节拍的三字不宜连用三平、三仄，同一节拍的两字，不宜连用上上、去去。

一般情况下，曲句的末字声调总是固定的，尤其是当其为韵脚时。如《双调·寿阳曲》(一名《落梅风》)：

金刀利，锦鲤肥，更那堪玉葱纤细。添得醋来风韵美，试尝道甚生滋味。(李寿卿《无题》)

寻花径，梦草池，乳莺啼牡丹开未。荒凉故园春事已，谢东风补红添翠。(张可久《春晚》)

平平去_句 仄 仄平_韵 仄 平 平、仄平平去_韵 平 平仄平平去上 (平)_韵 仄 平 平、仄平平去_韵

此调平仄互押，平脚是阴阳不论，仄脚则须分别上声和去声。曲句亦有律句与拗句的分别，曲的律句与词的律句相近，此调前两个三字句，相当于五言律句的后三字，即是律句。而以下的七言句均属拗句，三、五两句节奏为上三下四，首字须仄。

曲字声调的分类与近体诗词不同，是去声自为一类，而平声(阴阳)与上声合为一类，上声与平声往往通用，在韵脚尤其如此，这大约有调值上的原因。仿照万树的话说就是：论声以一平对三仄，论歌以一去对平、上。如《越调·天净沙》：

枯藤老树昏鸦，小桥流水人家。古道西风瘦马。夕阳西下，断肠人在天涯。(马致远《秋思》)

西风渭水长安，淡烟疏雨骊山。不见昭阳玉环。夕阳楼上，无言独倚阑干。(同上)

平 平仄 仄平平_韵 平 平仄 仄 平平_韵 仄 仄平平去上 (平)_韵 平 平平仄_句 平 平仄 仄平平_韵

第三句"古道西风瘦马"作仄仄平平去上，"不见昭阳玉环"作仄仄平平去平。

创作散曲与填词一样须倚声斟酌，关于更多的曲牌格式，上海辞书出版社《元曲鉴赏辞典》附录有元北曲谱简编，可以参考。曲字平仄讲求虽较诗词为严，然而由于衬字大量加入，由于正衬不明，这种平仄讲求，若不配合音乐演唱，就没有实际的意义。因此，加入了衬字的散曲作品，作为案头文学看或诵读时，则更像是自由体而非格律体，与明清的时调山歌，并无二致。

> 端的是、繁华市镇，热闹街衢。生意兴隆通大道，人财两旺名不虚。但只见、拖拉机无数，自行车无数，人如潮涌乱喧呼。吊死人、昼夜乐声停不住。贺开张、鞭炮噼啪响通途。杀猪声、天天听惯能安寝，有道是、君子何须远庖厨。晴日黄尘满天舞，雨里泥泞稀里糊。脏乱差别无二处。好一个文明第一倒起数。（刘锋晋《自度曲·某县城关街头纪事》）

这是一首自度曲，选题属嘲讽一类。用韵很密，平仄互押，句式骈散相间，写作相当自由，正衬字难分。虽然无律可依，你得承认，这是很地道的一支散曲。

散曲的对仗，在近体诗词的基础上增加了民间的趣味，或向多样、多层次、多方面的方向发展，或另创新的品类，可谓五彩缤纷。

最重要的是鼎足对，明朱权《太和正音谱》列此名，注："三句对者是，俗呼为'三枪'。"如前举马致远《双调·夜行船·秋思》中的"密匝匝蚁排兵，乱纷纷蜂酿蜜，闹嚷嚷蝇争血""和露摘黄花，带霜烹紫蟹，煮酒烧红叶"，就是鼎足对。

铺眉苫眼早三公，裸袖揎拳享万钟，胡言乱语成时用。大纲来都是哄。说英雄谁是英雄？五眼鸡岐山鸣凤，两头蛇南阳卧龙，三脚猫渭水飞熊。(张鸣善《双调·水仙子·讥时》)

这支曲的主题句是"说英雄谁是英雄"，讽刺对象为权豪势要。鲁迅说："自称小人的无须防，得其反是好人；自称君子的必须防，得其反是盗贼。"其意略同。曲中有两组鼎足对。前一组"时用"谐音"十用"，与"三公""万钟"作数目对，是借对。后一组中，将"五眼鸡""两头蛇""三脚猫"等丑类与"岐山鸣凤""南阳卧龙""渭水飞熊"等吉祥物组句，对比强烈，语极豪辣，这也是鼎足对才有的特点。听起来就像音乐中的三连音，给人的感觉是沉着而有力量。

曲调起结处连续出现三个齐言句的地方，原则上都宜用鼎足对，如"美人自刎乌江岸，战火曾烧赤壁山，将军空老玉门关"(张可久《卖花声·咏史》)、"面瓮儿里袁安舍，盐堆儿里党尉宅，粉缸儿里舞榭歌台"(乔吉《水仙子·咏雪》)，这类曲牌还有《醉太平》《寄生草》《折桂令》《天净沙》，等等。

其次是连璧对，朱权注："四句对者是。"这种汗漫的对仗，在古诗(绝句)中偶而一见，如"春水满四泽，夏云多奇峰。秋月扬明辉，冬岭秀孤松"(顾恺之《神情诗》)。在散曲中则较为普遍，如"功名万里忙如燕，斯文一脉微如线。光阴寸隙流如电，风霜两鬓白如练"(薛昂夫《塞鸿秋》)、"苍猿攀树啼，残花扑马飞。越女随舟唱，山僧逐渡归"(吕止庵《后庭花》)。

此外，有连珠对，朱权注："句多相对者也。"如"自别后遥山隐隐，更那堪远水粼粼。见杨柳飞绵滚滚，对桃花醉脸醺醺。透内阁香风阵阵，掩重门暮雨纷纷。"(王实甫《十二月过尧民歌》)此例每句

255

首三字为衬字。

有扇面对，又称隔句对，朱权注："长短句对者是。"这是它与近体诗的扇面对的不同之处，而与骈文较近似，如"法鼓金铎，二月春雷响殿角；钟声佛号，半天风雨洒松梢"（王实甫《西厢记》）。

有鸾凤和鸣对，朱权注："首尾相对，如《叨叨令》所对者是也。"如"叮叮当当铁马儿乞留玎琅闹，啾啾唧唧促织儿依柔依然叫；滴滴点点细雨儿渐零渐留哨，潇潇洒洒梧叶儿失流疏剌落。睡不着也末哥，睡不着也末哥，孤孤另另单枕上迷颩模登靠。"（周文质《叨叨令》）如无五六两句隔断，即属连珠对。

三　对雅驯的颠覆

散曲与诗词有很大差别。上文谈到的一韵到底、平仄互押、可加衬字等差别，还只是形式范畴的差别。此外，内容和审美取向也有很大的差别。

散曲有显著的文体特征，通常称为蛤蜊味（或称蒜酪味）。《南史·王融传》有"且食蛤蜊"之语，元曲家钟嗣成等用来指元曲的特殊风趣，包括以俗写雅、豪辣尽露、嘲讽戏谑、亦谐亦庄、逞才弄巧等审美趣味。蛤蜊味在实质上是对诗词审美取向的一种颠覆，颠覆的原因有以下几点：

（1）散曲产生于金元时代，初起于华北、东北的民间，逐渐集中到大都、汴梁等都市传唱。凡政治上南北分立时期，文学由于地理民俗原因，皆有文质之分。燕赵多感慨悲歌之士，而辽金传马上杀伐之声。地理和民俗的特点，在散曲风貌上打上烙印，这就在传统诗词外形成别具一格的诗美。

（2）元代蒙古贵族入主中原，儒家传统伦理道德观念、载道派文学观念动摇，汉族知识分子地位整体沉沦，出入勾栏（戏院），混迹娼优侪类，游戏人生、消遣人生成为思潮。散曲最突出的题材为愤世嫉俗（叹世）、借古讽今（咏史）、游山玩水（写景）、田园生活（归隐）、饮食男女（题情）等。既保留一些雅人深致，又夹杂一些市井的庸俗情调。

（3）散曲与元人杂剧是孪生姊妹，杂剧的唱词即散曲之套数。元人欲工戏曲，大抵从小令开始。小令既工，而后求联调成套，联调成套既精熟，而后联套成剧。元曲作家大体一身二任，散曲家就是戏剧家，戏剧家也就是散曲家。散曲尤其是套数，受到参军戏和杂剧之影响，有很强的叙事性和喜剧色彩。

散曲对诗词的一个颠覆是对古雅的颠覆，这个颠覆与戏曲的影响有关。因为杂剧面对的是勾栏瓦肆（戏院）里的主儿，大多是市井中不识字的观众，甚至庄稼人，他们到勾栏瓦肆的主要目的是为了寻开心，杂剧中的插科打诨，亦即今人说的搞笑，就是为了满足这种要求的。影响到散曲创作，一是突破诗词习惯的取材，引进了非诗的、乃至不雅的内容，如王和卿《咏虱》（天净沙）、《王大姐浴房内吃打》（拨不断）、杜遵礼《妓歪口》（醉中天）、《佳人脸上黑痣》（同上）等。二是颠覆诗词语言的雅驯，变为不避俚俗，准确地说是熔雅俗于一炉，《魏书·胡叟传》所谓"既善为典雅之词，又工为鄙俗之句"，恰好可以用来描述散曲的语言风格。

　　一点樱桃挫，半壁杏腮多。每日长吁暖耳朵，正觑着傍边唾。小唱单吹海螺，侧跷儿把戏做，口儿恰迎着。（杜遵礼《仙吕·醉中天·妓歪口》）

诗词皆有咏妓的，但不会写"妓歪口"。拿别人生理缺陷开玩笑，有点损，不宜学。从语言上看，"一点樱桃""半壁杏腮"的形容是雅驯的、符合诗词惯例的，末字的"挫""多"则是口语化的、意想不到的，"每日长吁暖耳朵"以下纯属俳语，极富谐趣。明人李开先《词谑》云：

> 周德清《中原音韵·作词十法》造语"不可作张打油语"，士夫不知所谓，多有问予者。乃汴之行省掾一参知政事，厅后作一粉壁。雪中升厅，见有题诗于壁上者："六出飘飘降九霄，街前街后尽琼瑶。有朝一日天晴了，使扫帚的使扫帚，使锹的使锹。"参政大怒曰："何人大胆，敢污吾壁？"左右以张打油对。簇拥至前，答以："某虽不才，素颇知诗，岂至如此乱道？如不信，试别命一题如何？"时南阳被围，请禁兵出救，即以为题。打油应声曰："天兵百万下南阳。"参政曰："有气概，壁上定非汝作。"急令成下三句，云："也无救援也无粮。有朝一日城破了，哭爹的哭爹，哭娘的哭娘。"依然前作腔范。参政大笑而舍之。诗词但涉鄙俗者，谓之张打油语，用以垂戒。

故事中两首韵语的腔范，就是前有气概或作雅言，后作鄙俗语，在诗词固然是一忌，在散曲却是本色。周德清谓"不可作张打油语"，实是囿于传统观念，并不合于散曲创作的实际。但散曲语言不是一味鄙俗，而是将雅语与鄙俗语熔为一炉，这一融合，雅俗形成强烈反差，具有了喜剧效果，因而特逗，给人以谐谑的审美愉悦。这两首打油诗，置元人小令中，可算本色当行之作。

唐人有"刘郎不敢题糕字，枉为诗中一代豪"之说。诗词中不能题的糕字之类，在散曲却可以来者不拒。《粟香随笔》一书，载王苳舫《蝶恋花·看桃花为阴雨所阻》结句为"天公也吃桃花醋"，是说桃花艳丽而天不放晴，似有妒意。就因为有"吃醋"字面，有人觉得不像词句，因而改写成散曲，调寄《塞鸿秋》："生成百样娇，惹得千般妒。这分明天公也吃桃花醋。"就觉得本色。同理，唐诗戏语如"公道世间唯白发，贵人头上不曾饶"（杜牧）、"自家飞絮犹无定，争解垂丝绊路人"（罗隐）等，若出现在散曲，也属本色。

> 挣破庄周梦，两翅驾东风，三百座名园一采一个空。谁道风流种，唬杀寻芳的蜜蜂。轻轻地飞动，把卖花人扇过桥东。
> （王和卿《仙吕·醉中天·咏大蝴蝶》）

据元人陶宗仪《辍耕录》称，中统（元世祖忽必烈年号）初燕市出了一只大蝴蝶，其大异常。王和卿与关汉卿唱和，王先写这首曲，关即搁笔。蝴蝶，是诗词的题材。而大蝴蝶，则只有散曲才会这样写。这首词写蝴蝶之大，先用庄子典故，很雅。自"三百座名园一采一个空"以下，即入滑稽夸张，结尾极富蛤蜊味。其实，哪里会有"三百座名园一采一个空"的大蝴蝶呢？这是对当时在大都、汴梁等城市里横行霸道、占人妻女的"花花太岁""浪子丧门"的顺手一击，在轻松诙谐的笔调中，具有鞭挞社会丑恶的现实意义。宋人谢无逸咏蝴蝶诗云："江天春暖晚风细，相逐卖花人过桥。""把卖花人扇过桥东"由此脱化。然而，诗是雅语，曲是俗语；诗中卖花人主动、蝴蝶被动，曲中被动变主动、主动变被动；诗是生活化的，曲是卡通化的。蛤蜊味就这么来的。

> 城中黑潦，村中黄潦，人都道天瓢翻了。出门溅我一身泥，这污秽如何可扫？东家壁倒，西家壁倒，窥见室家之好。问天公还有几时晴？天也道阴晴难保。（无名氏《失宫调牌名·大雨》）

写大雨形成涝灾、洪灾，满篇俗语中突然出现一个"室家之好"的雅言，也很逗。洪灾中可恼处正多，只说隐私不保，就很俏皮。

四　对含蓄的颠覆

诗词均主含蓄，散曲反其道而行之，追求浩瀚豪辣之美，合于艺术发展趋新的规律。

刘熙载说："词如诗，曲如赋。"[①] 王季思《曲不曲》说："词曲而曲直，词敛而曲散，词婉约而曲奔放，词凝重而曲骏，词蕴藉含蓄而曲淋漓尽致。以六义言，则词多用比兴，而曲多用赋。以诗为喻，则词近五七言律绝，而曲近七言歌行；以文为喻，则词近齐梁小赋，曲近两汉京都、田猎诸作；以人为喻，则词如南国佳人，曲如关西莽汉；以山水为喻，则词如秦淮月，钟阜云，曲如雁荡瀑，钱塘潮。"其言是也。

诗词重比兴寄托、言外之意，将含蓄之美发展到极致；散曲本于说唱文艺，重情感直抒、白描铺叙、意外之言。诗词只说到七八分；散曲则说到十分、十二分，豪辣、尖新、活泼、骏快是其本色。

> 我是个蒸不烂煮不熟捶不扁炒不爆响当当一粒铜碗豆。恁子弟们，谁教你钻入他锄不断斫不下解不开顿不脱慢腾腾千层锦套头。我玩的是梁园月，饮的是东京酒，赏的是洛阳花，攀的是章台柳。我也会围棋，会蹴鞠，会打围，会插科，会歌舞，会吹弹，会咽作，会吟诗，会双陆。你便是落了我牙，歪了我

---

① 刘熙载. 艺概 [M]. 上海：上海古籍出版社，1978：124.

嘴，瘸了我腿，折了我手，天赐与我这几般儿歹症候，尚兀自不肯休。只除是阎王亲自唤，神鬼自来勾，三魂归地府，七魄丧冥幽，天哪，那其间才不向烟花路儿上走。［关汉卿《南吕·一枝花·不伏老（黄钟煞）》］

这是一个套数的尾声，曲为一个书会才人的自白，主题词是"不伏老"。开始就是一组恣肆汪洋铺张排比长句，衬字加到十几二十个。写阅历笔墨酣畅，在玩月、饮酒、赏花、狎妓前各嵌一个大都会地名。用穷举罗列之法，毕数个人才艺——围棋、蹴踘、打猎、表演、歌舞、吹弹、吟诗、赌博，等等。一个死字，衍作二十字——阎王亲自唤、神鬼自来勾、三魂归地府、七魄丧冥幽。古诗中也有写不服老的，如曹操《龟虽寿》，不过出以比兴，点到为止，哪有这样的穷举铺张，淋漓尽致的。

五　谐趣与喜剧性

谐生于对生命的玩赏态度，在陶诗、杜诗、苏诗和辛词中都可以看到这种态度，完全没有谐趣的人与诗是绝缘的。

散曲把谐趣推向了一个极致，上文谈及散曲的语言风格时已提到这一点。谐趣不但见于小令，尤其见于套数，这是因为套数多以戏为曲——用代言（第一人称）的语气叙事，就像一幕独角的喜剧。最具代表性的作品有杜仁杰《般涉调·耍孩儿·庄家不识勾阑》、马致远《般涉调·耍孩儿·借马》、姚守中《中吕·粉蝶儿·牛诉冤》、睢景臣《般涉调·哨遍·高祖还乡》等。

钟嗣成《录鬼簿》记载了一个故事，扬州书会才人笔会，俱作

《高祖还乡》套数，睢景臣的《哨遍》套曲制作新奇，诸公皆出其下。《史记》上记载了汉高祖还乡之事，是在刘邦统一中国后，在平英布的归途经家乡沛县，逗留数日，召故人父老子弟会饮，组织一百二十名里中少年合唱《大风歌》，风光之至。别的书会才人，或许未能摆脱史实的限制，所以都未能流传下来。唯有睢景臣抛开史实，别出心裁地虚构故事，反而成为传世之作。全套共分三部分，最有喜剧性的是第二、三两个部分。

［耍孩儿］瞎王留引定伙乔男女，胡踢蹬吹笛擂鼓。见一彪人马到庄门，劈头里几面旗舒：一面旗白胡阑套住个迎霜兔，一面旗红曲连打着个毕月乌，一面旗鸡学舞，一面旗狗生双翅，一面旗蛇缠葫芦。

［五煞］红漆了叉，银铮了斧，甜瓜苦瓜黄金镀，明晃晃马镫枪尖上挑，白雪雪鹅毛扇上铺。这几个乔人物，拿着些不曾见的器仗，穿着些大作怪衣服。

［四］辕条上都是马，套顶上不见驴。黄罗伞柄天生曲。车前八个天曹判，车后若干递送夫。更几个多娇女，一般穿着，一样妆梳。

以上是第二部分，用漫画化的手法，写庄稼人眼中皇帝的卤簿（仪仗）。皇帝的卤簿既有保安的作用，又是权力的象征，原是很神圣的。但经过不识字庄稼人的一番形容，"鸡学舞"指凤旗、"狗生双翅"指飞虎旗、"蛇缠葫芦"指龙旗、"甜瓜苦瓜黄金镀"指金瓜锤、狼牙棒，等等，就像反映在哈哈镜里的形象，全变得滑稽可笑。

［三］那大汉下的车，众人施礼数。那大汉觑得人如无物。

众乡老屈脚舒腰拜，那大汉挪身着手扶，猛可里抬头觑。觑多时认得，险气破我胸脯。

〔二〕你须身姓刘，你妻须姓吕。把你两家儿根脚从头数：你本身做亭长，耽几盏酒，你丈人教乡学，读几卷书，曾在俺庄东住，也曾与我喂牛切草，拽坝扶锄。

〔一〕春采了桑，冬借了俺粟，零支了米麦无重数。换田契强称了麻三秤，还酒债偷量了豆几斛。有甚胡突处？明标着册历，现放着文书。

〔尾〕少我的钱，差发内旋拨还，欠我的粟，税粮中私准除。只道刘三谁肯把你揪捽住，白什么改了姓、更了名唤作汉高祖。

以上为第三部分，用误会的手法，写庄稼人所理解的汉高祖。虽然是虚构故事，也另有历史根据。据《史记·高祖本纪》记载，刘邦早年好色贪杯，常在武、王两家赊酒，后来一笔注销。一次，沛县令接待贵客吕公，豪杰往贺，刘邦不持一文，却诳称万钱，骗居上座，等等。曲中以乡民口气，数落其抓拿吃骗种种劣迹，不客气地向他讨债，还疑心他"改了姓、更了名唤作汉高祖"是为了赖债的缘故——把无价值的撕毁给人看，合于鲁迅对喜剧的定义。

今人谈这篇套数的社会意义，多着眼于否定封建统治者的权威，不一定符合实际。朱光潜论谐趣似更切中要害，他说"谐"最富于社会性，极粗鄙的人喜欢，极文雅的人也喜欢。"在一个集会中，大家正襟危坐时，每个人都俨然不可侵犯的样子，彼此中间无形中有一层隔阂。但是到了谐趣发动时，这一层隔阂就涣然冰释，大家在谑浪笑傲中忘形尔我，揭开了文明人的面具，回到原始时代的团结与统一。"①

喜剧性的最高表现是自嘲——对人性的自嘲、对伪的自嘲——揭示现实与本质的不符。马致远《借马》堪称杰作。借马是一个生活事件，从这个事件中可以窥见小私有者的自私心理，诗词一般不写这种题材，这是曲的专利。

〔耍孩儿〕近来时买得匹蒲梢骑，气命儿般看承爱惜。逐宵上草料数十番，喂饲得膘息胖肥。但有些秽污却早忙刷洗，微有些辛勤便下骑。有那等无知辈，出言要借，对面难推。

〔七煞〕懒设设牵下槽，意迟迟背后随，气忿忿懒把鞍来备。我沉吟了半晌语不语？不晓事颏人知不知？他又不是不精细，道不得"他人弓莫挽，他人马休骑"。

〔六煞〕不骑呵西棚下凉处拴，骑时节拣地皮平处骑。将青青嫩草频频的喂。歇时节肚带松松放，怕坐的困尻包儿款款移。勤觑着鞍和辔，牢踏着宝镫，前口儿休提。

〔五煞〕饥时节喂些草，渴时节饮些水。著皮肤休使粗毡屈，三山骨休使鞭来打，砖瓦上休教稳着蹄。有口话你明明的记：饱时休走，饮了休驰。

〔四煞〕抛粪时教干处抛，尿绰时教净处尿。拴时节拣个牢固桩橛上系。路途上休要踏砖块，过水处不教溅起泥。这马知人义，似云长赤兔，如益德乌骓。

〔三煞〕有汗时休去檐下拴，渲时休教侵着颏。软煮料草铡的细。上坡时款把身来耸，下坡时休教走得疾。休道人忒寒碎。

① 朱光潜. 诗论〔A〕. 朱光潜美学论文集〔C〕. 上海：上海文艺出版社，1982：27.

休教鞭飐着马眼，休教鞭擦损毛衣。

〔二煞〕不借时恶了弟兄，不借时反了面皮。马儿行嘱咐叮咛记：鞍心马户将伊打，刷子去刀莫作疑。只叹的一声长吁气，哀哀怨怨，切切悲悲。

〔一煞〕早晨间借与他，日平西盼望你，倚门专等来家内。柔肠寸寸因他断，侧耳频频听你嘶。道一声好去，早两泪双垂。

〔尾〕没道理没道理，忒下的忒下的。恰才说来的话君专记，一口气不违借与了你。（马致远《般涉调·耍孩儿·借马》）

买马不易，所以爱惜；马是新买，加倍爱惜；马是好马，三倍爱惜。哥们儿开口要借，干脆借或干脆不借，都没有戏。唯独在借与不借之间，在想推与对面难推之间，喜剧就出来了。既不得不牵马下槽，又拖延时间；明知对方不是不精细，却偏偏要唠叨叮咛，叮咛多是废话、缺乏可操作性的话。一万个不放心，只能对马说，只能用拆白道字。马致远的着力处，放在借马的慷慨之举与不情愿借马的自私心理的冲突，将"诙谐之极的局面，而出之以严肃不拘的笔墨，这乃是最高的喜剧"（郑振铎）。

六　文字游戏与巧体

散曲与诗词雅化的趋向不同，它把趣味返回民间。民间诗有一种传统的技巧，即搬砖弄瓦式的文字游戏，所作意义滑稽而声音圆转自如，游戏于规范之中而从心所欲不逾矩，主要的手法有重叠、顶真、趁韵、排比、回文，等等。散曲全面接过了这些民间的趣味，从而形成了以逞才使巧、翻新出奇为特征的巧体——关于韵的有短柱体、独木桥体；关于字的有叠韵体、犯韵体、顶真体、叠字体、嵌字体；关于句的有反复体、回文体、重句体；关于联章的有连环体；关于材料的有集古体、集谚体、集剧名体、集调名体、集药名体，等等。

巧体卖弄的是技巧和功夫，其魅力在于因难见巧、游刃有余，它与江湖卖艺人的绝活如三棒鼓、拉戏胡琴、相声、杂技、口技、拳脚等有异曲同工之妙，表现的是民间的趣味，却也是雅俗共赏。在高雅艺术中，则不宜过度使用，反而要宁拙勿巧、大巧若拙。在这点上，诗词曲的确是有所分工的。散曲巧体举隅如次：

（1）短柱体。通篇每句两韵，或两字一韵，系在"六字三韵语"的基础上发展而来。如：

> 銮舆三顾茅庐，汉祚难扶，日暮桑榆。深渡南泸，长驱西蜀，力拒东吴。美乎周瑜妙术，悲夫关羽云殂。天数盈虚，造物乘除，问汝何如？笑赋归欤。（虞集《双调·折桂令·席上偶谈蜀汉事因赋短柱体》）

（2）独木桥体。通篇押同一字韵。

> 春来时香雪梨花会，夏来时云锦荷花会，秋来时霜露黄花会，冬来时风月梅花会。春夏与秋冬，四季皆佳会。主人此意谁能会？（张养浩《正宫·塞鸿秋》）

（3）顶真体。亦称连珠格。前一句末字即为后一句首字，前后蝉联。

断肠人寄断肠词，词写心间事。事到头来不由自。自寻思，思量往日真诚志。志诚是有，有情谁似，似俺那人儿。（无名氏《越调·小桃红》）

　　（4）叠字体。通篇由叠字构成。

　　莺莺燕燕春春，花花柳柳真真，事事风风韵韵。娇娇嫩嫩，停停当当人人。（乔吉《越调·天净沙·即事》）

　　（5）嵌字体。将同一个字或词、或虽不同却自成系列的一组字（如五行、基数词）嵌入句中，形成特殊的风趣。

　　江水澄澄江月明，江上何人搊玉筝？隔江和泪听，满江长叹声。（张可久《越调·凭阑人》）

　　金钗影摇春燕斜，木杪生春叶。水塘春始波，火候春初热。土牛儿载将春到也！（贯云石《双调·清江引·立春》）

　　前一曲每句嵌"江"字，后一曲每句嵌"春"字，并在句首依次嵌金、木、水、火、土字。在明清的时调山歌中，有更具奇趣之作：

　　得了一颗相思印，领了一张相思公文。相思人，走马去到相思任。相思城，尽都害的相思病。新相思告状，旧相思投文。相思的衙役，个个执定相思棍。难煞人，相思的公案怎审问？（无名氏《马头调·相思》）

（6）反复体。每句中字面，颠倒反复，或错落或整饬，形成特殊的风趣。例如较整饬的：

　　归休蜗舍蜗牛，友斑竹斑鸠，爱石藓石榴。解花语花羞，知乡愁乡梦，听泉韵泉流。凭帘卷帘开竹楼，览清幽清静荷沟。忆少时荡渔火渔舟，理鱼饵鱼钩；清沙噪沙喉，惊白鹭白鸥。
（萧自熙《双调·折桂令·回归自然》）

（7）重句体。一篇中多处用同样的口气的句子，遣词略有变化。

　　冷清清人在西厢，叫一声张郎，骂一声张郎。乱纷纷花落东墙，问一会红娘，絮一会红娘。枕儿余，衾儿剩，温一半绣床，闲一半绣床。月儿斜，风儿细，开一扇纱窗，掩一扇纱窗。荡悠悠梦绕高唐，萦一寸柔肠，断一寸柔肠。（汤式《双调·蟾宫曲》）

这首曲的句调，与词中《一剪梅》有异曲同工之处。

（8）连环体。组曲，前章的末句作后章的首句，前后勾连，以四首重头者居多。

　　闲来唱会清江引，解放愁和闷。富贵在于天，生死由乎命，且开怀与知音谈笑饮。

　　且开怀与知音谈笑饮，一曲瑶琴弄。弹出许多声，不与时人共，倚帏屏静中心自省。

　　倚帏屏静中心自省，万事皆前定。穷通各有时，聚散非骄客，立忠诚步步前程稳。

立忠诚步步前程稳，勉励勤和慎。劝君且耐心，缓缓相随顺，好消息到头端的准。（贯云石《双调·清江引》四首）

（9）顶真循环体。在顶针体的基础上，再加篇末篇首亦用顶真，全篇可以任何一句作首句循环吟唱，无止无休。

想则想他弹我唱。唱则夸景异花香。香风起劝我渡莲塘。塘蛙儿跌跌蹭蹭欲引桨。桨影儿咿咿呀呀唤波光。光景儿解语知情我归家犹自想。（萧自熙《中吕·红绣鞋·吟泛舟》）

其他如集古体、集谚体、集剧名体、集调名体、集药名体，顾名思义，皆集现成语词成篇，与今人集电影名成奇趣文字，是一样道理。写作的目的，并不着重于意义，而是着重于凑合的巧妙，文字游戏而已。

我对巧体的态度，和对待杂技、戏法的态度一样，绝不主张人人作此生活。看到别人玩出绝活，也不吝惜鼓掌和喝彩。

第九谈 作诗不易改诗难

（镕裁）

有时是情兴来时立即挥成。情感来时觉得发热发冷的时候也有，有时虽有情兴，而搁置数年数月方始写成的也有。大概立即挥成的东西是比较动人的，血后来方始写成的偏于技巧。（郭沫若《谈自己创作诗歌的经验》

一　打开一扇新窗子

这一谈主要讲如何作诗。主要讲诗，词曲也是一样道理。

欲讲如何作诗，先讲为何作诗。便想起高尔基一句话："我觉得每一本书都在我的面前打开了一扇新的窗子。"觉得好诗亦如之。

每一首诗都应该是一次美的发现。

题要新题，不要滥题。一本诗集如十之八九皆节日有感、茶会之作、庆祝成立、欣闻出版、奉和诗友，等等，则其诗可知。苏轼说："天下几人学杜甫，谁得其皮与其骨？"单看诗题，杜诗就有不可及处——《望岳》《画鹰》《房兵曹胡马》《喜达行在所》《石壕吏》《潼关吏》《新婚别》《垂老别》《空囊》《狂夫》《乾元中寓居谷县作歌七首》《茅屋为秋风所破歌》，等等，老杜好作新题，一个题目就预告一片新的风光。

顺便说，读书本身也贵在发现。没有发现，不等于没有。切莫轻言"晋无文章"一类的话，笼统地鄙薄明诗和笼统地鄙薄清诗一样不可取，韩文中有句讽刺颟顸者的话——"天下无马！"赵翼《套驹》、黄仲则《圈虎行》、曾国藩《傲奴》，仅题目就吸引了我。快读一过，感觉真不欺人。

比新题更重要的是新意。要出新意，要出其不意。一部电视剧，如看了前边就知道后边，观众一定会转换频道。一首诗，如见了上句就知道下句，则可以不作。拿咏怀古迹来说吧，前辈有《秦始皇陵下作》，先从读秦纪说起，历叙暴秦事迹及历史教训，洋洋洒洒，终其一篇，主题句仅为"载舟与覆舟，其言良可验"而已，毫无新意。纵然词秀调雅，实可不作。作了，实可不选。

> 荐将仓皇戎马间，感恩功狗尚桓桓。
>
> 他年钟室烹君夜，始信宫中月色寒。（邵祖平《萧何月下追韩信处》）

> 斩木揭竿起一军，果然三户可亡秦。
>
> 祖龙幸得今年死，从此高斯是佞人。（杨启宇《大泽乡》）

这两首就不一样了。前一首就"成也萧何，败也萧何"着想，然而抓住"月色"做文章，真是高招。后一首从大泽乡起事说起，然后借题发挥，句调虽从唐人"从此萧郎是路人"（崔郊）化出，却面目一新，诗意发人深省。可见咏史怀古类题材的出新，贵在独具只眼——对同一件史实，与别人看法不同，这也就是新意。如"先主纵无多访谒，孔明未必久耕锄"（星汉《雨后游南阳武侯祠放言》）、"倘能一语来承罪，未必三军敢倒戈"（《马嵬坡》）等，即是。前人归纳为一种技巧"翻案法"，这并不是事情的本质，本质是史识，有真知灼见。有案可翻，始得翻之。为翻案而翻案，哗众取宠，较之人云亦云，过犹不及。

一般说来，从个人熟悉的题材写起，从个人独特的生活情感写起，从身边的人事景物写起，比较容易写出感觉，也比较容易写出新意。四川的搬运工人在劳作时喊号子（一人喊上半句、其余的人喊下半句）道：

> 高矮，跳跺。横龙，顺跺。大坝一根线，跑马又射箭。平

洋大路，甩开大步。斜石一片坡，踩稳才不梭。稀泥烂凼，脚莫乱放。抬头望，把坡上。两边空，走当中。万丈深，慢点跟。拐拐上，站宽当。幺二拐，两边摆。之字拐，两边甩。左手倒拐，右手外甩。右手倒拐，左手外甩。高高一座大拱桥，千年古迹万年牢。二流坡，慢慢搓。天上一朵云，地上一个人。地下娃娃叫，请他妈来抱。天上鹞子飞，地下一大堆。天上明晃晃，地下水凼凼。踩左，在我。踩右，将就。越走越是陡，越走越好走。越下越深，越抬越轻。水花路，踩干处。越走，越近。再攒一把劲儿，倒拐就歇气儿。

搬运本身就是一片风景，这里有工人的汗水、工人的干劲、工人的协作、工人的友爱和工人的乐观，还有工人眼中一步一换的风景——"大坝一根线，跑马又射箭""高高一座大拱桥，千年古迹万年牢""天上鹞子飞，地下一大堆"，等等。这等好诗，书斋里的学者，真是抠破脑袋也想不出来的。

有一种题材是常写常新的，比如爱情，每个人都不一样，每个人都刻骨铭心。一定要写出那个不一样，一定要写出那个刻骨铭心。刘希夷的《公子行》就写得与众不同，就写得刻骨铭心。管夫人的《泥人儿》也与众不同，也刻骨铭心。有这样一首民歌：

入山看见藤缠树，出山看见树缠藤。

树死藤生缠到死，藤死树生死也缠。

真是一首绝作！如果在唐代，写得一首这样的诗，便可名世。这首诗是不押韵的，但你感觉得到吗？说实话，我从来就没有感觉到这一点。就像读"赤橙黄绿青蓝紫，谁持彩练当空舞"（毛泽东）从没有感觉到不押韵一样。这是因为它押调儿——只有天籁才能如此（等闲不可引为失韵的借口）。伟人提倡向民歌学习，其言不虚。

构思要新，思路要广，不落窠臼。如以"神舟五号"上天为题作诗，最常见的是正面歌颂，如"破雾穿云上九霄，东方乐曲驭空飘""神舟壮志冲牛斗，百姓齐声赞舜尧"，等等，千部一腔，令人欲睡。有人联想到张华《博物志》中海客乘槎至天河的神话传说，于是有了新的思路：

> 寂寞天河槎已杳，当年客自海边来。
>
> 神舟今日排云上，又使星娥惊一回。（钱红旗《神舟五号发射成功》）

前二句从故事说起，后二句只从侧面微挑，轻松活泼，很有新意。农民诗人郭定乾有一次看到别人拿着细细的长竿，一边赶鹅一边唱流行歌曲，门前不远处有条大河，河对面有小山，觉得真是一个诗意盎然、画意盎然的场景。诗兴大发，作《放鹅》诗道："手执长竿一曲歌，门前放眼好山河。农夫也有羲之好，春草青青放白鹅。"作者说，他先写成一、二、四句，第三句怎么也搭配不好。放了几天，因从祝枝山草书帖读到李白诗"山阴道士如相见，应写黄庭换白鹅"，忽然联想到羲之爱鹅的故事，有了一个新的思路，酿成第三句。事实上，就是这一句成就了这首诗，如果没有这一句，诗味会平淡寡薄得多。可见，没有新的思路，不要轻易动笔。动了笔，也不要轻易完篇，不妨在抽屉里放一放。

不是所有熟悉的题材都宜入诗。熟悉的结果，也可能是熟视无睹，也可能是审美疲劳。而突然进入陌生的空间，则常常会有一见钟情式的发现——"忽如一夜春风来，千树万树梨花开"（岑参），就出自一个外地人对轮台风雪的好奇，天山本地人不大可能写得出来。

"虏酒千钟不醉人，胡儿十岁能骑马"(高适)，就出自一个南来者对东北人情的少见多怪，本地人自然是见惯不惊。

生活处处有美，缺少的只是发现。好奇心，甚至少见多怪，对诗人来说，乃是一种财富。"小荷才露尖尖角，早有蜻蜓立上头"(杨万里)、"儿童急走追黄蝶，飞入菜花无处寻"(同上)皆乡村习见之景，唯诗人能够发现——"小荷才露尖尖角"是蜻蜓的发现，诗人写的是对发现的发现。

发现都是一次性的，不可重复的。"有时三点两点雨，到处十枝五枝花"(李山甫)是一次发现，"等闲识得东风面，万紫千红总是春"(朱熹)是又一次发现。"停车坐爱枫林晚，霜叶红于二月花"(杜牧)是一次发现，"看花应不如看叶，绿影扶疏意味长"(罗与之)是另一次发现。

二　清词丽句必为邻

念过小学的人，都知道作文是从造句开始的。作文好的学生，无一例外是造句好的学生。造句好与反应快(思路开阔)又往往是连在一起的。

造句，也是诗人的功课。唐代诗人于此非常用功——"句向夜深得，心从天外归"(刘昭禹)、"吟安一个字，捻断数茎须"(卢延让)、"吟成五字句，用破一生心"(方干)、"蟾蜍影里清吟苦，蚱蜢舟中白发生"(同上)等，就是其夫子自道。晚唐周朴，尤工琢句，月锻季炼，未及成篇，已播人口，如"风暖鸟声碎，日高花影重""晓来山鸟闲，雨过杏花稀"，诗话家赞为佳句。

当诗思来袭(也就是说你有兴会)的时候，却想到一首现成的诗，觉得这首诗已先得我心，那你就该好好地温故知新，将心得与人分享。假如你觉得没有一首诗足以表达此时此刻的心情，这说明你已经有了新意，你就应该乘着这个兴会写一首诗。

一二诗句随着诗思同时到来，古人称之得句。得句的结果，便是定韵。更多的诗句则是在得句的基础上，循韵觅得的，古人称之觅句，今人或称造句。有人说："造句乃诗之末务，炼字更小，汉人至渊明皆不出此。康乐诗矜贵之极，遂有琢句。"① 此言大谬，"胡马依北风，越鸟巢南枝""去者日以疏，来者日以亲"，非汉人之诗乎？"蔼蔼堂前林，中夏贮清阴""有风自南，翼彼新苗"，非陶公之诗乎？岂不造句、炼字耶？只是得来不琢耳。

以琢不琢为分水岭，诗句大抵分为两种，一曰清词，一曰丽句。清词就是单纯质朴口语化的不琢之句，丽句则是密致华丽书面化的追琢之句。一般说来，民歌偏于清词，文人诗偏于丽句；汉魏陶诗偏于清词，六朝诗人偏于丽句；李白偏于清词，李贺、李商隐偏于丽句；韦庄偏于清词，温庭筠偏于丽句；李后主偏于清词，花间派偏于丽句；李清照偏于清词，周邦彦偏于丽句，等等。但也没有截然的鸿沟，大体而言，古代诗人大多是清词与丽句相济为用，其效果往往相得益彰。

清词是一种天籁，没有太多的加工，粗服乱头不掩国色。"风吹柳花满店香，吴姬压酒劝客尝"（李白）、"弯弯月出挂城头，城头月出照凉州。凉州七里十万家，胡人半解弹琵琶"（岑参）、"多少事，昨夜梦魂中"（李煜）、"不如向帘儿底下，听人笑语"（李清照），天然好句，得力于爱好口语和学习民歌。丽句则是锤炼、追琢、推敲、意匠经营的结果，讲究较多。

---

① 吴乔《围炉诗话》卷一。

278

"觅句"这个说法，好像诗句是现成的摆在那里，只待诗人去找到就是。就像罗丹论雕塑，说雕像本来就在石头里，只需将多余的部分剔除就是。像是大言欺人，其中也有妙理。古人形容觅句就像捉猫似的："终日觅不得，有时还自来。"

觅不得，无可奈何。然而，当它不请自来时，总不能让它逃走，应该马上写下来，免得"清景一失后难摹"（苏轼）。《唐才子传》载，李贺出门，常骑弱马，从平头小奴子，背古锦囊，得到诗句，即书置囊中。凡诗先不命题。及暮归，始研墨叠纸足成之。晚唐成都隐逸诗人唐求，平时出游，得到诗句、联语，即捻稿为丸，投大葫芦（瓢）中，数日后足成之。这似乎是一种普遍的写作习惯。令人联想到契诃夫的写作札记，全是只言片语，如"在俄国的饭店里，干净的桌布散发着臭味""人（农民）越木讷，马越能理解他""最让人啼笑皆非的人，是小地方的大人物"，等等，比短信写手写得还好。我自己在旅途中，也会随时掏出手机，别人以为是发短信，其实我是在用短信的方式记录突如其来的而让我感到惊喜的词语、句子或点子。

什么样的诗句够得上好句呢？我觉得好句除了流畅上口、有阅读快感以外，还要做到以下几点。

（1）稳惬到位。在意思好的前提下，做到信达。最好是语语天成，如王维的"兴阑啼鸟换，坐久落花多""渡头余落日，墟里上孤烟""日落江湖白，潮来天地青""古木无人径，深山何处钟""行到水穷处，坐看云起时""草枯鹰眼疾，雪尽马蹄轻""江流天地外，山色有无中"，等等，究以景语为多。更多的时候则需要一番推敲。如写绣花，"花随玉指添春色，鸟逐金针长羽毛"（罗隐），字面的色彩和感触非常重要，如可触摸，就是好句。

关键字要像一锤打下去的钉子，动摇不得。"中夏贮清阴"的

"贮"字，在表达树林里有取之不尽的阴凉这个意思上，就动摇不得。"翼彼新苗"的"翼"字，名词作动词用，写风中偃仰的新苗像小鸟拍打翅膀，妙于形容，也动摇不得。范温《潜溪诗眼》举例道：

> 好句要须好字，如李太白诗"吴姬压酒劝客尝"，见新酒初熟，江南风物之美，工在"压"字。老杜《画马诗》"戏拈秃笔扫骅骝"，初无意于画，偶然天成，工在"拈"字。《柳诗》"汲井漱寒齿"，工在"汲"字。工部又有所喜用字，如"修竹不受暑"、"野航恰受两三人"、"吹面受和风"、"轻燕受风斜"，"受"字皆入妙。老坡尤爱"轻燕受风斜"，以谓燕迎风低飞，乍前乍却，非"受"字不能形容也。至于"能事不受相促迫"、"莫受二毛侵"，虽不及前句警策，却自稳惬尔。

前人爱说"诗人以一字为工"，即句中关键字（尤其动词）要警策、到位、一字千金。"细雨鱼儿出，微风燕子斜"（杜甫），"出""斜"二字与"细雨""微风"呼应，深得物理之妙。"穿花蛱蝶深深见，点水蜻蜓款款飞"，"穿""点"二字，有助于表现叠字的精微。"星垂平野阔，月涌大江流"（杜甫），"垂""涌"二字，有助于表现境界的阔大和动静；"气蒸云梦泽，波撼岳阳城"（孟浩然），"蒸""撼"二字有气势，让人按捺不住，起"端居耻圣明"之意。"暝色赴春愁"（皇甫冉），作"起"字便属常语，是"暝"色引起"春愁"，作"赴"字是说春愁本在而更加暝色，就有加倍的作用。

散文最忌生造词语，而诗词略有不同，如"隔座送钩春酒暖，分曹射覆蜡灯红"（李商隐），"蜡灯"二字，实是蜡烛，为了适合平仄，故夺换一字，读者并不觉得是生造，然而这个词却产生了陌生亦即新鲜的感觉。"春心莫共花争发，一寸相思一寸灰"（同上），"一寸"与"相思""一寸"与"灰",在散文中都不能搭配,但用在诗词中,并不觉得不自然,反而因为陌生化的缘故,也感到新警。其间尺度并无定准,如人饮水,冷暖自知,全凭一己的语感来把握。

炼字为不害意为前提。拙作《流水》一二云:"流水高山自古弹,鼓琴不易听琴难。"一位博雅的朋友见了,建议下句改一字,为"鼓琴不易听尤难"。这个"尤"字称得上炼字,这一改也称得上一字之师。不过,"鼓琴不易听尤难"却不是我的本意。我认为"鼓琴"(创作)、"听琴"(知音)同属不易,并无轩轾,故用了句中排。为了信、达,这句就不能改,除非我接受了朋友的新意。

(2)隽永深厚。为了使诗句隽永深厚耐味,昔人积累的手法甚多。炼字是一种方法,如写成边将士之情,"不破楼兰终不还"(王昌龄)就不能写作"不破楼兰誓不还",因为"誓"字只有一个向度,只能作豪语读;而"终"字却包含两个向度——"作豪语看亦可,然作归期无日看,倍有意味。"(沈德潜)拙作《赠别》原稿云:"与君同窗下,三载共情亲。临歧数行字,平生一片心。"(末句借孟浩然句)宋谋场阅后,替我改一字为"与君同窗久","久"字也是个炼字,为诗句增加了时间的意蕴。回头看那个"下"字,竟是闲字了。

加倍(增加诗意层次)是一种方法。"万里悲秋常作客,百年多病独登台"(杜甫),前人说有七八个层次。"江碧鸟逾白,山青花欲燃"(同上)分写江山,因江带鸟,因山带花,因江碧而觉鸟之愈白,因山青而显花之色红,十字中有多个层次,所以耐味。拙作《观聋哑人千手观音舞》首句"天人千手妙回春",将惊为天人、妙手回春和千手观音这三个意念叠合在一起(交叉在"手")。李子词"月色一贫如洗,春联好事成双",上句将月色如洗、一贫如洗两个意思叠加(交叉在"如洗"),下句将春联成双、好事成双两个意思叠加(交叉在"成双"),手法正复相同,值得推广。

在对仗句中，互文的运用，既节省篇幅，又增加意蕴。"战城南，死郭北"（汉乐府），"战"在城南也在郭北，"死"在郭北也在城南，是说城南、郭北都在打仗，都在死人。"少妇今春意，良人昨夜情"（沈佺期），"今春意"不只属于少妇，也属于良人，"昨夜情"不只属于良人，也属于少妇，并不是说少妇想了一个春天，良人只想了一个晚上，而是说整个春天少妇和良人都在互相思念，昨夜（十五的月夜）尤其思念，相当于"明亮的夜晚你也思念，我也思念"那样的意思。"秦时明月汉时关"（王昌龄），"明月"属于秦时，也属于汉时，"关"属于汉时，也属于秦时，相当于"月亮还是那个月亮，关还是那个关"那样的意思。

语未了便转，可以表现生活本来就充满的变数，也是丰富诗意的好办法。"有弟皆分散"（杜甫），上二语未了，下三已转，写出欣悲交集的人生况味。"无风云出塞，不夜月临关"（同上），上句写错觉，下句写出特定时间的景色，通过上二与下三的转折，写出边城不同寻常的气氛。"老至居人下，春归在客先"（刘长卿），上句"老至"先出一意，语未了便转，"居人下"是加一倍法，写出双重的失意。"竹深树密虫鸣处，时有微凉不是风"（杨万里）。陈衍说，若将末三字掩了，必猜是说什么风矣，岂知其不是风哉。清人潘德舆说："诗有一字诀曰'厚'。偶咏唐人'梦里分明见关塞，不知何路向金微'、'欲寄征人问消息，居延城外又移军'便觉其深曲有味。今人只说到梦见关塞，托征鸿问消息便了，所以为公共之言，而寡薄不成文也。"[1]

句中嵌用具象的词语，有助于形象的描绘和气氛的烘托。如"感时花溅泪，恨别鸟惊心"（杜甫），感时溅泪、恨别惊心是关键词

---

[1] 潘德舆《养一斋诗话》。

语，写作"感时方溅泪，恨别更惊心"也过得去，但怎及嵌入花、鸟二字，能收到拟人、移情及写景等多种效果呢？又如"王濬楼船下益州"（刘禹锡），在王濬、下益州之间，只加"楼船"二字，便觉声势之甚，如作水师、雄师，反会因抽象而减色。元好问《元夕》诗自嘲云："长衫我亦何为者，也在游人笑语中。"上句用《论语·宪问》"丘何为是栖栖（惶惶不安）者与"意，嵌入"长衫"，就活画出一位落魄读书人的形象。

（3）未经人道语。诗词最忌公共之言，反之，最喜独到语、未经人道语。哪怕有一句独到语也好，如果是关键句的话：

> 抛头洒血为苍生，青史何曾著姓名。
>
> 肃立碑前思痛哭，几人无愧对英灵？（张榕《人民英雄纪念碑前》）

前三句皆公共之言，末句（关键句）发人所未发，如斗大橄榄，耐得咀嚼。因为读者想不到，有此一句，诗便好。句子也是这样，"清风明月不用一钱买"（李白）前四字为公共之言，下五字则为未经人道语，因为读者想不到，有此五字，句便好。清人洪亮吉赞美女诗人王采薇说："'青山独归处，花暗一层楼'、'一院露光团作雨，四山花影下如潮'，此类数十联，皆未经人道语。"[1] 一个诗人有数十联未经人道语，则其诗集销量就可观了。

还有一种意思，本是人人心中所有，可谁也没有想到要说。一旦被说了出来，转成一大发明，易于流播，传当时而名后世——"年年岁岁花相似，岁岁年年人不同"（刘希夷）、"古人不见今时月，今月曾经照古人"（李白）、"劝君更尽一杯酒，西出阳关无故人"（王

---

[1] 洪亮吉《北江诗话》卷二。

维）、"每逢佳节倍思亲"（同上）、"相见时难别亦难"（李商隐）、"男女相思一样浓"（无名氏）等，至今脍炙人口，原因即在"先得人心之所同"（赵翼）。

虽得人心之所同，却不宜说教、布道、劝惩——《增广贤文》是可以的，如"欢愉嫌夜短，寂寞恨更长""妻贤夫祸少，子孝父心宽"，等等；楹联也是可以的，如"非关因果方为善，不计科名始读书""真理学从五伦做起，大文章自六经分来"，等等。诗词不是《增广》、不是楹联，是性情文字，容不得头巾气、门面语。反过来，"荡子行不归，空床难独守"（古诗）、"早知潮有信，嫁与弄潮儿"（李益）这类本色的诗句，也不能作《增广》，不能作楹联。当然，亦此亦彼的也有。

一种讨巧的办法是反用名句，也能产生闻所未闻的效果，如"语不丢人死不休"（杨启宇），出"语不惊人死不休"（杜甫）；"天生我才没有用"（王蒙），出"天生我材必有用"（李白）；"哀莫大于心不死"（聂绀弩），出"哀莫大于心死"（孔子）。以上是改字。或夺换成语，如"尊女卑男喻革新"（郭沫若），前四改"男尊女卑"；或将五言成句，增二字作七言句，"春水船如天上坐"（杜甫），出"人如天上坐"（沈佺期），而壮丽倍之；"果然高处不胜寒"（陈仁德），出"高处不胜寒"（苏轼）；"大快人心今日事"（欣托居），出"大快人心事"（郭沫若）。这是平时烧香的好处。

更高的是师其意不师其辞，"孤臣泪已尽，虚作断肠声"（柳宗元），从"猿鸣三声泪沾裳"（三峡古谣）来；"八千鸟喙顿忘啄"（滕伟明），从"六宫粉黛无颜色"（白居易）来，非明眼人不能辨之；"垒起七星灶，铜壶煮三江"（汪曾祺），从"大瓢贮月归春瓮，小勺分江入夜瓶"（苏轼）来，要不是作者夫子自道，明眼人亦不能辨之。或从口语撷取隽言，如"心中无佛休随喜，独步西泠拜岳侯""我来一事过

284

前辈，曾看山茶五色花"（江庸）等。

还有一种是因难见巧，出奇制胜，借韵脚来显示立意的清新。王力举过两个例子，一是李商隐《锦瑟》中蓝田种玉一典，如果直说种玉，诗意平平，然而按照诗韵（一先），作者想出一个"玉生烟"来，不但韵脚的问题解决了，不平凡的诗句也造成了。一是毛泽东《和柳亚子先生》按照诗韵（七阳）得"风物长宜放眼量"，令人感觉到"量"字并不单纯是作为韵脚而存在，而是一个响亮、清新、合适的字眼。假如是"放眼看"（不考虑韵脚），反而味同嚼蜡。

（4）传达语气。近体诗在语言上与散文的差异，突出表现在散文中必不可少的虚字，之乎者也矣焉哉等，一律可以省略。"妖童宝马铁连钱，娼妇盘龙金屈膝"（卢照邻）、"鸡声茅店月，人迹板桥霜"（温庭筠）、"七八个星天外，两三点雨山前"（辛弃疾）、"枯藤老树昏鸦，小桥流水人家"（马致远）等，有的不但省略虚字，而且省略了动词，甚至成为名词句，却丝毫不感到不方便和不自然，倒显得更集中、更灵活、更隽永。然而，凡事都不能过头，虚字、动词有可省、有不可省、有很必要。必要表现在传达语气、表情和神韵上。古体尤其如此，如"何处春江无月明"（张若虚）疑问加否定所构成的一个强势的肯定，语气极为饱满，"何""无"二字不可或缺；"蜀道之难，难于上青天"（李白）、"弃我去者、昨日之日不可留；乱我心者、今日之日多烦忧"（同上）等句中的"之难""之日"，在文义上可省，在表达语气上绝不可省，所谓"嗟叹之不足，故咏歌之"；"北风卷地白草折，胡天八月即飞雪"（岑参），那个"即"字，活画出乍来边地的内地人的诧异神情，能省吗？不能省。最绝的是杜甫，他在古体及近体诗中，常出人意外地运用虚字表达语气，而且用在诗篇的开头，如《望岳》"岱宗夫如何？齐鲁青未了"，一个"夫"字传达出心商口度的神情，相当微妙。《春日忆李白》"白也诗无敌，飘然思不

285

群"，这个"白也"相当于"李白呀"，这种写法是别人不敢的，然而他用了。不但用了，而且被接受了，成了名句，后人甚至将"白也"作为李白的代称之一。拙作《江淮行》"秀色快餐八百里，绝胜白也在轻舟"，就完全是将它作为一个名词来用的。

对仗句相呼应的勾勒字，其作用是勾接上下，使之形成或呼应、或递进、或转折的关系，也能传达特别的语气。杜诗如"江山有巴蜀，栋宇自齐梁"，"有""自"二字勾勒，是吞纳山川、俯仰古今的语气。"粉墙犹竹色，虚阁自松声"以"犹""自"二字勾勒，"映阶碧草自春色，隔叶黄鹂空好音"以"自""空"二字勾勒，是物是人非的语气。"入天犹石色，穿水忽云根"，"犹""忽"二字勾勒，是变幻莫测的语气。以上是一字勾勒，还有二字勾勒的，如"谁家今夜扁舟子，何处相思明月楼"（张若虚）、"几处唤回游冶梦，谁家不动惜芳心"（谢宗可），"谁家""何处"（几处）作勾勒，是疑问的语气。"不知玉露凉风急，只道金陵王气非"（钱谦益），"不知""只道"的勾勒，是迷惘的语气。"易求无价宝，难得有情郎"（鱼玄机）、"易求海上琼枝树，难得闺中锦字书"（杨慎），"易求""难得"的勾勒，是怅然的语气，等等。

（5）具有张力。在物理学中，张力是由分子引力、反作用力、势能等决定的。而在诗句中，张力是由词语搭配决定的。北宋时，有位年轻人写了一首绝句，第三句是"日长奏罢长杨赋"，王安石替他颠倒两个字，变成"日长奏赋长杨罢"，而且教导他——"诗家语必此等乃健"[1]。这个"健"字，就是艺术张力的感性的描述。王安石不愧为语言大师，回头看原来的诗句，虽然很溜，却疲软。改后的这个句子，精神得多。为什么？他把"长杨赋"这个名词拆散，

---

① 魏庆之. 诗人玉屑 [M]. 上海：上海古籍出版社，1978：143.

重新组装，"赋"字被放在七言句很关键的第四字上，比放在句尾响亮得多，"长杨"作为补语。"石泉流暗壁，草露滴秋根"（杜甫），原是"暗泉滴石壁，秋露滴草根"，上下句各颠倒两字，反而觉得声音和谐而意思警拔。还有拆字法，"借问梅花何处落，风吹一夜满关山"（高适）、"黄鹤楼中吹玉笛，江城五月落梅花"（李白），这两首诗都将笛曲《落梅风》拆字重组，除使句意警拔而外，还形成一种奇妙的意境。

三 从得句到谋篇

"诗中固须得微妙语，然语语微妙，便不微妙。"（刘熙载）此言甚善。

最初的得句，往往就是诗中妙语、主题句。有时是积淀的喷发，如毛泽东"苍山如海，残阳如血"两句，据作者自己说，"就是在战争中积累了多年的景物观察，一到娄山关这种战争胜利和自然景物的突然遇合，就造成了作者自以为颇为成功的这两句话"。

有时是触景生情，俯拾即是，如滕伟明在沙头角中英街参观，见街心界碑，得句："一线华夷界，百年羞愤心。"有了得句，一首诗便有了根据。进而，可以斟酌得句的属性，是主题句，还是非主题句；适合放在诗的开头，还是什么别的地方——一般说来诗句总有最佳位置。前人说，"诗有极寻常语，作发句无味，倒用作结方妙者"，如郑谷《淮上与友人别》"题中正意只'君向潇湘我向秦'七字而已，若开头便说，则浅直无味，此却倒用作结，悠然情深，觉尚有数十句在后未竟者。唐人倒句之妙，往往如此"（贺贻孙）。就是这个道理。但也不绝对，"一线华夷界"两句，要在我，可能用作开头，以求先声夺人。而作者将它用作次联作第一组对仗，亦无不可。

确定了得句的位置，可以根据需要进行构思，循韵觅得前后的诗句，搭建诗篇。这一形象思维的过程，是一个联想的过程，是一个由此及彼、由表及里，逐步深入、逐渐完善的过程。可以顺向构思，也可以逆向构思。

入望长郊景浩茫，菜花春麦泻春光。

是谁泼彩川西坝，一片青青一片黄。（郭定乾《春望》）

据作者夫子自道，因看到阳光下闪闪发光的菜花、麦苗，色彩非常绚丽，所以得了前两句。进而想，这样美好的景色是谁造成的呢？所以第三句应作一问。最后一句作答，对于这首绝句来说，是很关键的一句。如作"劳动人民手一双"则句死、味浅。于是作者写出"是谁挥动如椽笔，一抹青青一抹黄"。却感到不自然、不灵动、不满意，因为"如椽笔"不一定是彩笔，前不能照应菜花、春麦，后不能照应青、黄。于是，又从挥笔作画的行为联想到张大千"泼彩"的技法，并自然地将这个词拈来，放到诗中。又由"泼"自然生出一片片的意念，用句中对的形式，视野也放大了，最后成为"是谁泼彩川西坝，一片青青一片黄"。作者将这种顺向构思形象地喻为"投石问路，顺藤理瓜"。

一湾牛腹堰，两面马头墙；三雕皆吉画，四水收明堂。闲过南屏篱落疏疏访菊豆，偶来西递牌坊巍峨话甘棠；明清建筑旧貌在，徽州民居天下扬。伊昔"文革"大动乱，毁宗谤祖处处忙；山野之人觉悟低，水洒泥封苦珍藏；黯书语录称万岁，投鼠忌器小将惶。时过境迁还故物，前人种树后乘凉；财源滚

288

滚来行旅，天下始得重徽商。君不见成都老皇城，千百年间费经营；一朝墙倒众人推，老街易作反修名。名易改，城何辜，至今痛煞老成都。（欣托居《徽州民居》）

这首纪游诗是我在 2002 年赴皖南考察期间所作，开头四句用序数写出的句子，似乎是天然摆在宏村、西递的，俯拾即是，得来不费功夫。"天下始得重徽商"以前，说皖南民居经历"文革"浩劫，因为本地宗法意识重（"觉悟低"），用巧妙的办法，居然完好地保存了祖宗留下的遗存，这是全诗的主干。因为有一个传奇性故事，觅句甚易。然而，在这个意思写完后，搁置了一段时间，觉得单薄、不够味。回成都后，因为政协委员提出修复明代皇城这一颇有争议的提案，突然发现这就是我要找的东西，一个近在眼前的反例。成都明代的皇城原来是保存完好的，在破"四旧"高潮中，被颠预拆除——成了成都人心中永远的痛。一样的遗存，截然不同的命运——就是这一逆向构思，成就了这首诗，不但使得诗味顿时增厚，而且觉得对于成都人来说，本是题中应有之义——"雕像本来就在石头里"，这就是名言之妙理。

有时并非率先得句，而是先有立意，然后构思进行创作的。这个过程用图示的方法大体为：

关键词→得句定韵→依韵觅句→成诗

比如写奥运会开幕式，我在构思时，确定"鸟巢"是一个关键词，这个词又很入诗，所以必用。联想到筑巢引凤这层意思，经过对偶思维，作成一联——"鸟巢拔地引鸾凤，宣纸从空展妙裁"。定韵（十灰）。还有一组关键词"五环旗"和"五星红旗"，由对偶思维联想到"万国衣冠拜冕旒"（王维）、"星临万户动"（杜甫），按照韵脚又作成一联——"万国衣冠万户动，五星旗映五环开"。加上起结就是一首七律。

郭定乾善为七绝，他有一次在乡间骑自行车，一路浮想联翩，看到一台拖拉机停在人来人往的大路边，突然有了"铁牛"一词，由铁牛想到真牛，由真牛想到缰绳，于是得句"铁牛不用缰绳系"，自以为很有诗意。又走了一段路程，看到一棵大树下也停放着一台满是泥痕的拖拉机，于是得到下句"放在浓阴古树边"，算是把一个场景交代完。不用说，这是一首七绝的后两句。一首七绝有了精彩的后两句，要找前两句是比较容易的，而且无须精妙，否则喧宾夺主——"语语微妙，便不微妙"的妙理即在于此。"铁牛"摆在树边，它的主人一定回家吃午饭去了，这个上午他不知犁了多少田，经过这样的联想，最后完成的作品是：

> 犁罢江村一片田，归来晌午日炎炎。
> 铁牛不用缰绳系，放在浓阴古树边。

滕伟明为翁美玲谢世而作七律，首先想到"靖哥哥"这一甜美呼唤声是必须再现的，并以此定韵（五歌）。按照韵脚联想，翁美玲另一个动人之处也有了着落——"笑涡"。有了这两个细节，其他诗句很快造成了。这首诗的全文是：

> 夭桃骤谢逐清波，犹记荧屏小笑涡。
> 燕语谁堪亲达达，莺声最喜靖哥哥。
> 余香满口蓉儿俏，绝响难赓老泪多。
> 今夜隔江同感慨，方知一体汉山河。

四　这就是结构

一谈到诗的结构，很多人马上想到起承转合，这是古人对近体诗结构程式的一种概括，与绝句四句、律诗四联的形式很合拍，对于初学者，不失为一种简明的说道。但我疑心没有几个人在写诗的时候，是想到这四个字的。一为程式，难免僵化。吴乔说："七律颇似八比：首联如起讲、起头，次联如中比，三联如后比，末联如束题。"比着八股，就很危险。八股文的设计，实际上是为了统一评分的标准而设计的，与自由创作的精神格格不入。所以吴乔还有一个但书——"但八比前中后一定，诗可以错综出之，为不同耳。"

> 云台露叶舞风柯，快意平生此夕多。
> 人在乾元清气上，三千尺下是银河。（钟振振《夜登重庆南山一棵树观景台作》）

游人到山城重庆，必看夜景。看夜景，必上南山一棵树。俯瞰市区两江灯火交辉，有银河垂地的感觉。作者以排球喻诗，说绝句一二好比"一传"，三句好比"二传"将球高高托起，末句扣球得分。元人杨载也有绝句以"第三句为主，而第四句发之"的说法，但不如他讲得具体生动。"云台露叶舞风柯"二句就是"一传"，"人在乾元清气上"是"二传"把球托得很高，"三千尺下是银河"是扣球得分。

然而，这首诗的结构，要说是起承转合，也是可以的。

黑云翻墨未遮山，白雨跳珠乱入船。

卷地风来忽吹散，望湖楼下水如天。（苏轼《望湖楼醉书》）

这首诗要说是起承转合，说得通。要说它是一句一转，也说得通。有的诗就是一句一转，如相传为解缙（或纪昀）所作的寿老妇诗："这个婆娘不是人，天上仙女下凡尘。四个儿子都是贼，偷来蟠桃献母亲。"有的诗三句平起，最后一转即收，如另一首民间奇趣之作咏雪："一片一片又一片，两片三片四五片，六片七片八九片，飞入芦花都不见。"这首诗实际上只有一句，就是"飞入芦花都不见"，与谢道蕴"未若柳絮因风起"相似。但作者故弄狡狯，在形式上完成了一首绝句，所以流传很广。新都宝光寺联语曰：世外人法无定法，然后知非法法也。

游人脚底一声雷，满座顽云拨不开。

天外黑风吹海立，浙东飞雨过江来。

十分潋滟金樽凸，千杖敲铿羯鼓催。

唤起谪仙泉洒面，倒倾蛟室泻琼瑰。（苏轼《有美堂暴雨》）

这首诗的起承转合也不好说，凡是活泼泼的作品似乎都不好说，因为它们的结构完全模仿自然、生活的节奏，而自然、生活的节奏最是仪态万方，不可定一的。当代小说家对结构的认识，比历代诗家要高明得多。汪曾祺坦言："莫泊桑，还有欧·亨利，要了一辈子结构，但是他们显得很笨，他们实际上是被结构要了。他们的小说人物人为的痕迹很重。倒是契诃夫，他好像完全不考虑结构，写得轻轻松松，随随便便，潇潇洒洒。他超出了结构，于是结构更多样。"①

章太炎论汪中的骈文"起止自在，无首尾呼应之式"，也是说汪中超越"结构"。

说到结构，很容易把它理解为一个僵化的程式，所以，汪曾祺想用另外一个概念代替"结构"——节奏。这与王蒙的感觉似乎不谋而合，他说：

> 有一次我去听好像是萧斯塔柯维奇的一部新的交响乐。我突然发现，这就是结构……第一主题，小提琴和双簧管，第二主题，大提琴和大号，变奏，和声，不谐和音，突如其来的天外绝响，打击乐开始发疯，欢快的小鼓，独奏，游离和回归，衔接和中断，遥相呼应和渐行渐远，淡出，重振雄风，威严与震颤……
>
> 什么地方应该再现，什么地方应该暗转，什么地方应该配合呼应，什么地方应该异军突起，什么地方应该紧锣密鼓，什么地方应该悠闲踱步，什么地方应该欲擒故纵，什么地方应该稀里哗啦……全靠一己的感觉。(王蒙《自传·半生多事》)②

用音乐来解释结构不完全是比拟，而是神而明之，它使我想起郭沫若对诗歌结构的见识，郭老说，"诗应该是纯粹的内在律，表示它的工具用外在律也可以，便不用外在律，也正是裸体的美人"，

---

① 汪曾祺. 小说的散文化 [A]. 晚翠轩文谈新编 [C]. 北京：三联书店，2002：35.

② 王蒙. 自传·半生多事 [M]. 广州：花城出版社，2006：127、136.

"内在韵律便是'情绪的自然消涨'……这种韵律非常微妙，不曾达到诗的堂奥的人简直不会懂。这便说它是'音乐的精神'也可以，但是不能说它便是音乐"①。

> 对酒当歌，人生几何？譬如朝露，去日苦多。慨当以慷，忧思难忘。何以解忧，唯有杜康。青青子衿，悠悠我心。但为君故，沉吟至今。呦呦鹿鸣，食野之蘋。我有嘉宾，鼓瑟吹笙。明明如月，何时可掇？忧从中来，不可断绝。越陌度阡，枉用相存。契阔谈宴，心念旧恩。月明星稀，乌鹊南飞。绕树三匝，何枝可依？山不厌高，水不厌深。周公吐哺，天下归心。（曹操《短歌行》）

支配这首诗的，就完全是内在律。林庚说："这是真正的人生感受……你并不觉得重复，你只觉得卷在悲哀与欢乐的旋涡中，不知道什么时候悲哀没有了，变成欢乐，也不知道什么时候欢乐没有了，又变成悲哀。"② 这是对内在律的最好的解释。

前人对于章法有很多讲法，如说杜甫《丹青引赠曹将军霸》画人是宾，画马是主；却从善书引起善画，从画人引起画马，又用韩干之画肉，垫将军之画骨；末后搭到画人。章法错综，亟宜究心。我看他只是将感触最深的诸点一一列出，既是列序，则须分主次。先声夺人者，宜置篇首，然后即入主笔——刘熙载谓作字须有主笔，主笔不立，余笔皆败，然余笔亦不可忽也。作诗也一样，所谓章法，不过尔尔。

---

① 郭沫若. 论诗三札 [A]. 沫若文集（十）[C]. 北京：人民文学出版社，1958：200.

② 林庚. 唐诗综论 [M]. 北京：人民文学出版社，1987：325.

我自己写诗，对起句较用心，好比第一颗纽扣必须扣对。或开门见山，或先声夺人，或作大的笼罩，总要先占地步，为全诗提神，写广元行是"飞车过蜀北"，写海啸是"板块小碰撞，能量大释放"、写地震是"一山回龙沟中起"，写赌城是"人生何处不博弈"，写悼哥哥是"世间废物多不死"，等等，这不是我的发明，而是从前人那里学来的——如"风劲角弓鸣"（王维）、"带甲满天地"（杜甫）、"送客飞鸟外"（岑参）、"黑云压城城欲摧"（李贺）、"海外徒闻更九州"（李商隐），突兀而来，直疑高山坠石，令人惊绝。如"大江流日夜"（谢朓）、"高树多悲风"（曹植）、"明月出天山"（李白）、"蜀僧抱绿绮，西下峨眉峰"（同上）等，居高临下，势如破竹。前人谓有"入门下马气如虹"之概、"黄河落天走东海"之势。鲁迅七绝，几乎首首先声夺人，如"风生白下千林暗""岂有豪情似旧时""无情未必真豪杰""文章如土欲何之"，等等，最为可法。

至于中幅以下，我从来不是计划先行。倒是发散思维，随兴之所至，然而，精气神又凝聚在几个点（关捩点、亮点、兴奋点）上。对关键词与关捩点——是三个、是五个，还是心中有数的。其先后的排序，则主要依据感情跌宕和平仄转韵而定。既要行云流水，又要"郴江幸自绕郴山"，须到点到位，不能像挠痒挠不到痒处，那是会很不爽很不带劲很难受的。

　　去年君来时，相约诗文事；今年春已归，期君君不至。昨日之日同为人，天涯倾盖一相亲。惯披肝胆酬知己，乐向江湖寄此身。若非佳士不握手，必逢清景始写真。数笔能下畸人泪，一生难答慈母恩。书成半夜一号响，画罢投笔自逡巡。可怜八斗精英气，竟杀三江情性人。闻君今旦在鬼录，杨牧太息王甜哭。蜀都米贵居不易，人百其身哪可赎！纷纷讦告谀苟活，损失于人未必多。如君又非老不死，吾侪焉能鼓盆歌！永别终须是暂别，西出阳关君去疾。地下应逢在华兄，休揭疮疤话"文革"！（欣托居《怀张孟》）

"去年君来时"四句款款道来，"昨日之日同为人"四句另表一枝，"若非佳士不握手"四句持续延宕，"书成半夜一号啕"二句异军突起，"可怜八斗精英气"二句断岸千尺，"闻君今旦在鬼录"四句低回不已，"纷纷讦告谀苟活"二句稍稍游离，"如君又非老不死"二句回归本题，"永别终须是暂别"二句突然升华，"地下应逢在华兄"二句余音袅袅（杨牧谓此二句道尽张孟一生淤堵于心中的块垒，休是休不了的），诗思虽有很强的跳跃性，却有内在律（感情跌宕）和外在律（平仄转韵）的支配，就像珠子被线串着，决不会散乱。

内在律之妙在跌宕生姿，有一个很好的例子，就是《红楼梦》二十八回中薛蟠行令，对小说来说，完全是一段闲中生色的文字。薛蟠的第一韵是"女儿悲，嫁了个男人是乌龟"，相当粗鄙，难怪众人笑得弯腰。第二韵是"女儿愁，绣房钻出个大马猴"，还是狗嘴吐不出象牙。关键是第三韵："女儿喜，洞房花烛朝慵起"，众人听了都诧异道："何其太韵！"妙就妙在这个"何其太韵"——狗嘴居然吐出了象牙，形成了跌宕。总之，曹雪芹为薛蟠设计的韵律是：

粗鄙→粗鄙→何其太韵→更加粗鄙

要不是这个设计，要是薛蟠四韵俱粗鄙，这一段涉黄的文字完全可以不要。

关于七古的平仄转韵，有两种情况。一种比较随意，如杜甫《饮中八仙歌》，按下不表。另一种比较讲究，如张若虚《春江花月夜》——逐解转韵，可以自由使用律句和对仗，一般四句一转韵，也可以少到两句一转、多到八句一转。转韵的首句（奇句）入韵，称为逗韵，通过接连两句押韵，起到定韵的作用，一旦韵的期待形成，适当延宕韵的出现以强化对韵的期待，也就成为必然的趋势。逗韵从宽，可用邻韵。转韵通常平仄递用，在转韵的同时可以转意，也可韵转意连。平仄韵等距或不等距地交互，就形成一气贯注而又缠绵往复的旋律，对诗句发生支配的作用。

内在律表现在同一联的上下句中，就是唱叹。在对句中表现较为明显，如"无可奈何花落去，似曾相识燕归来"（晏殊），表达了情感的波动。在非对句中，表现更加微妙，通常以反义字相起，如"琵琶起舞换新声，总是关山旧别情"（王昌龄），就以"新""旧"二字相起；"庭前时有东风入，杨柳千条尽向西"（刘方平），则以"东""西"二字相起，传达出一种荡气回肠、低回不已的感觉。作者并非刻意而为，读者只能心领神会。"深处种菱浅种稻，不深不浅种荷花"（阮元），这种反义字的反复把玩、唱叹，其妙不止在意思，更在意思以外的音情。内在律表情在一句之中，就是句中对，第四谈中已专节讲过，兹不赘叙。

律绝结构亦无定法，最关键不散神。"入山看见藤缠树"一首抒情，就反反复复写一个"缠"字。王建咏春雪云："蓬莱春雪晓犹残，点地成花绕百官。已傍祥鸾迷殿角，还穿瑞草入袍襕。无多白玉阶前湿，积渐青松叶上干。粉画南山棱郭出，初晴一半隔云看。"诗如天女散花一般，紧扣雪景来写，我非常喜爱"粉画南山棱郭出"二语，"棱郭"，轮廓也。裴潾咏白牡丹，从紫牡丹说起；王昌龄写闺怨，从"不知愁"说起，虽是逆向思维，依然紧扣主题，能够写到入木三分，全因不散神之故。

倒装的妙用可以增加张力。如李白《秋浦歌》，本是因照水而见白发，忽然生感，却从白发说入，令人拍案称绝。《赠汪伦》后两句，如直说汪伦之情深如桃花潭水便是凡句，妙语只在一转换间。郑谷《淮上别故人》主题句"君向潇湘我向秦"，若放在开头，便浅直无味，用作结语，方令人低回不已。

对比的因素也可以增加张力。明人李梦阳说："叠景者意必二，阔大者半必细，此最律诗三昧。"如杜诗《登兖州城楼》"浮云连海岱，平野入青徐。孤嶂秦碑在，荒城鲁殿余"，即是"前景寓目，后景感怀，前半阔大，后半工细"。郁达夫也说："作诗的秘诀……我觉得有一种法子，最为巧妙，其一是辞断意连，其二是粗细对称。"如龚自珍诗，又如杜诗《咏怀古迹》"群山万壑赴荆门，生长明妃尚有村。一去紫台连朔漠，独留青冢向黄昏"，以一句粗雄阔大、一句细微小景次第缀之，对比的效果，"像大建筑物上的小雕刻"。不仅律诗如此，歌行亦如此。李白《将进酒》开篇云："君不见黄河之水天上来，奔流到海不复回；君不见高堂明镜悲白发，朝如青丝暮成雪。"前两句把本来壮浪的说得更壮浪，后两句把本来短促的说得更短促，是"反向"的夸张，以黄河的伟大永恒显出生命的渺小脆弱，就具有惊心动魄的艺术张力。

五　景语与情语

欧阳修最喜欢梅尧臣，曾说："圣俞尝语余：诗家虽率意，而造语亦难。若意新语工，得前人所未道者，斯为善也。必能状难写之景如在目前，含不尽之意见于言外，然后为至矣。"如果这不是最好的一则诗话，也是最好的诗话之一。

说到状难写之景如在目前，人们最先想到的一联诗就是：

鸡声茅店月，人迹板桥霜。(温庭筠《商山早行》)

在谈这一联诗时，人们总说因为它是个名词句。然而，我觉得这里起作用的，全是细节——那浅霜之上的一行淡出画面的脚印，还有霜晨的月亮和那一声声打破了夜的沉寂的鸡鸣。"楼上阑干横斗柄，露寒人远鸡相应"（周邦彦）也是这样，读书人的事、不算是"偷"——相应二字，写出一递一声的感觉，用得很有新意。充满噪音时代的诗人对声音的感觉，似乎没有古人那样敏感。"柴门闻犬吠，风雪夜归人"（刘长卿）中狗叫是山村之夜的细节特征，诗人抓住了这个细节特征，所以印象深刻。此外，如"长笛一声归岛门"（谭用之）、"杜鹃声里斜阳暮"（秦观）、"鹁鸠声里雨如烟"（沈明臣），等等。陈毅诗中的"遥闻敌垒吹寒角，持枪倚枕到天明"，给人的印象也很深。

不只是声音，不只是写景，写人，体物，都要写出细节才见好。"褒公鄂公毛发动"（杜甫）是细节，"顶上三毛自在伸"（滕伟明）也是细节。拙作《太白醉月歙砚歌》描写石材道：

久闻美石出老坑，歙民家家割紫云。
体积深暗猪肝赤，碧眼圆润绿膘纯。
地著金晕到青晕，线列水纹更眉纹。

"猪肝赤"是石色，所谓歙红，"碧眼"是石上天然生成碧色的圆点，"绿膘"是石上天然生成浅绿色的部分，"金晕""青晕"是石上天然生成的金色、青色的部分，"水纹""眉纹"是老坑石天然纹理两种，如果不是在写时，眼中仿佛看到它，手上仿佛触摸到它，就无由这样写。于诗意无关大节，少了它必然色减。

细节是类乎血与肉的东西，没有细节，就没有生命。一个碎玻璃的反光，可以表现整个月夜；一只苍蝇爬过死尸的眼睛，那就确实是一具死尸，这是契诃夫和谁谁谁说的。还有一年去巫溪，游大宁河，同船有法国留学生数人，清溪浅水上行百里，便想起苏东坡论赏心乐事，其一为清溪浅水行舟；金圣叹批拷红，连书不亦快哉，其一为坐小船遇逆风忽逢轮轲，取缆系其尾，品吟杜诗，乘风破浪而去。作了一首《浣溪沙》，上片云"日出巫山薄雾消，青丝碧眼共兰桡"，下片云"列岫深秋犹滴翠，连滩浅底不胜舠"，别的容易忘记，难忘者细节而已。

移步换形，是写景尤其是旅途所见之景的自然写法，上文引用搬运工人的号子，就是好例。韩愈《山石》诗，是一首真正意义上的记游诗，"山石荦确行径微，黄昏到寺蝙蝠飞。升堂坐阶新雨足，芭蕉叶大栀子肥"。许多层事，只用四语了之，虽是顺叙，却一句一样境界。下文"天明独去无道路，出入高下穷烟霏。山红涧碧纷烂漫，时见松枥皆十围。当流赤足踏涧石，水声激激风生衣"，亦复如此。钱仲联谓李杜登泰山、梦天姥、望岳、西岳等篇，皆浑言之，不尽游山之趣。此语得之。杜牧《山行》也是一样笔法，杨万里诗中此种颇多，如"一滩过了一滩奔，一石横来一石蹲""正入万山圈子里，一山放出一山拦"，有目不暇接之妙。

运用透视原理入诗，写景最妙。三维空间的物体投像在二维空间（平面）上，远近景物会叠合而成像，造成错觉，主要有两种，一种是静态的，如网图经常出现的双手捧日、手握山峰之类，一种是动态的，如"月亮走，我也走"（其实是"我走，月亮也走"）。施之诗词，则有"叠景法"（这个词是流沙河的发明）。静态的叠景，如"终南阴岭秀，积雪浮云端"（祖咏）、"树杪百重泉"（王维）、"残月脸边明，别泪临清晓"（牛希济）、"月上柳梢头，人约黄昏后"（欧阳修），新诗中的

300

"一瓣残月冷挂篱边墓"（吴芳吉）、"鸦背驮着夕阳，黄昏里织满了蝙蝠的翅膀"（闻一多），等等。动态的叠景，如"带月荷锄归"（陶渊明）、"荷笠带斜阳，青山独归远"（刘长卿）、"袖拂白云出洞府，肩挑明月过山崖"（无名僧），而李白是最喜欢运用这一手法的诗人——"山从人面起，云傍马头生""人行明镜中，鸟度屏风里""朝辞白帝彩云间""孤帆一片日边来"等，无不脍炙人口。

　　以手掬江浪，取之涤砚瓦。

　　尊罍稍远窗，莫被过帆打。（袁中道《王龙屿绣林江阁值雪》）

　　这首诗说，窗外江水似伸手可掬，欲以涤砚；过帆似能擦着酒杯，所以想把它移开一点。是用叠景法入诗最富奇趣的一例。王龙屿绣林是山名，在湖北石首县（今石首市）。

　　有人说诗无非是——话加上画，或者是说一说加上画一画。因此，诗语大体上可分为情语和景语。情语，话也，说一说也。景语，画也，画一画也。有时也不能截然划分，如"犹瞻太白雪，喜遇武功天"（杜甫）、"感时花溅泪，恨别鸟惊心"（同上），前人谓之情景交融。

　　缘情言志是中国诗的一个好的传统。纯写景诗虽然也有，如《神情诗》，到底很少。更多的写景还是从属于抒情的。古人有一切景语皆情语之说，情为主景为宾之说，融情于景以景结情或情景交融之说，无非是强调这层意思。或情乐则景乐，情哀则景哀，如"迟日园林好，清明烟火新"（祖咏）、"柳塘春水漫，花坞夕阳迟"（严维）、"近泪无干土，低空有断云"（杜甫）、"梨花寒食夜，深闭翠微宫"（沈下贤），景中哀乐之情宛然。或反过来，以乐景写哀，以哀景写乐，如"昔我往矣，杨柳依依；今我来思，雨雪霏霏"（《小雅·采薇》）。

比兴手法也是中国诗的一个好的传统。2002 年我与一位研究生到皖南考察，午餐时店家先上一盘荠菜，突然想起一首唐人绝句：

> 两京作斤卖，五溪无人采。
>
> 夷夏虽有殊，气味终不改。（高力士《感巫州荠菜》）

这首诗是高力士在肃宗朝受李辅国排斥，流放岭南时，见山多荠菜、人不解食而作。诗写得不坏，句句是说荠菜，又句句是说自己。"夷夏虽有殊，气味终不改"，是表忠、是乞怜，然而颇有雅人深致，比兴使然也。我从来没有称引过这首诗，却因一时看到荠菜，突然想起，居然一字不差地背了出来，就足以证明它的好。当时我开玩笑说："有句如此，真可为太白脱靴矣！"

那次上黄山，所作七绝中有这样一首："昔上天都未放晴，今年景色倍还人。我来小拭并刀快，剪去黄山几段云。"我哪来的"并刀"（即并州快剪刀），只是带了一部数码照相机，哪能"剪去黄山几段云"，只是拍了不少风景照而已。若直说，便无味。

钟嵘说："诗有三义，一曰兴、二曰比、三曰赋。""宏斯三义，酌而用之。干之以风力，润之以丹彩，使味之者无极，闻之者心动，是诗之至也。"此言得之。

六　成诗不易改诗难

有人说："好作品不是写出来的，而是改出来的。"这话看怎么说。如果写了一首诗，觉得立意、措辞乏善可陈，不如干脆画掉，下次再来。不好的诗是不可改的。如果写了一首诗，觉得意趣真切，只是有些粗糙，构思、措语、音韵还不到位、不够味，那就改吧。

"吊起高灯是日光，山河添亮十平方"，意趣好，唯辞未达，为什么吊起高灯就会是日光呢？"添亮"，好像说原来就亮。若作"一盏高灯是日光"，仍未到位。最后改为"高吊一灯名日光，山河普照十平方"顿觉精彩，本是灯名日光（即日光灯），将"日光"剥离出来，便有"普照山河"之想，"普照"好。虽说普照山河，却不过十个平方而已，所以词题是"租居小屋"。

"爱好由来落笔难，一诗千改始心安。阿婆犹似初筓女，头未梳成不许看。"（袁枚）——"千改"可能过了一点。总得是改了又改，直到自己满意为止。从改诗的过程中，去体会刮垢磨光的乐趣吧。

一切好的作品都在告诉人怎么写，话虽如此，我还是常常对人感慨说，像书法、国画、篆刻乃至诗词这样的中国功夫，有师承和无师承是不一样的。"学莫便乎近其人"（荀子），倘得高人指点，必事半功倍。若偷师学艺，或自己摸索，则是要付出走弯路的代价的。

有两位已故的师长令我至今感念。一位是山西学者兼诗人的宋谋场，我们有过一段通信，他替我的一首五绝改过一个字，由"与君同窗下"改为"与君同窗久"，使我一下悟到了厚字诀。另一位是槐轩后人刘锋晋，他替我的七律改过一句诗，将"何事青城再度留，前山不比后山幽"的上句，改为"山有幽名自古留"，使我悟到了如何开阔思路、使诗意更有内蕴。改诗的过程，是一个去粗取精的过程。

毛泽东就很重视诗的修改和诗友的砥砺，所谓"他山之石，可以攻玉"。他将《登庐山》等七律请胡乔木转送郭沫若"看有什么毛病没有？加以笔削，是为至要"[①]。郭沫若坦言庐山诗第二句"欲上

---

① 陈徽. 毛泽东与文化界名流 [M]. 北京：人民出版社，2003：251.

逶迤"似有踟躇不进之感，建议改为"坦道蜿蜒"，毛听取了这个意见，却未采纳郭的建议，最后的定稿是"跃上葱茏四百旋"。

可有可无的句子，要尽删。可有可无的字，要易以更有意义的字。我写赠一位书家的七律，有句云："此日人书称俱老。"反复玩味，总觉"此日"二字是凑字数的。再酌孙过庭文，改为"通会人书称俱老"，才觉得一个字都扣不下来。

未工未稳之句，要尽改。如有人写秋收打谷，全诗意境还是不错的，句云："割谷日当空，谷声人语融"，"谷声"二字不稳。如是七言，可作"打谷声中人语融"，"打谷声"不好苟减为"谷声"——打谷的声音是桶声，但也不能写作"桶声"，以其不词、不韵、不雅。可据宋人范成大写打谷的"笑歌声里轻雷动"，改为"雷轻人语融"，便有典、有据、有味。该诗还有一句"田翻犁镜松"，土可以松，"镜"怎么松呢？质感是完全不对的。像这种不稳的句子，必改无疑。

还有斟酌音韵。2003 年小师妹袁晓薇奉余老师之命，陪我同游天柱山。天柱山在潜山县境，又称皖公山，主峰海拔一千七百余米。汉时尊为南岳，隋文帝开拓南疆，将南岳称号移至衡山，此山遂次寂寞。游山当日大雾弥漫，山中游客甚少；一路溪水潺湲，至为幽静。得三诗，其一云："四方名胜共熙熙，寥落皖公似昔时。节尾闲人应更少，白云深处一红衣。"晓薇乘兴赓和三诗，其一云：

> 南岳风光似往昔，寂寞古城少人知。
> 论诗谈道访仙境，青山行人两依依。

因为她平时少作诗，路径不熟，我替她斟酌了一下：首句不入韵是可以的，末三字俱仄是古风的作法，不如仍作"似昔时"，则为仄仄平，入韵了。下句"寂寞古城"掉个儿作"古城寂寞"，平仄才妥帖。三句的"访胜境"改为"入佳境"，才入律，且有渐入佳境之意。末句韵味甚佳，只须改一字，即"行人"的"人"应为仄声，可改作"行李"——这是有根据的，"行李相攀援，川广不可越"乃杜诗名句。改后的诗是：

> 南岳风光似昔时，古城寂寞少人知。
> 谈诗论道入佳境，青山行李两依依。

这首绝句如放在全唐诗中，也是可读之作。

诗词创作贵乎兴会，因此，在写的过程中，最好不要依赖韵书，以免败兴。拿不准的韵字，宁可暗诵名篇以核对。然而，到了修改、收拾、字斟句酌的阶段，韵书是可以派上用场的。韵书之作始于汉末，元人阴时夫《韵府群玉》摘录典实辞藻隶于各韵之下，创为以韵隶事之格，极便作者。清人汪慕杜循其例，取愚古轩《诗韵珠玑》、益以《诗腋》选句，增订为《诗韵合璧》，其书相当实用，今有上海古籍书店据广益书局 1922 年版影印的通行本。诗词作者在斟酌韵字、语辞，补苴罅漏时，不妨翻检。

有人改诗，以读者为本位，重视受众意见，不敢自必。白居易作新乐府，主张其辞质而径，欲见之者易谕；其言直而切，欲闻之者深戒。惠洪《冷斋夜话》记载，白氏改诗，必听取老妇人的意见，直到她听懂了，才能定谳。上海杨逸明说："创作格律诗词，我有几位长期的读者，这是我熟悉的几位有中等文化水平、喜欢阅读各种文学作品但自己不写诗词的友人。每次写好诗词，让他们成为第一读者。他们说不懂，就改到他们懂。他们说不好，就改到他们认为好。一直改到他们觉得有意思并认为满意为止。"

有的诗人则不以为然，主张独持己见，一意孤行。陆游作诗，与白居易一样的雅俗共赏，论诗却有很大的不同，他的名言是"外物不移方是学，俗人犹爱未为诗"，这话还好。又云，"诗到无人爱处工"——诗到"无人爱处"，亦可畏矣，但我还是非常喜欢这句诗，不过是一句过情话，就像鲁迅说"一切好诗到唐都已写完"，不必较真。

　　以上两种态度，可以中庸一下。齐白石论画说："妙在似与不似之间，太似则媚俗，不似则欺世。"斯言是矣——作诗一定要人能懂，但不必媚俗！作诗一定要独持己见，但不可欺世！

第十谈　我诗何幸上君口

（知音）

你算是越写越纯熟老到了，除了四川人的幽默外，还有你个人的风格……旧体诗词在你那里绝非无病呻吟，附庸风雅，而是和时事、和开放的思想意识结合得很紧。读起来不费力，有风趣，不像有些学人写的学问诗，让人头疼，望而生畏、生厌。诗像你这样写法，也算得上是一种惬意的生活享受了。（刘学锴《书信·致周啸天》）

一　诗的启蒙

我敬服康·巴乌斯托夫斯基的观点，他说，对生活、对我们周围一切的诗意的理解，是童年时代给我们的最伟大的馈赠。如果一个人在悠长而严肃的岁月中，没有失去这个馈赠，那他就是诗人。还说，童年时代阳光更温暖，草木更茂密，雨更滂沛，天更蔚蓝，而且每个人都有趣得要命。①

一个人的文学观念的形成与其早年的审美教育必有关系。我早年的诗教，是五六岁前由祖母徐氏在无意中完成的。祖母粗记姓名，斗大的字认识不到一箩筐，却有满肚子的谜语、儿歌和故事。我从小就喜欢谜语，喜欢它的智慧，喜欢它的有趣，喜欢它的朗朗上口。

> 一个铜盆，滚过城门。
> 要想去捡，不知多远。

这是太阳。夸父追日，就是要捡这个铜盆——夸父是个大儿童。

> 奇怪奇怪真奇怪，
> 大拇指恁大个娃儿织粗饼卖。

---

①　康·巴乌斯托夫斯基. 金蔷薇［M］. 上海：上海译文出版社，1980：22.

这是蜘蛛。"粗饼"是当时民间蒸饭的甑子里垫底的圆形竹编，用来形容蛛网，大体形象。同一谜底还有一个谜面："南阳诸葛亮，独坐中军帐，摆起八阵图，要捉飞来将"，更整饬更精致更有文气，简直是一首五绝。但我却更喜欢前一种表达的民间风味。

> 一个娃儿白又白，
> 翘起鸡儿去请客。

这是茶壶——瓷茶壶，一般是素色的，"鸡儿"——即男孩的把儿（小弟弟），喻壶嘴。这个谜语我也很喜欢。想到客人来时，那茶壶就调皮地向他杯里尿尿，觉得很好玩儿。

> 大哥大肚皮，二哥两头齐。
> 三哥戴铁帽，四哥生痱疙瘩。
> 五哥披麻戴孝，六哥巾巾吊吊。

这个关于蔬菜的谜语我也喜欢，谜底分别是：南瓜、冬瓜、茄子、苦瓜、苞谷（玉米）、豇豆。它的博赡、它的贴切、它的乐府似的铺排，都曾使我痴迷，令我叫绝。

"谜教"本身已包含诗教，更纯粹的诗教则是儿歌。

> 大月亮，小月亮，哥哥起来学篾匠。
> 嫂嫂起来纳鞋底，婆婆起来蒸糯米。
> 隔壁娃儿闻到糯米香，打起锣儿接姑娘……

这首儿歌中表现出来的对自然、对人伦、对和平生活的眷恋感、餍足感、美感和纯民间的趣味，感觉一点也不逊于李白的月诗。

> 王老婆婆王老汉儿，
>
> 背上背个咂酒罐儿，
>
> 脱了裤子耍花样儿。

这个儿歌有点邪，念起来好玩，却是成人的性趣。第二句是形容罗锅，即驼背。那时祖母每天要带我上一趟街，累了就在熟人的街沿下坐坐，歇一口气。有一家的主人叫王婆婆、王公公。王婆婆很慈祥，王公公有一嘴胡须，膝下无子，待人甚善。一走到王婆婆、王公公家，我就会很自然地想起"王老婆婆王老汉"那首儿歌，疑心与他们有什么关系。这个问题我没问过祖母，自己也并未能想得明白。

> 推磨，摇磨，
>
> 推馍馍，请婆婆，婆婆不吃冷馍馍。
>
> 推粑粑，请家家，家家不吃冷粑粑。
>
> 推豆腐，请舅母，舅母不吃冷豆腐。
>
> 打你舅母的白屁股。

这首儿歌三段，犹如《诗经》的叠咏，妙趣天成。最后一句是恶搞——恶搞中隐含中国人对人伦亲疏的体认，是研究民俗大可琢磨的文本。还有一首儿歌，大意是到外婆（家家）家做客，受到舅舅热情款待，而舅母做脸做色，结尾道："舅舅问我几时（再）来，石头开花我才来。"我最初不大明白民歌为什么要损舅母，因为不符合自己的经验——我家舅母很慈祥。但从这首民歌中，我体会到了突如其来的奇句（单句）可能产生的奇趣。还有一首提到舅母的儿歌，这回是揶揄尿床的儿童：

> 撒尿狗儿，背尿桶儿，
>
> 背到四桠口儿，撞到幺舅母儿。
>
> 幺舅母儿，你莫笑，
>
> 昨晚上□□□撒了泡尿。

歌中的缺字为儿童名字——谁尿床是谁，谁尿床就填进谁的名字，谁就会不好意思，这样的揶揄是充满善意的。还有，狗、桶、口、母这几个字本不押韵（除狗、口而外），但经过儿化，却很押调儿。押调儿之说是汪曾祺的发明，他说，中国语言除了押韵之外，还可以押调儿，押调儿也可以产生一种很好玩的音乐感。[①] 我可以补充一个例子，《西厢记》长亭送别有一段——"见安排着车儿、马儿，不由人熬熬煎煎的气。有什么心情花儿、靥儿，打扮得娇娇滴滴的媚。准备着被儿、枕儿，只索昏昏沉沉的睡。从今后衫儿、袖儿，揾湿做重重叠叠的泪……"，就有押调儿之趣。

儿歌教人以开阔的诗心，诗心正应是开阔的。儿歌还教会我押韵。我最初提笔写诗，是上初小时，鬼使神差地写了三段词，一段是："我们是一群小学生/但有热爱祖国的心/美帝想霸占全世界/我们坚决不答应/剥它的皮来抽它的筋/叫它纸虎现原形"，内容之趋时、可见"风俗"之移人，但它合辙押韵，把老师吓了一跳，拿起来就对全班朗读。这是一次优胜纪略，事隔多年还没忘记。

---

① 汪曾祺. 晚翠文谈新编 ［M］. 北京：生活·读书·新知三联书店，2002：106.

因为自己视韵甚轻，就觉得别人理所当然也应如此。近日买了一本《叶浅予自传》，爱它的图文并茂。里面收录了作者较早的四言八句，却吓我一跳，他居然不会押韵。我想，叶先生小时候一定没有好好念过儿歌。你看人家文怀沙，耄耋之年了，在电视台为六一节做访谈节目，还能兴致勃勃地念一通"小小子儿，坐门墩儿，哭哭啼啼要媳妇儿——"，合当是个诗翁！

李子词有："推太阳，滚太阳，有个神仙屎壳郎，天天干活忙……"（《长相思·拟儿歌》）。"有个神仙屎壳郎"，妙得很！这又说明了对儿歌怀有浓厚兴趣的人，没有失去童年馈赠的人，就是诗人。

二　从诗词消费中获益

我对诗词的消费，大致可分三个时期。

一是初中时代。我上的初中是渠县二中，很幸运的是师遇很好。有一位地理老师年轻时当过宪兵，走遍东西南北，他随手画图，出口成章，讲的是活的地理。在讲到大西北时，当堂吟诵《凉州词》（葡萄美酒夜光杯），那一刹那使我爱上了唐诗。父母许愿送礼物时，我提的要求都是书名，《唐诗一百首》《宋诗一百首》《毛主席诗词十八首讲解》，等等，县城里买不到，大人就托老友从省城寄来，《唐诗一百首》则是母亲出差带回来的，上面有她的题字，在我的名字前特别加上了"热爱学习的"这样一个定语。

我最好的朋友也是凭唐诗结识的，初二时有位插班生叫朱定中，晚自习时蹿到我的座位上来，在煤油灯下，和我比赛背诵唐诗。一来二去，成了形影不离的朋友。很快他就在黑板报上发表了一首"七律"，前两句是"渠县二中何处寻，南桥头上树森森"，中间不记得了，结尾是"试看明日栋梁材，定是而今校里人"。虽属板报体，却令我羡慕。

也就在那个时期，我读了大部分《沫若文集》，郭沫若诗文对我的诗歌和文体观念有很大影响。我非常喜欢他那些原创的粗暴的而又生气勃勃的诗篇，喜欢《立在地球边上放号》《晨安》《匪徒颂》《天狗》超过喜欢《地球，我的母亲》和《炉中煤》。吴冠中说，一般的作品是娱人耳目的，伟大的作品是震撼心灵的（大意）。美国诗人艾略特则说，以审美的标准评价艺术性，以超审美的标准评价伟大性。我觉得郭沫若的那些诗就是震撼心灵的，须用超审美的标准来评价。郭沫若是一个极有魅力的诗人，他的诗几乎一读就忘不了，包括那些从没有人提起的、夹了些洋文的短诗：

> ……
> 一个男性的女青年
> 独唱着 Bragms 的永远的爱
> 她那 soprano 的高音
> 唱得我全身的神经战栗
> 一千多听众的灵魂都已合体了
> ……
> 狂涛似的掌声把这灵魂的合欢惊破了
> 啊，灵魂解体的悲哀哟（《演奏会上》）

这是一种裸诗——没有人比郭沫若把激情表达得更好的了。"惠特曼哟，惠特曼哟，太平洋一样的惠特曼哟"，他的诗是无可仿效的。在别人已是摸到天的感觉了，不知为什么他回顾起来还是那样的不满①。郭沫若的诗论，关于诗是写出来而不是作出来的说法，关于内在律的说法，关于高潮时的生命最够味的说法，都深深影响了我。②

二是知青时代。这个时期我最喜欢的是泰戈尔和陶渊明。我原以为要当一辈子农民，为了匀出读书的时间，就选了渠县鲜渡河边的金锣公社，那里是一片平坝和沙地，一锄下去锄头叶子自己往地里钻，劳动强度不大。不像山地，一锄下去金星飞溅、鬼火直冒。虽然当地民谣有"嫁女莫嫁大河边／一季萝卜一季烟／大水来了喊皇天——"，但我不信这个邪。沙地好种花生、种萝卜、种烟，清晨四点出工，八点收工，下午五点再出工，白天有八九个小时自由安排，在堂屋里拖根板凳就可以观书。大水几年一至。即使大水来了，还有政府救济呢。乐得"虚室有余闲"。可以"流观山海图"。马克思关于人的解放尺度是自由支配的时间的思想，深入我心。

谁是古代第一诗人？没有一致的答案。许多人认为是杜甫，更多的人认为是李白，还有人还扯上屈原。苏东坡认为是陶渊明。郭沫若真正的想法和苏东坡一样，他说，陶渊明有深度的透明，李白只有平面的透明③。我自己喜欢陶渊明，则是喜欢陶诗的境界。

自魏晋以来，诗人苦苦思索生命价值和人生意义，都走不出人生的苦闷，从十九首到曹植、阮籍，表现出严重的心理失衡。而全部陶诗告诉我，生命价值和人生意义不在别处，在回归自然、在自食其力、在天伦之乐、在为乐趣而读、在为回报而写、以审美态度

---

① 郭沫若在 1964 年 12 月 22 日致陈明远的信中说："回顾这一生，真是惭愧！诗歌、戏剧、小说、历史、考古、翻译……什么都搞了一些，什么都没搞到家。"

② 20 世纪的新诗，我至今认为，只有艾青能与郭沫若相埒，《太阳》《煤的对话》《手推车》《乞丐》等是不可及的，艾青诗论也很博大。

③ 郭沫若. 郭沫若诗作谈·关于《女神》《星空》[J]. 现世界, 1936 (8).

对待人生，他就这样找回了心理平衡。读懂陶诗，对于知青时代的我来说，太重要了。人说陶诗似淡实腴，我看到了似淡实腴的本质。香港作家董桥有一段话甚合我意："艺术刻画国破家亡的哀思，并非一定扣人心弦。陶渊明的作品没有直写东晋灭亡之痛，笔下反而处处追摹大自然的和谐关系，婉转表现虚无而温馨的恕道，其感染力竟然世世代代缕缕不绝。"泰戈尔与陶渊明在本质上非常接近，他自己说过，自然界是他亲密的同伴，她手里藏了许多东西，要他去猜。"泰戈尔的猜法真是奇怪！凡是她给他猜的东西，他没有不一猜就中的。"（郑振铎）陶渊明写《挽歌诗》《自祭文》，自然地看待生死，《吉檀迦利》有一首诗，可以为之阐释：

　　当死神来叩你们的时候，你将以什么贡献他呢？

　　呵，我要在我客人面前，摆上我的满斟的生命之杯，我决不让他空手回去。

这才真是视死如归，死而无憾——"满斟的生命之杯"就象征着无憾的人生。

在插队落户的三年半里，我和农民相处甚为融洽。因为我和他们一样干活，干一样的活。每逢农闲和雨天，便有知青朋友来串门谈天，交换藏书，完全领略到"农务各自归，闲暇辄相思。相思辄披衣，言笑无厌时""邻曲时时来，抗言谈在昔。奇文共欣赏，疑义相与析"的乐趣。那时虽然也有迷茫，但总的感觉是乐观的——因为年轻，自信有足够的时间看到世界的改变。

诗歌见识有多大，平台就有多大。陶诗见识大，所以平台大。

在知青时代我还抄了一些书，有两种是诗词类的工具书，一种是王力的《汉语诗律学》，一种是张相的《诗词曲语辞汇释》，因为买不到，借来就抄。清人李蒝有《题雅雨师借书图》云："旋假旋归未得闲，十行俱下片时间。百城深入便便腹，直抵荆州借不还。"我是充分体会到抄书的乐趣的。

三是研究生时代。我上大学（工农兵学员）念数学，却考上了"文革"后安徽师大招收的第一批唐宋文学研究生，该专业当年共录取学生两名，导师却有三位——宛敏灏、刘学锴、余恕诚，他们都是诗词学界最优秀的学者，而且待人谦和，决无崖岸高峻之感。在就读的三年中，这个专业未招新生，真是一个极大的奢侈。在此期间，我们通读了唐宋名家的全集，写了一本又一本的读书札记，得到了刘、余老师很多的批复，真是一种精神的享受。

刘学锴先生是一位极善发现别人（包括学生）优长的人，批阅过几次读书笔记后，曾找我单独谈过一次话，就我的性分说了三点：思想没有受过约束（指来自苏联的套路），令人羡慕；文笔优美，不要因做论文而丢失；鉴赏力敏锐，不能轻视这一点，这恰恰是有些学者的短处。这对我后来有很大的影响。

我对语言有一种纯然的爱好，特别崇拜有语言天赋的人。我喜欢的语言是状难状之景，达不尽之情，无意不可入，无事不可言，且无艰难劳苦之态的。我不信"妙不可言""只可意会不可言传"一类话，认为"诗无达诂"不过是某些人为了偷懒的一种借口，认为"诗无达诂"的反题"诗有达诂"也可以成立。凡是我在札记中说诗说到点上了，刘、余老师是从不吝惜一路密圈的。

毕业时，上海辞书出版社正在编辑《唐诗鉴赏辞典》，约稿的对象为国内专家百余人，领衔者为萧涤非、程千帆、马茂元、周振甫等。当时宛老年事已高，就分了两篇小诗让我写。稿件寄过去，责编汤高才很快回信，希望我再写几篇。交稿后，回信接踵而至，再追加若干篇目。如此反反复复，共收到近百封来信。参撰这样的书，谁都希望讲解名篇。但我是半路加入，名篇早已约出。不过机会仍有，讲解名篇的稿件不被采用时，汤兄一定转约我写。如李白《将进酒》，有两位专家撰过稿，决定不用后，汤兄来信说，"这回总编室负责人点将请您撰稿，请勿推辞。"附来总编室写得密密麻麻的便笺，大略云，读了析文反而失掉兴味不行，要"另觅高手"，点了三个名字，说"比较起来，周啸天行文的气质也许更为接近"，又打比方到，选择扮秋瑾的演员，须以气质接近为佳。后来他们用了我的析文。此文后为现行高中语文教学参考书收录。

《唐诗鉴赏辞典》选诗千余篇，我讲解了 127 篇，一跃而为撰稿最多的作者。汤高才在书评中专门提了一笔，称"为文言简意赅，思路开阔，颇多精辟独到之见""给人印象最深"。这亦是一次优胜纪略，从此一发不可收拾，主编、撰著了不少"诗词鉴赏"，上自诗骚，下迄明清，几成专业户。钟振振兄来川大，不避面谀之嫌，提起他审读《唐诗鉴赏辞典》全稿后讲过的几句话：周啸天不但是写得最多的，也是写得最好的；别人看不懂的，他看得懂；别人指不出好处的，他指得出；别人指出好处讲不出所以然的，他讲得出、讲得具体、讲得到位。刘学锴老师在近信中说："你的不少诗作和许多鉴赏文章，有的已历二十多年，读来仍感新鲜、有启发性。"

这能说明什么呢？说明我在消费诗词近乎挥霍的过程中获益了，成了一个诗词的"美食家"。而在这个消费的过程中，如马克思之言，生产出生产者。

三 诗家三昧忽见前

自来有个人风格的诗人，就像有出息的书画家，平生至少有一次脱胎换骨的变化，有的还有两次、三次。这种脱胎换骨往往是不期而至，鬼使神差似的。

李白写《峨眉山月歌》前后，判若两人。陆游赴南郑前后，判若两人——他对以前的诗甚至做了彻底否定，《九月一日夜读诗稿有感走笔作歌》道："我昔学诗未有得，残余未免从人乞。……四十从戎驻南郑，酣宴军中夜连日。……诗家三昧忽见前，屈贾在眼元历历。天机云锦用在我，剪裁妙处非刀尺。"

滕伟明兄与我抵掌论诗，其言多合。他的脱胎换骨之作是《八台雪歌》。他说："我在大学时就写诗，好像还小有名气。当我毕业时，已写了厚厚两大本。可是我在报到途中，却突然发现那厚厚两大本上的东西不是诗，便一火而焚之了。这是我人生道路上的一个重大转折。那是在 1968 年的冬天，雪下得很大，由于受派性迫害，我被分配到大巴山深处的城口县。当时这个县城不通公路，我必须只身翻越两座雪山，才能如期赶到，获得养家糊口的权利。这是我永生难忘的特殊经历：一个从未见过雪山的白面书生，在雪地里跋涉了四天，不但不气馁，反而写下了他自己也弄不清楚为什么风格迥异的诗来。"

那首诗中写道："巴山峰头逼天街，天街之上有八台。……双河谷口风夜吼，八台直向云中走。……我登八台望四面，前江后江皆如线，我家应在西南隅，雪云迷茫看不见。正是八台飞雪时，千里赴任多佳思……"这首诗好在什么地方呢，别的不说，首先好在完全从小我中跳出来，也从套话中跳出来。

对于多数诗人，可能是经历次数越多、越熟悉的事物和人物，越能成为他的写作对象。而我的性分似乎比较接近好奇的岑参，越是印象新鲜的、富于刺激性的事物和人物，越能激发创作灵感，越能找到高潮的、够味的感觉。可能就是因为这个缘故，我的脱胎换骨之作是《洗脚歌》。

洗脚房之崛起于服务行业，乃 20 世纪 90 年代事。世人于吃喝之外兼请洗脚，竟成时尚。我一直不知究里。直到有一次，过去的学生搞同学会，由一个当了老板的同学承办。深夜有人敲门，原来是"老板"邀了旧日要好的两位女同学，并喊上老师同去洗脚。我才搞懂了一件事情——沛公刘邦至高阳传舍，使人召郦生，郦生入谒，刘邦倨床使两女子洗脚，一边洗脚一边听郦生说话。郦生忽然怒起，和刘邦对骂起来。刘邦骂他不过，于是辍洗。过去我一直不明白五分钟可以搞定的事，刘邦何以要拖那么长的时间，惹得别人生那么大的气。原来足按摩与日常生活中的洗脚，并不是一回事。浮想联翩，鬼使神差地写了平生第一首社会题材诗和第一首歌行：

　　昔时高祖在高阳，乱骂竖儒倨胡床；劳工近世闹翻身，天下久无洗脚房。开放之年毛公逝，香风一夕吹十里；银盆滑如涧底石，兰汤浑似沧浪水。健身中心即金屋，中有玉女濯吾足；大腕签单既得趣，小姐收入颇不俗。别有蜀清驻玉趾，转教少年为趋侍；游刃削足技艺高，捏拿恭谨如孝子。君不闻、钱之言泉贵流通，洗与为洗视分工；沧桑更换若走马，三十河西复河东。尔今俯首休气馁，侬今跷脚聊臭美；来生万一作河东，安知我不为卿洗？

王蒙对此青眼相加，而且好话不妨再三说。第一次，信中说：
"奇诗奇思，真绝唱也。"第二次，在《文汇报·笔会》发表的书评，
引用此诗后说："大俗若雅，大雅若俗，腐朽神奇，全在一心之
证。……有典有据有味。……不是伪古体代古体，是地道的真古
体。"① 第三次，在《王蒙自传·九命七羊》中提到此诗，更是妙语
连珠："谁也没有想到足底按摩也能入诗，而且写得如此古雅亲和。
顺便说一下，我个人极少做这种按摩。我也不在乎这篇诗作的'政
治正确'与否，如果新左派认为应该造捏脚丫子的人的反，那也与
我喜欢这首诗的绝门没有太多关系。"

在许多人只看到这首诗入俗时，王蒙一再说它古雅、绝门。此
诗何其有幸欤。

四　我诗何幸上君口

王先生何许人也，见首不见尾，我说不全。小说家莫言为之诗
云："漫道当今无大师，请看夔铄王南皮（按，王蒙是河北南皮县人）。跳
出官场鱼入海，横扫千军如卷席。"韵脚有一处硬伤②，此细枝末节
之事，何况莫言已称"打油"，更无妨了。而这首诗的好处，在于它
是由衷之言。现代文学研究专家、香港中文大学许子东教授，在
《锵锵三人行》中聊谢晋时，对窦文涛正言道："谢晋之于中国电影，
就像王蒙之于当代文学，各个时期都有引领风骚的作品。"

---

① 王蒙. 读来甚觉畅快——谈周啸天的传统体诗词［N］. 文汇报，2005 年 5 月
16 日 11 版.

② "席"字是入声字，诗中作平声用，在词曲则可，在绝句则不可.

而我之钦佩王蒙，则是在读了他的古典文学评论《红楼启示录》和《双飞翼》之后，觉得真是发人所未发——如李商隐是传统诗歌的一个变数、应该承认诗歌创作感情的抽象化和感情弥漫、李诗语言具有活性、有些从道德上价值取向上属于负面的东西也可以成为艺术和审美的对象，等等，真是益人心智。刘学锴老师曾在闲谈时说，王蒙谈李商隐的文章是他写不出来的，意甚赏之。我后来读王蒙自传，发现他活得精彩也写得精彩，古人云"文章憎命达"，他是例外。李商隐研究会、安徽师大中国诗学研究中心均聘王蒙为顾问，完全是实至名归。王蒙去师大讲学，刘老师会亲自去接——刘老师敬重的不是前文化部长，他敬重的是一个学者型作家。

　　就是在母校这个平台上，我第一次见到了王蒙，并听了他题为《论无端》的演讲。当场就有诗思袭我，后成歌行一首，打头几句是"师大礼堂无虚席，王蒙咳唾颇解颐。点窜玉谿锦瑟字，凿空乱吐葡萄皮。"第二句本可以把"师大"二字颠倒作"大师"，以免直呼其名，但这个小趣味，为避免吹捧之嫌而放弃了。那次见面，和王蒙说话的人太多了，我没插上嘴。

　　三年过去，拙作《欣托居歌诗》出版，寄了一批书出去。这书与王蒙似有夙缘，接下来发生的两件事都很巧。一件事是我给余恕诚老师寄书，没有像往常那样寄他本人，而是打包寄给师兄潘啸龙，请他转交，兹事纯属偶然，却做成一个机遇。余老师来信很详细地讲道："诗集收到。昨天王蒙先生来师大做学术报告。今天中午我送王蒙由铁山宾馆出发去南京机场。啸龙赶来告别，把你的诗集递给我。这样，我们正好在车上欣赏你的大作。王蒙接连称赞：'写得真好''写得太好了'！王蒙夫人也在旁边，她还记得你的《洗脚歌》《人妖歌》等篇。他俩说当时就很欣赏。王蒙在车上朗诵了你的《洗脚歌》《人妖歌》《纽扣辞》等篇。说你的《人妖歌》是'仁者之诗'，'关心现实'，'很幽默，又很雅'，'写到这样真不容易'……"

另一件事是王蒙回北京后，马上要到四川了却几件公事，包括出席纪念巴金的会、出席全国政协在成都召开的研讨会、到新繁为艾芜扫墓，等等，就在这个当儿，他也收到了我寄的书。于是，他一路上就带着这本书，一直看到成都，忽然想起余老师说过我在四川大学，便请秘书小彭和我联系。于是就有2005年11月在成都望江宾馆与王蒙的那次会见。王蒙说话爽直，脱口而出，一点矜持也没有，一点门面话也没有。他说，你我性情相投，你写诗很包容，比如《人妖歌》，当然你不提倡这个，诗中也写了"荷尔蒙"之类负面的东西，但关键是你能指出，它也开放出了一朵别样绚丽的花，——我最欣赏的就是这种胸怀和态度了。再如超级女声，有的人一提起呀就痛心疾首、必欲除之而后快，我不这样想。我喜欢交响乐，喜欢河北梆子，喜欢昆曲……但我不排斥超级女声。你写了超级女声，甚至写了"央视蛋中欲觅刺"，——我当然不能这样写，我这样写时，中央电视台第二天就要找我来了。

王蒙论诗，真是直见性命！不像有的人论诗，永远纠缠在章句、四声清浊等，似钝刀切肉，就是不能直见性命。或一看"人妖"题目就晕，或猜想是在猎奇，唯王蒙直说"仁者之诗"。在别人只看到俗的地方，他偏看到"很雅"。正是俗人看见俗，雅人看见雅。

《人妖歌》的写作在2002年春。那时学院创收小有所获，组织春游海南，第一天到了兴隆。当地的观光项目，就是看人妖表演。但百十号人绝大多数表示冷淡，宁可待在旅馆里看电视，气得导游直嘟囔："到兴隆不看人妖表演，机票都白花了。"拒看人妖表演的同事，有一个理由是："要看就看男的，要看就看女的，不看不男不女的。"这句话说得"妙"极，《人妖歌》就从这里做起：

京剧旦行梅派工，越剧小生范徐红；反串之妙补造化，何须台后辨雌雄。五色灯光人其顺，初见烟雾蒙玉质；回眸启齿略放电，伴舞女郎失颜色；一身宛转二重唱，男声浑厚女声泣；美发一挥何飘柔，踏摇四体皆魅力。人妖本出里巷中，父母养儿为济穷；勾栏一入深如海，绝世无由做顽童。心性先从教化改，形体渐受荷尔蒙。吞声学艺近残酷，不比寻常事委曲；注射自戕违养生，服食尤惜年光促。年光促兮终不悔，唯效昙花放异彩；竞技选美作生涯，舞台得有绚丽在；观光客自天外来，一方经济为翻倍。舍身奉献非凡庸，我诚敬畏讵宽容；漫哂琉璃不坚牢，尔曹百岁总成空。亭亭净植宜远观，尤物从来拒亵玩；海外归为知者道，莫便逢人作奇谈。

这首诗是怀着一种复杂心情写成的。诚然，人妖的命运不是自己决定的，但仔细想来，你我哪一个人的命运是完全凭个人决定的呢。我当知青时就听老乡说："变了泥鳅，还怕黄泥巴糊眼睛！"人妖无暇自哀，只知敬业，表演出类拔萃，有一出名为ONEMAN－WOMAN的节目，一人二重唱，男声、女声都唱得那么投入、那么到位，唱得人心魂震颤。后来，王蒙秘书小彭在网上留言说："周先生，王蒙先生前日在香港中文大学新亚书院钱宾四（钱穆）学术文化讲座上讲传统诗词的发展与时代气息时，首先引用了你的《人妖歌》与《洗脚歌》，同时写了评论，日前应该是上海《文汇报》发表的，你可以查一下。"

《澳门观舞》是《人妖歌》的姊妹篇。同行百十号人，观舞者四人而已。我和妻子，加上另一对同事夫妻，他们是听说我们要去才跟去的。那首诗劈头说："西画基础是人体，国画极诣在山水。伊人颇具丘壑趣，远山亦饶曲线美。"大家在理论上都承认有人体美一事，但到头来还是"道学家看见淫"，这又是何苦呢。

被王蒙许为绝唱的，还有《将进茶》。我不善饮酒，别人在筵席上总是拿李白说事，是激发我写这首诗的原始动机。

> 世事总无常，吾人须识趣。空持烦与恼，不如吃茶去。世人对酒如对仇，莫能席间得自由。不信能诗不能酒，予怀耿耿骨在喉。我亦请君侧耳听，愿为诸公一放讴：诗有别材非关酒，酒有别趣非关愁。灵均独醒能行吟，醉翁意在与民游。茶亦醉人不乱性，体己同上九天楼。宁红婺绿紫砂壶，龙井雀舌绿玉斗。紫砂壶内天地宽，绿玉斗非君家有。佳境恰如初吻余，清香定在二开后。遥想坡仙漫思茶，渴来得句趣味佳。妙公垂手明似玉，宣得茶道人如花。如花之人真可喜，刘伶何不怜妻子。我生自是草木人，古称开门七件事。诸公休恃无尽藏，珍重青山共绿水。

王先生说，"这里有一种平常心，写平常事，而平常人平常诗中出现了趣味，出现了善良，出现了生机，出现了至乐至工至和，在充满戾气的现代世界上，这实在是难得的和谐之音。"这又是直见性命，掘到了根子，其态度来自陶诗，虽然形态完全不同。我也从来不写"和陶诗"。

进而，他说到《竹枝词》："也非常平常平和平实：'西去剑门欲雨时，路逢野老意依依'，说的是邓小平一九五八年视察剑阁时与老农路遇谈话。'会抓老鼠即为高，不管白猫同黑猫。思到骊黄牝牡外，古来唯有九方皋。'这里作者别具匠心地以白猫黑猫论与伯乐荐九方皋相马的故事相比，九方皋只注重是不是千里马，而不注意马的毛色与性别，代表的是一种战略眼光，宽容眼光，是一种大气。"

"知音"是中国文化的关键词之一。我曾对学生说，能遭遇王蒙这样的解人，是人生幸事。金圣叹批点杜诗《戏题王宰山水图歌》忽然大发议论道："此是王宰异常心力画出来，是先生异样心力看出来，是圣叹异样心力解出来。王宰昔日滴泪谢先生，先生今日滴泪谢圣叹，后之锦心绣口君子，若读此篇，拍案叫天，许圣叹为知言，即圣叹后日九泉之下，亦滴泪谢诸君子也。"世间东涂西抹手，能体会这种心情，不枉了，确是人生幸事。应该为这样的际遇写一首诗，于是有《高轩过一首呈王蒙先生》：

简从岂有高轩过，漫劳轻车驻沙河；大堤高树以诗喻，根深叶茂自婆娑。际遇寻常行处有，一卷新诗伴车走；京都文章称巨公，我诗何幸上君口！在心为志发为诗，兴趣佳处得句奇；含英咀华入唱叹，解用即为绝妙辞。天下几人诗肩笔？庞眉何能荷殊宠！百年诗客总寂寥，润之犹恐传谬种。挥斥謦欬气如虹，人间握别太匆匆；早晚更盼轩车至，使我学子坐春风。

《高轩过》原是李贺歌诗的题目。《唐摭言》载，长吉之作初传京师，引起了文豪韩愈的注意，高车大马过长吉之门而访之，长吉为此作《高轩过》。诗中有"入门下马气如虹，云是东京才子文章巨公"之语，"庞眉书客"为长吉自称。

不止是王蒙，给予正面鼓励的还有刘学锴、余恕诚老师。

刘老师在信中说："你真是越写越纯熟老到了，除了四川人的幽默外，还有你个人的风格。让我有些吃惊的是，你的近作中竟有歌咏超女的内容，证明你的思想相当开放、现代，旧体诗词在你那里绝非无病呻吟，附庸风雅，而是和时事、和开放的思想意识结合得很紧。读起来不费力，有风趣，不像有些学人写的学问诗，让人头疼，望而生畏、生厌。诗像你这样写法，也算得上是一种惬意的生活享受了。"余老师在信中说："今晚在灯下，几乎把你的诗都读了一遍，真是一种享受。第一，我觉得这个集子已经不单薄了，印刷得又极好，足以传世；第二，既是地道的旧体诗词，又极富有时代感；第三，你用你的诗证明旧体诗词是有生命力的，今后还会有大放光芒的时候。"

还有几位诗人。一位是杨牧，信中说："兄诗改变了古体诗已过时的印象，多见思想锋芒，我尤其喜爱那些机趣横生，韵味十足，书写鲜活事体的篇什，如《超级女声决赛长沙》《澳门观舞》《Y 先生歌》《代悲白头翁》《隐私歌》《人妖歌》《洗脚歌》，等等。"后来他在《文艺报》上发表了一篇题目夸张的评论。一位是滕伟明，他在信中说："大作奉到，读之大喜。你的诗是真诗，绝无头巾气，时人殊难至此。"还有浙江的方牧，他在中学毕业时写的诗就入选部编小学语文课本，后来教授古典文学，新诗旧诗都很牛，作《喜读〈欣托居歌诗〉》云："王蒙欣赏我欣赏，奇诗奇思真绝唱。悲悯需要大智慧，象喜亦喜足珍藏"，又有"长安居，居易乎？相看古今多房奴。何如欣托天地间，宾客万象我击壶"之语，斯亦可人。集美大学商振泰校长原是我的上司，他撰写评论指出拙诗"情感基调是温润和善的，几乎没有颓靡绝望之感怀，也少有歌舞升平之吟唱。本着'陶冶性灵，发挥幽郁'之诗道，也能不平则鸣，有人类悲悯大情怀的宣泄"。一位年轻朋友张应中在母校学报发表论文，指出拙诗有"以趣味为诗""以鉴赏为诗"的倾向。还有一位网友转帖《人妖歌》，推介道："没有猎奇，没有变态，入情入理，对人妖寄予深切的了解和同情。语言平白，浅显易懂，值得效仿。"等。

我就如此这般毫不掩饰地"晒"了。

"晒"不是全部的目的——"从来感知己"也。

五　干卿何事翁杨婚

我最初写诗，和别人一样，也是先从自己的生活情感写起，先从自己身边的人事景物写起。我从安徽师大毕业后，先供职于四川师大（在成都狮子山），一度移席彭州（乃牡丹之乡）成都师专，十年后故地重游，想起过去的情和景、人和事，有词云：

> 弹剑当年奏苦声，不愿他生，唯愿今生。来逢千里共长行，窗外眸明，柳外花明。　十载萍踪访旧程，檗尚青青，树尚亭亭。芙蓉城到牡丹城，去也关情，住也关情。（《一剪梅·重返狮子山》）

这首词博得了不少朋友的赞美，谓之情辞俱美。

不过，每个词调，几乎都有关千古之口之作、成为如来手心之作、盖帽之作。如《一剪梅》，即有李清照、蒋捷之作在。未及前贤更无疑也。后来学车，为驾校填一词：

> 世纪之交，复关在即，驾校人气。大道如天，寰球愈小，咫尺天涯是。翩翩白领，纤纤玉指，有女同车试艺。笑冯谖、无鱼客里，高歌弹铗风味。　槐荫树底，素瓷静递，次第车停车起。诲汝谆谆：欲达勿速，出入平安遂。心宽于路，间可游刃，一似行云流水。载驰乐、桑林曼舞，中经首会。（《永遇乐·驾校》）

这首词虽无喝彩，我心自知，其风味是脱弃前人窠臼的。

我在拙诗的序言中，谈自己的诗歌主张。第一主张"拈管城之旧锥，作浮世之新绘。拓宽取材，趋生命意"，就是要书写当下，开拓题材，不要局限于人事应酬和古人常写的题材。例如对一个从事过汉字编码而又很痴迷的人来说，汉字编码就是好的题材，有位老先生多次涉及这个题材，有"留取仓颉音义形"之句，这个倾向是值得肯定的，如果写好了，就能给后世留下我们时代的信息。第二主张"近体谨严，贵乎畅达；歌行恣肆，忌在滑易"，就是要注意诗艺的辩证法，近体反倒要注意行气，而歌行反倒要节制。第三主张"诙谐之极，或出庄严之态；阳刚为本，映带妩媚之姿"，就是要注意风格的辩证法，庄谐、刚柔必须相济。第四主张"平仄稍严，欲存唱叹之音；韵对从宽，不失萧闲之致"，就是要衔接传统，既遵声律，又不失自在。

遇到一个百感交集、不能释怀之事，应该意识到这就是诗的题材。我非歌迷，对张国荣的歌并无特别的爱好。但2003年愚人节张国荣轻生不治之事，的确使我久久不能释怀。街道上有个老太太说："要是我有那么多钱，我才不会去死呢！"人心隔肚皮，谁了解谁的痛苦呢。"生命是顽强的"之反题"生命是脆弱的"同样成立。联想到李媛媛，联想到马华，联想到白居易"人间好物不坚牢"之语，真是心痛神痴，于是走笔作歌，如有神助——"风继续吹"是张氏歌名，"蝶衣"是张氏扮演的电影人物名 (程蝶衣)。

世间废物多不死，天生俊彦天丧之。媛媛抱子不忍别，马华辍操缘数奇。噩耗又传愚人节，海湾惊尘犹溅血。港岛沙士方流行，股市迷魂招不得。星运几经浪淘沙，焉能轻辞旺角月。遗书家人不得披，非花非雾一团谜。古诗虽云歌者苦，如君岂伤知音稀。陆海歌迷共垂泪，旋见光碟涨如飞。楼头坠絮已无语，帘外冷风继续吹。哥哥不复为情困，万里云霄一蝶衣。(《悼哥哥》)

诗成，打电话给学生许佳，她是《华西都市报·文化版》主持，却找不着人。翌日，谢谦教授路遇，问我近来作诗么，遂以此对。听说他后来把这首诗复印若干，分发古代文学研究生，人手一份。谦亦可人也。

灾难令我痴迷的原因，是因为没有什么比灾难更能在瞬间暴露出人性中深藏不露的东西。2004 年岁尾，印度尼西亚苏门答腊岛附近海域发生里氏 8.9 级地震，并引发海啸。东南亚、南亚八国死亡人数累计约 20 万人，是两百年来后果最为惨重的海啸灾难。这场世纪灾难被称之为"地球心跳"。人们在突如其来的灾难面前的第一反应是束手无策，一个目击者描述说："最初看到情景，就像无边的大海站了起来，走向你的大门口。"海啸第一波到来时，将无数的鱼儿抛上海岸，海滩上的人竟欢呼起来。欢呼未已，第二波就将所有的人都扫荡了、吞没了。不为这场海啸写一首歌，自觉愧对死者。

　　板块小碰撞，能量大释放；地心且惊悸，海洋作人立。海洋直立势排空，涤荡八国洪涛风；近海生民二十万，一弹指顷万事空！阳光海浪沙滩客，未知天谴在顷刻；一波多鱼维其嘉，二波从空走何及？向来沙上拾鱼人，全向海心为鱼鳖。骤突咆哮入室中，身手虽健难为功；器具毂转俱搏人，洪舌乱舐西忽东。未兆易谋禽兽知，兽皆远走鸟高飞；唯我物灵非先觉，身缧始疑网恢恢。人当颟洞太渺小，回天乏术唯祈祷；此际何物更轻生？浮物皆作救命草。真成无谓触蛮争，海啸一来便倾城；市街连翩倒骨牌，水火于人殊无情。由来剧变不可测，朝或多金暮洗白；饥寒起盗令齿冷，一方有难八方惜；港台慷慨尽解囊，大陆富豪莫羞涩！（《海啸歌》）

在平日，人类总是喜欢夸说人为万物之灵，喜欢说人体的特异功能。然而海啸一至，很轻易地就打破了人的神话。李连杰差点葬身鱼腹。大侠金庸站在楼顶上看着浪头惨然失色，连连嗟叹人命的浅危与渺小。在突如其来的灾难面前，儿童的智慧超过成人，禽兽的直觉远逾人类。一个来自欧洲的小女孩看到第一波海浪，便想起老师讲过，当海水迅速退去的时候，就会有更大的海浪袭来。小女孩的母亲信了孩子的话，紧急叫唤身边人向高处逃生，于是这群人得以躲过灭顶之灾。海啸过后，尸横遍野，却看不到一具动物的尸体。海啸使人看到大自然的荒谬，使人搁置内心的焦虑，使人生哲学变得简单明快，一位劫后余生者说："好好地活着比什么都重要。"如果这首诗还有一点冲击力，那真是来自大自然无言的"眷顾"。

2008 年汶川特大地震发生时，我在成都，从午睡中被摇醒，脚一触地，想到的第一个词是"唐山"。震感超出我的想象——橱柜上的小摆设甩了一地，碎了的镜屏在墙上晃动，一头还挂在墙上。我立即推门跣足而走——这样的措施本是错的，但在本能驱使下，只想尽快逃离。

映秀，多么熟悉的地名。儿子小时，妻曾两次带他和学生们一道去参观那里的水电站。遗瑞从彭州打电话说，银厂沟灾民亲眼见到沟中冒起一座山，旁边的两座山则拼合成了一座山，大海子没了，小海子也没了，那都是我们过去常去的地方。坊间流传一句话："上帝在最后一秒拯救了成都。"意思是再摇一秒钟，房屋就坍塌了。没有什么比一场八级地震更让人怵目惊心，同时又发人深省的了。

不能释怀，为之歌曰：

　　一山回龙沟中起，龙门九峰皆披靡。高岸翻卷如怒涛，北川平夷青川毁。天上黄沙地底雷，映秀瞬间成蒿里。危楼断壁

331

尽覆窠，十万烝民同日死！合两峰兮起悬湖，山河改观一弹指。几家出差免于灾？几家上班去不回？几家钟生游地府？（死里逃生者）几家刘阮赴天台？（景区失踪者）学堂坍塌街市毁，娇儿老母多生埋。十指连心痛复醒，计秒时分最难挨。血爪流丹不得力，安得神兵天上来！震波顷刻九天送，握发总理身已动。百姓万难系一身，心长情急措语重：休裹足兮勿束手，我今安危与尔共。快开险路作通途，飞艇救急电不如，什佰之器从空投，蚂蚁齐啃糖葫芦。紧握孤儿对觑久，一时无语胜似有。废墟奔忙橄榄绿，生命递进众人手。小儿行礼感万众，大兵救援更抖擞。忆昨地动狼狈初，无影灯晃术欲敷。高楼摇摇若积木，临危捉刀义不逭。医护逢节输悃诚，帝以一秒赦成都！卧龙熊猫亦国宝，于时奔散何草草。专家护之不顾身，此刻尚见人情好。山川满目泪沾衣，手足伤残生别离。瓦砾堆下有现金，尸骸丛中无名氏。于时禽兽俱求活，衣冠或恐疫情发。义犬拯人免于死，哀哉厥类竟扑杀！遥望齐州九点烟，万国俱作刮目看。一线生机百倍力，八方捐资到四川。涉险犯难先士卒，轻身贵庶有上官。哀从南海举三日，旗为平人下半竿。休矣藏独共台独，勉哉家安赖国安。震余百日即奥赛，圣火传递殊无碍。三地连体无小我，两岸同根有大爱。芜城更建进新图，广厦如山应可待。公喜复课语依依：多难兴邦儿无忝。（《八级地震歌》）

一位网友说："我一直不是很喜欢杜甫的，觉得他的诗太苦！而这一次地震之后，才知道是自己的浅薄！"另一位网友概括说："此诗先写地震之状势和惨烈，如在目前；次写抗震救灾种种及愿望和信念，极能概括提炼。"这首诗以叙事为主，也穿插写人，总理身影贯通全诗为一脉络——握发身动一现身，前此为灾象种种；紧握孤儿二现身，前后为拯灾事迹种种；课堂寄语三现身，写灾后重建。写诗不能像报道那样写，诗中总理代表的是党和国家领导人的形象。这次灾难中国掎倾输，不计成本，大规模调动部队、直升机，无异于打一场战争。电视新闻滚动播报，常常数十人十余小时才能拯救一条性命，真是以人为本。一线生机、百倍努力，绝不是一句空话。三岁小儿的敬礼，感动全国。政府威望空前提高，全世界都领教了并不丑陋的中国人。诗的开头是突兀而起，后半有一些倒插之笔，如护士节即当日医院的情景，如卧龙自然保护区拯救熊猫的情景，如个别地区为防疫屠狗引起的异议，等等，一场灾难的感受绝对是复杂的，须谢绝任何矫情。如实书写，是诗家之本分。

还有一场世纪灾难——"9·11"，世贸大厦坍塌前后那些惊心动魄的场景和画面常常浮现在我的眼前，真应该为它写一首诗，但写不到位，则不如不写。这首诗没有写成，我至今耿耿于怀。2003年岁尾，伊拉克前总统萨达姆在其家乡提克里特一个地洞内被俘获，从手握生杀大权、炙手可热到妻离子散、沦为阶下囚，遭遇了全人类个体生命最大的落差。这件事给人的感受也很复杂，萨达姆有专制独裁霸道的一面，却又是一场不义战争的牺牲品，在问绞时表现得很像一个男子汉。为此，我写了一首《代悲白头翁》。

我有个意见——写个人经历，从自己跳出来；写社会题材，把自己放进去。这样，就不会不痛不痒，读者也不会觉得无关痛痒。有的选家于拙诗偏爱更合传统习惯的歌咏，此属见仁见智，也很正常。

节至中秋天作美，茶楼侍坐二三子。于今教授未全贫，是夕月华清似水。恍若春风浴沂时，璧月沉沉素瓷底。以吾一日长乎尔，曷各言志毋吾以。率尔哂由由勿嗔，喟然与点点莫喜。

从政种宁有王侯，为学心当如止水。云英可能不如人？殷浩从来宁作己。古人千里与万里，相遗纨绮心尚尔。此生此夜须尽欢，明月明年何处是。（《中秋引》）

这首诗的兴致来自于中秋之夜与研究生的座谈，也来自《论语》的"侍坐章"，"侍坐章"本来就充满诗意，是一篇很好的小品文。"率尔哂由点勿哂，喟然与点点莫喜"，就是概括该章内容的，句子却是诗化的。结尾有东坡中秋月诗的影子。有人说，生活中处处有诗，只怕你没有好心情。此即其例。

> 在昔风骚皆善怨，怨真实录亦成诗。
> 谁挥白发老夫泪，自纂黄绢幼妇词。
> 野鹤闲云倾浊酒，涌泉滴水报清时。
> 人间信是晚晴好，梦笔宜留到耄期。（《酬雍先生赠〈野鹤集〉》）

雍先生即雍国泰，第一谈中曾经提到，他自幼天资聪敏，青年时代经历丰富、饱学多识，深为师友推服。而数十年时运不济，未尽平生之才。《野鹤集》是其自编诗文集，通过个人经历反映了一代知识分子的命运。我的得意之句是"谁挥白发老夫泪，自纂黄绢幼妇词"。"白发老夫"指雍先生，"黄绢幼妇"是绝妙好词的意思，借对好。记得林从龙说："四字成语，放在三四五六字处，殊觉活泼，此乃造句之一法，在对句中尤显，'才如天马行空惯，笔似蜻蜓点水轻'。"与我的经验不谋而合。在另一首诗里，我写道："自从心照不宣处，直到意犹未尽时。"

> 雄奇幽秀竟殊科，蜀国仙山慧眼多。

金顶佛光开宝鉴，硕人云际画双蛾。(《望岳》)

　　峨眉山得名于大峨山、二峨山，二山远望相对如蛾眉，这是很现成的拟人，却无人（准确说是我未见别人）从"硕人"上着想，是其构思的独到处，又现成又贴切，又美丽又文雅。一二句"雄奇幽秀"四字取自"剑门天下险，夔门天下雄，青城天下幽，峨眉天下秀"的谣谚，"蜀国多仙山"是李白写峨眉山的句子，"一传"而已。三句推出宝镜，"二传"到位。末句出人意表，是扣球得分。

　　诗有别趣，非关理也。

　　有读者在网上问我："先生写'大快人心今日事，春风吹皱一池水'来评论杨振宁与翁帆的忘年结合，不知是贬是褒？学生心中好奇，万望赐教。"现在我来回答一下这个问题。

　　读过一点词话的人，都知道南唐中主李璟拿冯延巳词中名句开涮的话，"'风乍起、吹皱一池春水'，干卿何事？"方牧质我以"代悲竟为萨达姆，干卿何事翁杨婚"，已揭此语。依我看来，"翁杨恋"属个人自由的范畴，莫里哀有句妙语"爱情这东西是六亲不认的"，别人两相情愿，于你我何干！然而，各大媒体门户网站大肆炒作，不亦乐乎；当事人愉快讲述一个冬天的童话，不亦乐乎；道德家担心风化问题，不亦乐乎；卫生家关心夫妻生活能否和谐，不亦乐乎；不服老李敖拔高到人生理想，不亦乐乎……我则"乐得淑女以配君子"，以扰喜酒闹洞房之心态，趣他一趣，不亦乐乎！——也只有在这种语境中，才可以没大没小的呀。

　　大快人心今日事，春风吹皱一池水。

　　振承造化宁为余，敖指丈夫当如此！

　　公众实难冷眼窥，头巾虚有杞人畏。

嘤鸣幽谷乐乔迁，栖得高枝终不悔。

二八翁娘八二翁，怜才重色此心同。
女萝久有缠绵意，枯木始无浸润功。
白首如新秋露冷，青山依旧夕阳红。
观词恨不嫁坡髯，万古灵犀往往通。（《报载翁杨订婚偶成二律》）

　　王先生总评拙诗："第一他写得古色古香，幽凝典雅；第二他写得新奇时尚，与时俱进；第三他写得活泼生动，快乐阳光；第四他写得与众不同，自立门户；第五他写得衔接传统，天衣无缝。""相对市俗化的生活能不能入诗，这里当有争议，因为有一种思潮视世俗为寇雠。周教授的写法为一种角度，是乐观其成的阳光态度"，他也没有忘记补上一句："如果有人以批判的眼光写之，如写得好，亦应为佳作。"有这一句，就是滴水不漏。